KB231173

그들만의

# 어드
# 벤
# 처

# 그들만의 어드벤처 3

## 김성회 판타지 장편 소설

초판 1쇄 찍은 날 § 2003년 2월 17일
초판 1쇄 펴낸 날 § 2003년 2월 27일

지은이 § 김성회
펴낸이 § 서경석

편집장 § 문혜영
편집 책임 § 권민정
편집 § 장상수 · 이종민 · 유경화
마케팅 § 정필 · 강양원 · 이선구 · 김규진 · 홍현경

펴낸곳 § 도서출판 청어람
등록번호 § 제1081-1-89호
등록일자 § 1999. 5. 31
어람번호 § 제1-0355호

주소 § 경기도 부천시 원미구 심곡1동 350-1 남성B/D 3F (우) 420-011
전화 § 032-656-4452  팩스 § 032-656-4453
http://www.chungeoram.com
E-mail § eoram99@chollian.net

ⓒ 김성회, 2003

값 7,500원

ISBN 89-5505-599-4 (SET)
ISBN 89-5505-602-8 04810

※ 파본은 본사나 구입하신 서점에서 교환하여 드립니다.
※ 저자와 협의하여 인지를 붙이지 않습니다.

김성희 판타지 장편 소설

그들만의

어드벤처

3

홀로 선다는 것은…

도서출판
청어람

홀로 선다는 것은…

**목차**

5장

슬럼프

# 작가의 의도?

시간적인 공백······.

설아를 프로그램에서 꺼내기 위해 석진을 찾아다닌 시간과 가희가 공원까지 오는 데 걸린 시간을 합하면 총 45분이었다.

프로그램의 설정은 1초당 하루며 45분을 초로 환산한다면 2,700초이다.

1초당 하루라는 것을 적용시키면 2,700일, 1년이 365일임을 감안할 때 7년이 넘는 기간을 혼자 아무도 없는 곳에서 자신의 세계관과 캐릭터를 붙잡고 씨름한 셈이다.

설정 자체가 파괴된 자신의 이야기 안에서 설아는 7년 동안 무엇을 할 수 있었을까?

혜령은 문득 석진이 그녀를 찾지 못했다면—만약 남주와 가희가 석진을 찾아오지 않았더라면—정상적으로 진행되어졌을 이야기가 궁금해졌지만 그 이야기는 존재하지 않을 것이라는 걸 잘 알고 있었다.

프로그램 초반부터 버티고 있는 석진이라면 그녀가 몇 번이나 재시작을 한다고 해도 번번이 이야기를 엉망으로 만들어 버릴 것이 뻔하다.

이미 파괴되어 버린 세계에서 7년이라는 시간 동안 혼자 나이를 먹어간 그녀는 무엇을 하고 있었을까?

한번 발동된 호기심은 사그라들기는커녕 점점 더 늘어나기만 했다.

문득 혜령은 스물넷의 그녀를 만나보고 싶어졌다.

그리고 석진이 개입되지 않았을 순간의 7년과 그 이후의 이야기를 보고 싶었다.

"선배, 아직도 멀었어요? 이상하다? 저희가 빠져나온 부분까지는 초반이라서 그렇게까지 오래 걸리지 않을 텐데요?"

의아한 듯한 남주의 목소리에 혜령은 심드렁한 태도로 귀찮다는 듯 손을 휘저어댔다.

"석진의 현재 위치를 파악하는 중이야."

새로운 창을 하나 더 띄우고 석진을 검색한 혜령은 프로그램을 빠르게 앞으로 돌렸다.

화면에선 몇 번이나 더 이상 표시할 페이지가 없음을 알렸지만 혜령은 끈기있게 매달렸다.

'원본에서 시스템을 가동시키면 돌아가지 않을까?'

잔뜩 미간을 찡그리던 혜령은 자신이 보고 있던 창을 재빨리 끄고는 남주에게로 시선을 돌렸다.

"남주야, 이 설아라는 애 방 몇 호니?"

"갑자기 방은 왜 물어봐요?"

"이거 원본 한번 살펴보게."

"원본? 그거 혹시 쓸지도 모르겠다 싶어서 제가 가져왔는데요……."

가희가 조심스럽게 주머니에서 꺼낸 원본을 낚아챈 혜령은 다시 프로그램을 실행시켰다. 빠르게 화면을 넘기는 그녀를 바라보며 가희는 어쩐지 불안한 마음을 떨쳐 버릴 수가 없었다.

그녀가 어떤 사람인지도 모르는 상태에서 그녀를 완전히 신용할 수는 없는 문제였다.

"남주야, 저 선배 믿을 만한 사람이야?"

"믿어야지. 지금 상황이 상황이니만큼 우선은 믿고 봐야지. 게다가 저 선배 특이한 사람이긴 해도 기본적으로 나쁜 사람은 아니거든."

남주와 가희가 자기들끼리만 귓속말을 해대자 민식은 자신도 모르게 한숨을 내쉬며 석진을 바라보았다. 그들을 따라온 것까진 좋았는데 문제는 할 일이 하나도 없다는 것이었다.

게다가 석진이 프로그램 속으로 들어가자마자 밀려드는 소외감이란…….

"선배, 저 프로그램 하나 주세요. 미니 스테이션 가지고 왔어요."

"그래, 여기."

혜령이 복사본을 내밀자 그는 손바닥만한 하얀 기기를 꺼내어 이어폰을 꽂고는 벤치에 기대어 그녀에게서 받은 프로그램을 실행시켰다.

'그 녀석이 쓴 거라면 뻔하겠지만 어차피 시간 때우기용이니까.'

그가 흥미없다는 표정으로 액정을 바라보자 시작을 알리는 화려한 음악과 함께 익숙한 소녀들의 얼굴이 보이기 시작했다.

"뭐야? 자기 이야기에 자기가 주인공으로 나오겠다는 거야?"

비아냥거리는 어조로 화면을 보던 그는 역시 현실성없는 그녀의 이야기를 비웃으며 첫 화면을 넘겼다.

그와는 대조적으로 혜령의 얼굴은 점점 밝아지기 시작했다.

'찾았다!'

그녀들이 빠져나간—석진이 개입되지 않은—그 직후부터의 이야기를 드디어 찾아낸 것이다. 비록 무너져 내린 세계관이라 해도, 그러기에 더욱 그녀다운 이야기를 끌어낼 수 있을지도 모를 일이라 생각하며 혜령은 이야기 속으로 몰입하기 시작했다.

*　　　　*　　　　*

"자, 이제 뭐부터 해야 하는 걸까?"

얌전하게 라드니르의 등에 걸터앉아 사막을 벗어나는 것을 지켜보고 있던 설아는 살짝 눈을 감았다. 이제부터 그녀의 이야기에서는 대대적인 수정이 필요하다는 것을 설아 스스로가 누구보다 더 잘 알고 있었다.

주인공은 죽었으며 주연격 조연들은 돌려보낸 데다가 새로운 이야기를 끌어내야 할 설아의 머리는 텅 비어버렸다. 태양은 모든 것을 집어삼킬 듯이 이글거려 댔고 검은 물소인 라드니르의 몸에선 뜨거운 열기가 뿜어져 나오고 있었지만 설아는 그 모든 것을 느끼지 못하는 듯했다. 그녀의 머리 위로 펼쳐진 구름 한 점 없는 하늘이 연출해 내고 있는 아지랑이조차 그녀의 관심을 끌지 못했다.

"어이, 라드니르."

크르르룽?

"너, 인간이 싫지?"

크르룽!

단호하게 고개를 끄덕이는 그를 향해 설아는 생긋 미소를 지으며 자연스럽게 그의 등에서 뛰어내렸다. 그리고는 정확한 착지 자세를 연출하기 위해 두 팔을 뻗었으나 그것은 마음일 뿐 실제로는 멋지게 모래 바닥 아래에 대(大)자로 뻗어버렸다.

　크르르릉?

　설아는 어이없는 표정 반 걱정스러운 표정 반으로 자신의 얼굴을 향해 코를 들이대는 라드니르를 적당히 밀어버리고는 한 손으로 안경을 쓰윽 올렸다.

　뜨겁게 달아오른 모래 따윈 아무렇지도 않았지만 그녀는 고개를 들수가 없었다.

　크르르릉?

　괜찮냐고 질문하는 라드니르를 향해 그녀는 한쪽 팔을 내저었다.

　"쪽팔리니까 묻지 마."

　크르릉~

　어쩐지 '바보'라고 중얼거리는 듯한 울음소리를 무시한 설아는 허공으로 시선을 고정시켰다.

　"나랑 다닐 거야?"

　크릉?

　"있지, 나랑 동행하고 싶다면… 인간형으로 폴리모프했으면 좋겠어."

　크르르릉?

　검은 물소 라드니르가 식은땀을 줄줄 흘리며 싫다는 눈빛을 해 보였지만 설아는 본 척도 하지 않고 불끈 주먹을 쥐어 보였다.

　"난. 소. 같.은. 거. 안. 키.워."

그녀의 말에 난감한 듯한 표정을 짓고 있던 라드니르는 잠시 동안 침묵하더니 좋은 생각이 난 듯 하얀 이가 드러나 보이도록 미소를 지어 보였다.

'소가 미소를 짓다니…….'

설아는 얼떨떨한 표정으로 그가 변신하는 모습을 지켜보았다.

풍성한 머리카락과 늘씬한 몸매, 깊어 보이는 루비 빛 눈동자와 기품있는 얼굴, 잘빠진… 네 개의 다리.

"누가 너더러 말로 변하래?"

푸르릉!

"으아! 미치겠네. 내가 소도 모자라서 말이 하는 말까지 알아들어야 해?!"

푸르릉! 푸릉!

"…어쨌거나 소는 아니다 이거지?"

설아의 말에 라드니르는 고개를 끄덕였다.

"하아~ 그래, 소보다는 말이 낫겠지."

푸르륵~ 푸륵~

맞다는 듯 맞장구치는 그에게 설아는 또다시 한숨을 내쉬었다.

'이 녀석, 원래 이런 녀석이었던가?'

뮤! 뮤!

설아의 허락했다는 듯한 말투에 뮤는 미간을 찡그리며 온몸을 흔들어댔다. 라드니르는 그런 뮤를 보며 낮게 으르렁거렸지만 정작 뮤는 전혀 겁먹은 기색을 보이지 않았다.

겁을 먹기는커녕 뮤 역시 그에게 경고하듯 신경질적인 울음소리를 내고 있었다.

뮤우! 뮤! 뮤!

설아는 골치 아프다는 표정을 지어 보이며 그들을 번갈아 노려보더니 이내 뮤를 덥석 집어 들었다.

뮤?

영문을 몰라 어리둥절해하는 뮤를 가볍게 무시하며 설아는 라드니르의 얼굴 앞에 뮤를 들이밀었다.

"라드니르, 이거 먹어버려라."

'덥석' 하는 소리에 설아는 자신의 이마를 한 손으로 툭 치며 재빨리 뮤를 라드니르로부터 떨어뜨렸다.

먹으라고 들이밀어 주었으나 오히려 뮤에게 먹힐 뻔했던 라드니르는 잠시 상황 파악이 안 된다는 듯 멍하게 뮤를 바라보다 이내 정신을 차리고는 앞발을 들어 뮤를 위협했다.

히이잉!

커다란 울음소리에 움찔한 것은 뮤가 아니라 설아였다. 물소에서 말로 변했다고는 하지만 앞발을 들고 있는 그는 설아의 키를 훌쩍 뛰어넘을 정도로 거대했다.

본능적으로 몸을 웅크리는 그녀를 보며 당황한 라드니르는 균형을 잡으며 조심스럽게 뒷걸음질쳤다.

어떻게 보면 춤을 추는 것 같은 동작인지라 상당히 우스운 장면이었음에도 불구하고 설아는 계속 몸을 웅크리고 있느라 그것을 보지 못했다.

푸르릉?

자신에게서 조금 떨어진 곳에 네 발을 딛고 서는 라드니르를 흘끗 올려다본 설아는 안도의 한숨을 내쉬었다.

이 세계에 발을 디딘 후 처음 느껴보는 공포심이었다.

모든 것이 정신력에 달려 있다면 설아는 적어도 이곳에서 다치진 않겠구나 싶었다. 어쨌거나 이 세계는 그녀의 이야기며 자신의 이야기에서 설마 다치기야 하겠나 싶은 안이함도 있었던 것이다. 더군다나 정신력에 대해서는 누구와 비교해도 뒤지지 않을 자신이 있었다.

푸르룽!

걱정스러운 시선을 보내는 라드니르는 눈에 보이지도 않는다는 듯 설아의 딱딱하게 굳은 표정은 좀처럼 풀어지지 않았다.

'겁을 먹다니! 내가 내 이야기에서 겁을 먹다니!'

설아는 정색하며 자리에서 벌떡 일어났다. 그리고는 라드니르의 곁으로 성큼성큼 다가가 그의 발을 있는 힘껏 걷어차 버렸다.

히이잉!

예상치 못한 설아의 공격에 라드니르는 중심을 잃을 뻔했지만 곧 아무 일도 없었다는 듯한 표정으로 그녀를 바라보았다.

"내가 그러니까 인간으로 폴리모프하라고 했지?"

푸르륵!

"푸르륵은 뭐가 푸르륵이야? 난 말이 하는 말 따윈 하나도 못 알아듣는다고 그랬지?!"

이번에도 호되게 자신을 걷어차려는 듯한 설아의 발길질을 여유있게 피해내며 뮤를 덥석 물어버렸다.

뮤우!

자신의 몸이 공중에 붕 떠 있다고 생각한 뮤는 설아를 향해 도와달라는 듯 괴성을 질러댔지만 설아는 뮤 따위는 안중에도 없는지 여전히 도끼눈을 뜬 채 라드니르를 향해 씩씩거려 댔다.

"니가 피한다고 내가 못 때릴 줄 알지? 그렇지 않아도 더워 죽겠는데 너까지 열 채울래?"

갑자기 열기가 뻗친 설아는 자기 발에 자기가 걸려 철퍼덕 소리를 내며 넘어지고 말았다.

한번 덥다고 생각하자 설아는 이제까지 아무렇지도 않았던 모든 것이 거슬리기 시작했다. 땅속부터 뻗어오는 열기는 온몸에 화상을 입은 듯한 느낌을 전해주었다. 하나였던 하늘이 두세 개로 나뉘며 겹쳐졌다 나누어지길 반복하고 있었고 귓속에 매미가 달라붙어 시끄럽게 울어대는 듯한 이명(耳鳴) 때문에 머리가 깨어질 듯한 두통마저 엄습해 왔다.

태어나서 지금까지 이렇게 심각하게 아파본 적이 없었던 그녀는 바닥을 데굴데굴 구르다 이내 정신을 잃어버렸다.

뮤?

푸르릉?

뮤와 라드니르는 그녀의 곁으로 다가가 조심스럽게 그녀를 살펴보았다.

뮤? 뮤!

그녀의 얼굴 가까이로 간 뮤는 자신의 얼굴을 이리저리 가까이 가져다 대며 킁킁킁 냄새를 맡기 시작했다.

푸르릉.

라드니르는 앞발을 이용해 설아를 휙 뒤집더니 축축한 코를 그녀의 이마에 들이밀었다.

킁킁거리는 라드니르를 뮤는 못마땅한 듯 흘겨보았지만 자신의 발에 차일 정도로 작은 뮤를 그가 신경 쓸 리 없었다.

뮤.

통통거리며 어떻게든 그의 시선과 마주치려는 뮤를 라드니르는 무심코 뒷발로 걷어차 버렸다.

뮤!

정통으로 맞은 건지 멀리 날아가는 뮤를 라드니르는 여전히 무표정한 얼굴로 바라보며 코웃음 쳤다. 뮤는 기를 쓰고 다시 쫓아왔지만 그동안 라드니르는 재주 좋게 설아를 자신의 등에 올리고는 또다시 발로 뮤를 뻥 차버렸다.

훙!

뮤우!

뮤의 비명 소리도 들은 척 만 척하며 라드니르는 그늘을 찾기 시작했다. 혼자서 화내다가 혈압이 올라 쓰러진 걸 보면 고혈압이 의심되긴 하지만 일사병일 가능성이 더 크다는 생각에 라드니르는 어쨌거나 마음이 조급해졌다. 마법을 쓰면 좋겠지만 그는 그다지 마법을 걸 생각이 없는 것인지, 아니면 미처 그 생각을 못해낸 것인지 조심스러우면서도 빠르게 움직이기 시작했다.

뮤는 주변의 공기가 심상치 않게 흐르고 있다는 것을 느꼈는지 필사적으로 튀어가 라드니르의 다리에 붙어버렸다. 그런 뮤에게 놀라운 일이 벌어지기 시작했다. 분명히 라드니르는 마법을 전혀 사용하지 않았음에도 불구하고 그의 주위 경치들만 순식간에 지나가 버리고 있었던 것이다.

뮤?

뮤는 주변을 두리번거리며 계속해서 라드니르로부터 떨어지지 않도록 온몸에서 끈적끈적한 무언가를 뿜어내고는 더욱더 찰싹 달라붙었다.

뮤?

뮤에게 느껴지는 속도감은 그다지 빠르지도, 느리지도 않았다.

그러나 주변의 경치가 문제였다. 마치 질주하는 말에 앉아 있는 것 같이 순식간에 변하고 있었다.

다행인 것은 주변 경치라고 해봐야 온통 모래밖에 없는 사막인지라 이렇다 할 정도로 두드러진 차이를 보이지 않는다는 것이었다. 덕분에 어지럽다거나 멀미가 난다거나 하는 일이 없어 뮤는 안심하고 주변을 좀 더 자세하게 관찰할 수 있었다.

푸르르릉!

라드니르는 마치 꼭 잡으라고 이야기하는 듯한 어조로 뮤에게 주의를 주고는 더욱더 속력을 올려댔다. 그가 속도를 내면 낼수록 경치는 더욱더 빠르게 지나갔고 나중에는 입체적이었던 주변 경치들이 도저히 육안으로는 어딘지 식별할 수 없을 정도로 평면으로 휙휙 지나가 버렸다.

뮤?

쭉 모래밖에 보이지 않던 곳에서 언제부터인가 초록색이 하나둘 섞이고 그 색들은 라드니르가 서서히 속도를 줄이자 다시금 입체적으로 되살아나기 시작했다.

뮤?!

의아함과 놀라움이 동시에 담긴 듯한 뮤의 괴성에 라드니르는 살짝 미간을 찡그리며 뮤를 내려다보았다. 날카로운 라드니르의 시선을 느낀 뮤는 움찔한 듯 고개를 돌려 라드니르의 시선을 피했다. 라드니르는 뮤가 상상했던 것 이상으로 대단한 존재였다.

그가 완전히 발걸음을 멈췄을 때 뜨거웠던 공기는 신선한 공기로 바

뛰어 있었으며 이글거리던 태양은 한결 가벼운 햇살을 보내주었다.

장소가 바뀐 것이다.

사막에서 순식간에 숲이라니…….

히이잉!

짧지만 높은 울음소리를 낸 라드니르 앞에 어깨까지 내려오는 은발을 깔끔하게 묶은 엘프 한 명이 갑자기 나타났다.

"이곳은 당분간 인간의 출입이 금지되어 있습니다. 그러나 숲의 주인인 당신들이라면 저희들도 출입을 막을 권리가 없습니다. 인간만 두고 들어오십시오."

흥!

그는 코웃음 치며 그대로 숲으로 들어가려고 했다. 그러나 나무 사이에 몸을 숨기고 있던 엘프들이 튀어나와 그의 앞을 가로막았다.

"죄송합니다. 인간과 동행이라면 당신의 출입도 막을 수밖에 없습니다."

푸르르~ 프룽~ 프르룽~

"주인이라니, 당신은 그들의 소유가 아닙니다. 그 누구도 살아 있는 자의 소유를 운운할 수 없습니다. 특히 인간처럼 이기적인 존재들은 더욱 당신들을 소유해서는 안 됩니다. 그들은 나무 한 그루, 풀 한 포기조차 소유할 자격이 없습니다. 아시잖습니까, 그들의 어리석음을……."

그는 인간들에게 손톱만한 호의도 가지고 있지 않은 듯했다. 그것은 그의 뒤에 서 있는 엘프들 역시 마찬가지였다.

라드니르는 엘프와 인간들이 이렇게까지 사이가 좋지 않았던 것인가 싶은 의문이 들어 고개를 갸웃거렸다. 그가 기억하는 한 엘프는 인간에게 비교적 방관자적인 태도를 보이며 간혹 보기 좋은 우정을 연출해 내기도 했다. 적어도 드워프나 고블린보다야 인간들과 더 취향이 맞는 그들 아닌가!

푸르릉~

그렇지만 그런 것 따윈 라드니르가 알 바가 아니었다. 그에겐 알지도 못할 엘프들의 속사정보다야 자신에게 자유를 준 설아 쪽이 훨씬 중요했으니까 말이다.

위협적인 눈빛으로 비키라는 분위기를 팍팍 뿜어내고 있는 라드니르에게 그는 딱딱한 얼굴로 고개를 흔들었다.

"비킬 수 없습니다. 인간은 들어올 수 없어요. 단 한 발자국도 허락할 수 없습니다."

딱 잘라 말하는 그를 향해 우아한 여인의 목소리가 날아들었다.

"너무 딱딱하게 굴 것 없잖아요? 어린 소녀인데다 그다지 몸 상태도 안 좋아 보이고 또 혼자잖아요. 악영향을 끼칠 만한 요소는 하나도 없는데……."

"그런 점이 더 수상합니다. 만일 쫓기고 있는 인간이라면 분명히 추적자도 있을 테고 여기 있다는 걸 알면 많은 수의 인간들이 따라붙을 텐데… 곤란합니다."

'허락할 수 없다'가 '곤란하다'로 한결 누그러들자 라드니르는 좀 더 상황을 지켜보기로 했다. 어쨌거나 지금은 자신이 평범한 말로 보여지는 것이 좋을 것 같았다.

마계의 비프론즈란 개개인이 쉴드의 프리스트와 같은 엘프들에게 환영받을 만한 존재는 아니었다.

"모르게 하면 되는 거잖아요?"

어깨 밑으로 살짝 내려오는 자신의 웨이브진 머리카락을 만지작거리며 슬쩍 지나가는 듯한 어조로 은발의 엘프를 향해 운을 떼우자 그는 짤막한 한숨을 내쉬었다.

"하아, 지금 모르게 하면 되는 거라고 말씀하신 겁니까?"

"어머? 누가 그런 말을 했다는 거죠?"

그녀는 한 손으로 우아하게 접혀진 부채를 펴 들고는 그것으로 반쯤 얼굴을 가렸다.

라드니르는 부채로 가려진 그녀의 입이 생긋 웃고 있으리라는 확신이 들었지만 모르는 척하며 엘프들의 반응을 기다리고 있었다.

"여하튼 저 소녀를 이 숲에 들일 이유가 없습니다."

도도하게 말하는 그에게 그녀는 생긋 미소를 지으며 부채를 접었다.

"샤베르, 당신마저 라이더를 닮아가는 건가요? 인간들 중에서도 좋은 인간들이 있다는 걸 당신도 아시잖아요. 딱딱하게 굴지 말고 저 아이가 회복되는 동안만이라도 보호해 주자구요."

"그 아이를 그렇게도 들이고 싶은 겁니까? 이 숲에 인간은 당신만으로 충분합니다. 레이디 엘리, 말씀해 보십시오. 이 아이를 우리가 보호하자는 겁니까?"

샤베르는 또박또박 자신의 말에 힘을 주며 엘리를 노려보았다. 그녀의 의향을 묻기 위한 질문이 아니라 쐐기를 박기 위한 것에 가까웠다.

"그러니까 이유만 있으면 들어올 수 있다는 건가요?"

"무슨 말씀을 하시려는 겁니까?"

"아, 그게 아니면 제가 원한다면 들어오게 해주신다는 거였나요?"

그녀는 우아한 걸음걸이로 사뿐사뿐 라드니르에게 다가가 그의 꼬리를 덥석 잡았다.

라드니르는 순간 그녀의 손을 뿌리칠까 하다 상황을 보아 그녀가 적어도 자신들에게 손해를 끼치는 짓은 하지 않으리라는 생각에 순순히 꼬리를 잡혀주었고 뮤는 통통거리며 그녀의 다리에 몸을 부딪쳤다.

"뭐 하시는 겁니까? 정당한 이유가 있다면 들어올 수 있겠지만 현재로서는 아무리 생각해도 저 소녀가 이곳에 있을 이유가 없습니다."

딱딱한 그의 목소리에 그녀는 뮤를 덥석 안아 들었다.

"어머, 미안해요. 제가 인질로 잡혀 버렸군요. 이를 어쩌죠? 설마 저를 버리시진 않으시겠죠?"

겁먹은 듯한 연약한 표정을 짓는 엘리에게 샤베르는 대단히 화가 난 듯 생기있던 초록색 눈이 점점 날카롭게 변해가고 있었다.

"장난치지 말아주십시오. 저는 진지합니다."

"어머, 장난이라니? 그럼 제가 저런 무시무시한 말에게 무지막지하게 차여도 좋다는 말씀이세요? 아니면 이런 정체 불명의 생명체에게 제 어여쁜 손가락을 콱 깨물려도 좋다는 건가요?"

그녀의 독기 어린 표정에 샤베르는 코웃음을 쳤다.

"우리 모두가 덤벼든다 해도 레이디 엘리 당신의 머리카락조차 잡아보기 힘들 텐데 거기 있는 친구가 우리 모두보다 강하다는 말을 하고 싶으신 겁니까?"

"네, 어쨌거나 천하의 엘리가 인질로 잡힐 정도니까 보통 말은 아니겠죠. 드래곤이 폴리모프한 거리고 해도 누가 알겠어요?"

오히려 뮤가 그녀에게 납치되었다고 말하는 편이 훨씬 신빙성있게 들릴 정도로 뮤를 꽉 끌어안고 있는 그녀를 샤베르는 완전히 질렸다는 듯이 바라보았다.

"그렇게 믿고 싶으신 거겠죠."

그녀는 우아한 미소를 지으며 뮤를 한 팔로 껴안더니 자신의 허리에 달려 있던 철적(鐵笛)을 꺼내 들었다.

"연주해도 돼요?"

그녀의 말에 샤베르뿐만 아니라 다른 엘프들까지 긴장하는 기색이 역력했다.

"이봐, 샤베르, 가만히 보니까 저 소녀 견습 프리스티스 같은데?"

"응?"

"입고 있는 옷 좀 봐. 저건 분명히 견습 프리스티스 복장이라구."

그의 말에 샤베르는 아랫입술을 꽉 깨물었다.

"…레이디 엘리, 당신의 뜻대로 해주고 싶진 않습니다만 일단은 제가 물러나지요."

엘프의 자존심은 마법사의 탑보다 무너뜨리기 힘들고 드래곤의 브레스에도 견딘다는 말이 있을 정도로 유명하다.

라이더가 겉으로도 눈에 확 드러나 보일 정도로 엘프답지 않은 엘프라면 샤베르는 그와 정반대인 전형적인 엘프였다.

엘리는 샤베르를 향해 생긋 미소를 지으며 라드니르의 고삐를 잡고는 천천히 엘프들의 마을로 안내했다.

푸프릉~

라드니르는 마을 입구 여기저기에 아무렇게나 자라난 풀들을 보며 걸음을 멈췄다. 그리고는 두 개의 잎이 꽃 위로 휘어져 하트를 만들고 있는 식물을 뿌리째 뽑아냈다.

"어머, 에퀴는 키리아가 아끼는 건데……."

엘리는 우아하게 부채로 라드니르의 머리를 툭툭 치며 은근히 뱉으라는 듯 압력을 가했다.

푸륵, 푸프륵!

라드니르는 눈에 살기를 담아 그녀를 노려보려 했으나 불행히도 그녀가 그에게 시선을 주지 않았기에 섬뜩한 붉은 눈동자는 그 위력을 발휘하지 못했다.

예민한 엘프들의 경계심만 불러일으킨 라드니르의 살기가 좀처럼 사그라들지 않자 그녀는 또다시 부채로 툭툭 소리가 날 정도로 그의 머리를 두들겼다.

히이잉~

라드니르는 자신의 머리가 깨어질 듯한 충격에 항의성의 비명을 지르며 에쿼라는 식물을 끝까지 사수해 냈다.

에쿼는 부르는 게 값이라는 만병통치약인데다 체질을 개선해 줄 정도로 놀라운 약초였으며 꽃은 어떤 외부의 상처라도 말끔하게 아물게 하는 성질을 가지고 있었다.

그러나 불행히도 에쿼는 그다지 알려져 있지 않은 식물인지라 우연히 길에서 발견한다 해도 그냥 스윽 지나치고 말 것이다.

에쿼의 재배 조건은 엘프가 사는 곳이어야만 했다. 그것은 습기가 어떻고 식물에 맞춰줄 수 있는 환경이 아니라 말 그대로 엘프가 사는 곳에서만 자라는 식물인 것이다.

그렇다고 해서 엘프가 그 식물을 키운다는 생각을 해서는 안 된다.

엘프는 물론이고 인간, 심지어는 타고난 정원사라는 그린 드래곤들도 에쿼를 키울 수 없다. 자연 그대로의 상태가 아니면 에쿼는 금방 죽어버리는 데다 물을 주는 것도, 비료를 주는 것도, 흙을 보충해 주는 것조차 이 도도한 식물에게는 참을 수 없는 스트레스일 뿐이었다. 오죽하면 꽃말이 '건드리면 죽음' 이나 '나를 잊어주세요', 혹은 '폭탄' 이라는 뜻을 가지고 있겠는가.

아무튼 에쿼를 연구하는 학자들은 이 식물을 '엘프 꽃'이라고 부르며 여러 가지 성분을 검사해 본 끝에 이 식물을 의료용으로 지정해 두었다. 물론 그 사실은 아는 자들만 아는 것이지만 원래 지식이라는 것이 다 그런 것 아니겠는가?

"이 부채가 그냥 부채인 줄 아나 본데… 너, 이거 안 보이니?"

엘리는 우아한 동작으로 부채를 쫙 펼쳐 들어 라드니르의 코앞으로 가져다 댔다. 검은색의 부챗살은 하나하나가 철로 만들어져 있었으며 그것들을 이어 붙여놓은 것들 역시 단순한 살이 아니라 철이었다.

종이라고 생각한 면 역시 묵직해 보이는 가죽이었다.

"너, 이게 뭐로 보여?"

다시 부채를 우아하게 접어 든 엘리는 생긋 미소를 지었다.

푸르르릉! 푸릉!

딱히 대답을 바란 것은 아니지만 어쨌거나 라드니르의 대답에 엘리는 우아한 표정으로 샤베르를 바라보았다.

"지금 얘가 뭐라고 하는 거죠?"

"…이야기도 안 통하면서 물어보긴 왜 물어봤던 겁니까?"

"부채 자랑하려고요."

그녀는 부채질을 하며 샤베르의 대답을 기다렸으나 샤베르는 긴 한숨을 내쉬며 라드니르의 등을 툭툭 쳤다.

"당신의 말씀이 옳았습니다. 그녀는 바보가 확실합니다."

푸프룽~

"통역!"

그녀의 신경질적인 목소리에 샤베르는 살짝 미간을 찌푸리면서 순순히 그의 말에 응해 주었다.

"와이번 가죽을 가지고 뭘 그렇게 뻐겨?"

"내가 언제 뻐겼어?!"

"따지는 것은 저 친구에게 하십시오. 저는 단지 전해 드릴 뿐이니까 요."

간단하게 말을 끝낸 샤베르는 라드니르에게 더 이상 할 말 없느냐는 듯한 시선을 보냈다.

"자, 잠깐! 와이번 가죽이라고?!"

딱딱하게 굳어진 그녀의 표정에 라드니르는 그것도 몰랐느냐는 듯 코웃음을 쳤다.

푸릉, 푸르르릉, 푸릉, 푸르릉.

"그럼 그게 드래곤 가죽이라도 되는 줄 알았냐?"

"아델라이데의 가죽이 아니었단 말이냐?!"

그녀의 표정은 점점 파랗게 질리다 못해 하얗게 굳어져 갔다.

"아델라이데의 가죽이라니요?"

샤베르는 날카롭게 번뜩이는 눈동자로 그녀의 얼굴을 정면으로 노려보았지만 그녀는 이미 샤베르의 말 따윈 안중에도 없었다.

"키리아가 날 속이다니……."

분노로 부들부들 떨고 있는 자신의 손을 다른 손으로 잡아 억지로 진정해 보려고 애를 썼지만 그것은 헛수고가 되어버렸다. 그녀의 다른 손 역시 떨리고 있었던 것이다.

푸르릉! 푸릉!

"비켜. 내 주인 치료해야 해."

고지식하게 이럴 때까지 통역하고 있는 샤베르를 향해 그녀는 금방이라도 잡아먹어 버릴 듯한 표정으로 품에서 주머니 하나를 꺼내 들었다.

"에퀴 가루예요. 일단 먹여둬요. 그리고 오늘 집 근처엔 얼씬도 하지 말아요."

딱딱하게 굳어진 표정의 그녀는 철적(鐵笛)을 꺼내 들었다.

"여차하면 불어버릴지도 모르니까."

그 한마디를 끝으로 그녀는 웬만한 엘프는 저리 가라 할 정도의 우아한 걸음으로 빠르게 마을 안으로 모습을 감추었다.

"나 샤베르와 함께하길 원했던 운디네여, 친애하는 그대에게 물을 부탁드려도 되겠는지요?"

그다지 존재감없는 물의 요정이 샤베르의 거창한 말에 얼굴을 붉히며 나타났다.

"저 소녀가 마실 수 있는 물을 부탁드립니다."

엘프들은 소녀를 따사로운 빛이 내리쬐는 곳에 반듯하게 눕히고는 살짝 입을 벌렸다. 샤베르가 에퀴 가루를 소녀의 입속으로 털어 넣자 운디네는 공중에서 빙글빙글 춤을 추며 맑은 물을 만들어냈다.

"감사합니다."

소녀가 삼키는 것을 확인한 샤베르는 운디네를 향해 싸늘한 얼음장도 단번에 녹여 버릴 듯한 부드러운 미소를 지어 보이며 그녀를 다시 라드니르의 등에 앉혔다(라기보다 적당히 걸쳐 놓았다는 표현이 더 적절할 것이다).

"자, 일단 들어가 봐야지."

"샤베르, 너 제정신이냐? 어딜 간다고?"

"마을에 가지. 가긴 어딜 가겠어?"

"레이디 엘리의 경고를 무시할 셈이야?"

"그쪽 집으로만 가지 않으면 그만이야."

샤베르의 말에 엘프들은 다들 귀를 좌우로 저으며 한숨을 내쉬었다.

"샤베르, 너는 아느냐, 귀가 잘 들려 슬픈 엘프들의 비애를……? 샤베르, 너는 들었느냐, 엘프들의 귀 돌아가는 소리를……?"

누군가 시를 읊는 소리에 샤베르는 살짝 미간을 찡그렸다.

샤베르 역시 엘프, 예민한 그의 청각은 미약하게나마 막 연주가 시작되려고 하는 엘리의 피리 소리를 감지해 내고 어서 마을에서 멀리 떨어질 것을 충고해 주었다. 그러나 그는 성능 좋은 자신의 귀가 들려준 충고를 무시하듯 운디네를 돌려보내고는 실프를 불러들였다.

"나 샤베르와 함께하길 원했던 실프여, 친애하는 그대에게 소리 없애는 마법을 부탁드려도 되겠는지요?"

실프는 천진난만한 소녀처럼 까르르 웃으며 고개를 끄덕거렸다. 운디네가 소녀에서 이제 막 숙녀가 된 청순한 분위기의 수줍은 이미지라면 실프는 철부지 말괄량이 소녀 같은 상반된 이미지를 풍겼다.

쉬익 하는 소리와 함께 자신을 중심으로 투명한 벽 같은 것이 엘프들과 라드니르를 감싸는 것을 확인한 샤베르는 무덤덤한 표정으로 엘프들을 바라보았다.

"이거면 마을에 들어가도 되겠지?"

조금은 머쓱한 표정으로 엘프들이 고개를 끄덕이자 라드니르가 제일 먼저 앞장서서는 마치 자기 마을에 들어가는 것마냥 익숙한 몸놀림으로 들어가 버렸다.

샤베르는 어이없다는 표정을 지으면서도 어쨌거나 마을로 안내하기로 한 손님이기에 정중히 그의 뒤를 따랐다. 아무도 라드니르에게 샤베르의 집을 알려주지 않았음에도 불구하고 그는 너무나도 당연하다는 듯 샤베르의 집 앞에서 걸음을 멈추었다.

푸르릉.

문을 열라는 듯한 그의 태도에 잠시 당황한 샤베르는 주변의 엘프들을 둘러보았다. 엘프들은 손님들의 숙소가 결정되었다고 생각했는지 저마다 실프를 불러들여 자신을 보호하고는 뿔뿔이 흩어져 갔다.

푸르르릉, 푸릉.

라드니르의 재촉에 샤베르는 단호하게 고개를 저었다.

"저희 집에는 아쉽게도 당신께서 들어갈 수 있을 만큼 넓지 못합니다. 무엇보다 유감스러운 것은 저희 집은 여자가 없다는 것입니다."

푸륵?

'그래서?' 라는 듯한 라드니르의 말에 샤베르는 한숨을 내쉬었다.

말인 라드니르야 밖에 둬도 자기가 알아서 잘 처신하겠지만 아직까지도 정신을 못 차리고 있는 소녀는 달랐다.

어리다고 해도 인간이고 성별로 따지자면 여자다. 에퀴 가루를 먹여놓았으니 금방 괜찮아지겠지만 아픈 소녀를 매정하게 밖에 내버려 둘 수는 없는 노릇이었다.

"하아, 좋습니다 그럼 이 소녀만 침대에 눕혀두고 저는 다른 휴식처를 찾도록 하죠."

히이잉!

자신의 말에 라드니르가 고개를 좌우로 흔들며 거세게 항의하자 샤베르는 어깨를 으쓱거렸다.

"그럼 제가 뭘 어떻게 해주길 바라십니까?"

푸륵! 푸르릉!

"간… 호를 하라는 겁니까?"

샤베르의 말이 끝나기가 무섭게 라드니르는 자신이 하고 싶은 말이 바로 그것이었다는 듯 신나게 고개를 끄덕거렸다.

"그럼 당신 혼자 심심하실 텐데요?"

푸륵! 푸르릉!

라드니르는 자신의 머리로 샤베르의 배를 쿡쿡 찌르며 그가 뒷걸음 치도록 만들어 결국 샤베르를 그의 집 현관까지 몰아세웠다. 그리그는 마치 샤베르에게 옆으로 비키라는 듯 콧김을 내뿜으며 최대한 뒤로 물러났다.

사락— 사락—

얼떨결에 뒤로 물러선 샤베르는 라드니르가 화난 황소처럼 앞발로 땅을 헤집어놓는 것을 의아한 눈길로 바라보았다.

푸르륵! 푸륵!

콧김을 내뿜으며 망설임없이 그대로 돌진하는 라드니르의 등에서 힘없이 떨어지려는 설아를 발견한 샤베르는 실프를 불러들여 설아의 몸을 공중으로 띄웠다.

'쿵' 하는 요란한 소리에 라드니르가 있던 곳으로 고개를 돌린 샤베르는 자신도 모르게 입을 딱 벌리고 말았다. 아무리 나무로 만들어졌다고는 하나 튼튼하기 짝이 없는 참나무로 만든 문을 머리로 들이박아 부숴 버리고는 태연하게 집 안으로 들어간 라드니르가 만족스러운 표정으로 자신을 바라보고 있었다.

"왜 문을 부수고 들어가신 겁니까?"

히이잉! 힝힝!

"열린 줄 알았다니, 그건 당기는 문이었습니다만……."

샤베르는 할 수 없다는 듯한 표정으로 거의 골격만 남은 나무 문의 손잡이를 힘껏 당겼다. '끼긱' 하는 듣기 싫은 소리와 함께 덜렁거리는 손잡이가 뽑혀져 나왔다. 샤베르는 무안해진 얼굴로 손잡이를 바라보다 잠시 어깨를 으쓱거리며 손잡이를 바닥으로 던져 놓고는 이제 문이 필요없어진 그의 집으로 걸어 들어갔다.

'라이더가 오면 무척 화내겠지?'

샤베르는 엘프답지 않게 과격한 자신의 붉은머리 동생을 떠올리며 생긋 미소를 지었다.

푸르릉, 푸릉!

라드니르의 의아한 듯한 목소리에 그는 정신을 바짝 차렸다. 엘리의 피리 소리를 막기 위해 걸어놓은 마법이 깨어진 것이다. 샤베르는 다시 정령에게 사일런스를 부탁하려 했지만 그녀는 꺄르르 웃으며 그의 귓가에 작은 목소리로 속삭였다.

"걱정하지 말아요, 키리아님이 엘리 씨에게 뮤트를 걸었으니까요."

"뮤트를?"

의아한 표정으로 자신을 바라보는 샤베르에게 실프는 또다시 까르르 웃음을 터뜨렸다.

"변명을 하시겠죠. 엘리 씨는 이성적인 분이니까 한번 납득하시고 나면 그걸 가지고 걸고넘어지거나 하시진 않으니까요."

진지한 표정으로 고개를 끄덕이며 듣고 있던 샤베르는 실프의 그 한마디에 창백한 표정으로 실프고 뭐고 없이 자신이 직접 시동어를 외쳤다.

"사일런스."

곧 시원스럽도록 강한 바람이 그의 주변으로 몰려들어 눈에 보이지 않는 장벽을 만들어냈다.

'푸드득 거리며 날아가는 새들의 날갯짓 소리도, '표로롱' 하는 피리 소리도 그들의 장벽으로 들어가지 못했다.

"휴우, 이성적이라는 말을 듣지 못했다면 나도 말려들 뻔했잖아."

샤베르는 자신의 목소리마저 들리지 않는다는 것을 잊은 것인지 실프를 향해 살짝 핀잔을 주었다.

"이번에는 꽤 치열한 싸움이었나 본데?"

키리아의 집 뒤편으로 새들이 날아들기 시작하더니 나중에는 개미한 마리 들어설 수 없을 정도로 빽빽하게 집 주변을 에워쌌다. 그러고도 내려앉을 공간이 없어 하늘을 빙빙 돌고 있는 새들로 가득 찬 곳은마치 먹구름이 낀 것처럼 보였다.

이처럼 많은 새들이 동시에 울어댄다면 고막이 터져 버릴 것이다. 그러나 새들은 아마도 온갖 종류가 섞여 있는 그 속에서 놀랍게도 엘리의 연주에 맞춰 질서있게 지저귀고 있었다.

그것은 마치 천상의 음악이라고 해도 과언이 아닐 정도로 아름다웠으나 사일런스의 범위 내에 있는 샤베르들에게는 으스스하게 느껴질 뿐이었다.

"안 되겠어, 가서 정말 뮤트라도 걸어드려야지. 저러다 키리아님 잡을 거야."

샤베르는 여전히 들리지도 않은 자신의 목소리를 의식조차 못하는 듯 진지한 표정으로 키리아의 집이 있는 쪽을 뚫어져라 노려보다 이내자신에게 안겨 있는 설아에게로 시선을 옮겼다.

"우선 침대에 옮기기부터 해야겠군."

침대 위로 설아를 내려놓은 샤베르는 가벼운 한숨을 내쉬며 밖으로 나갔다.

하늘을 뒤덮은 새들은 잠시 사이에 몇 배로 늘어나 있었기에 자신도 모르게 걸음을 재촉하려던 샤베르를 라드니르가 급하게 붙잡았다.

"왜 그러십니까?"

푸르르릉!

서로를 노려보던 그들은 다시 한 번 입을 열었다.

"왜 그러십니까?"

히이힝!

그들은 잠시 동안 서로를 물끄러미 바라보았다.

뻐금, 뻐금, 뻐금.

뻐금, 뻐금.

그들의 대화 내용을 사실화하면 결국 이렇게 되는 것이다.

사일런스의 범위 내에서 무슨 소리가 들리기를 바라는가?

결국 샤베르는 자신의 옷 뒷자락에 검은 말 한 마리를 매달고는 마치 체력을 키우기 위해 훈련을 받고 있는 견습 기사들처럼 엉거주춤한 자세로 달리기 시작했다.

라드니르는 있는 힘껏 버티고 있었지만 샤베르는 머리를 쓸 줄 아는 엘프였다. 그는 실프로 하여금 라드니르를 들게 했던 것이다.

샤베르의 말이라면 언제나 고분고분하게 듣던 실프가 이상하게도 이번만큼은 그다지 내켜 하지 않았지만 샤베르는 그냥 기분이 좋지 않아서 그런 거라 생각하곤 가볍게 흘려버렸다.

이윽고 새들투성이인 키리아의 집으로 다가간 샤베르는 난감한 표정을 지었다.

엘프인 자신은 그렇다 치더라도 난폭한 야생마인 라드니르가 있는

데도 비켜줄 생각조차 하지 않고 열심히 눈만 뻐끔거리고 있다니…….

라드니르는 자신을 공중에 띄우고 있는 실프를 향해 매서운 표정을 지었다.

'좋게 봐줄 때 내려놓아라'라는 의도가 담긴 그의 붉은 눈동자에 움 찔한 실프가 자신도 모르게 라드니르를 내려주자 그는 샤베르의 등을 자신의 축축한 코로 툭툭 밀어버렸다. 라드니르가 샤베르에게 뭐라고 말을 해봤자 사일런스 유효 거리를 일정 범위 내에서의 거리로 만든 것이 아니라 처음부터 샤베르가 있는 곳에서부터 반경 50m 이내의 거 리로 지정해 뒀기 때문에 알아들을 리가 없다. 그렇다면 오로지 통하 는 것은 실력 행사뿐…….

샤베르가 계속되는 라드니르의 재촉에 옆으로 물러서자 그는 섬뜩 하리만치 날카롭게 울부짖으며—물론 유감스럽게도 사일런스 효과 덕분에 소리는 들리지 않았다—앞발을 높이 들어 올렸다.

새들은 소리가 들리지 않지만 무자비하게 자신들을 짓밟을 것만 같 은 라드니르의 기세에 놀라 하늘로 날아올랐다.

엘리의 피리 소리도 들려오지 않는 마당에 새들이 그녀에게 맹목적 인 충성을 바칠 이유가 없기에 샤베르와는 달리 라드니르에게 새들을 쫓아내는 것 정도는 일도 아니었다.

다행스럽게도 하늘에 떠 있는 새들도 라드니르 일행에게 큰 관심이 없는 것인지 뿔뿔이 흩어져 갔고 그에 따른 위험도 자연스럽게 사라져 버렸다.

모든 위험이 사라졌다고 생각한 샤베르는 사일런스를 해지시키고는 라드니르를 바라보았다.

"안을 살펴보고 올 테니까 잠시만 기다려 주십시오."

푸르릉.

라드니르가 의외로 순순히 고개를 끄덕이자 샤베르는 의아한 표정을 지으면서도 워낙 키리아가 걱정됐던 탓에 다시 한 번 얌전하게 있어 달라고 부탁하고는 반쯤 열려 있는 키리아의 집 안으로 조심스럽게 발을 디뎠다.

"실례합니다만 들어가겠습니다."

마치 빈집에 주인의 허락도 없이 들어가는 기분에 머쓱해진 샤베르가 정중하게 양해를 구하자 안에서는 씩씩거리는 여인의 목소리가 들려왔다.

"절 방해한 자가 샤베르 당신인가요?"

"죄송합니다만 그만하면 화가 풀리지 않으셨습니까?"

조심스러운 샤베르의 말에 엘리는 독기 어린 목소리로 버럭 소리를 질렀다.

"안 풀렸어! 안 풀렸다구! 당장 나가!"

그녀가 조금 자기 멋대로인 성격이긴 해도 이렇게까지 이성을 잃고 흥분하는 모습은 처음인지라 샤베르는 자신도 모르게 '실례했습니다'라고 말하고 밖으로 나올 뻔했다. 아마도 키리아의 창백한 안색을 보지 않았더라면 아마 틀림없이 그랬을 것이다.

"그러니까 엘리, 정말 오해입니다."

거의 반쯤 기어들어 가는 키리아의 목소리에 샤베르는 반색을 했다.

"키리아님, 무사하십니까?"

"아직은……."

말과는 달리 키리아의 목소리에는 힘이 하나도 없었다.

"이쪽으로 오실 수 있겠습니까?"

여차하면 업고 뛰자는 생각에 조심스럽게 묻는 샤베르에게 엘리는 오만한 미소를 지었다.

"무리예요. 우리 그이의 허벅지 신경이 마비되었거든요. 양쪽 어깨도 마찬가지랍니다. 오로지 자유로운 것은 그의 머리와 입뿐이에요. 그러니까 허튼수작 부리지 말고 나가주세요, 이건 우리 부부의 문제니까."

엘리는 뚜벅뚜벅 샤베르의 앞으로 걸어나와 그의 등을 떠밀어 문밖으로 내몰았다.

'실프, 지금이야. 뮤트를 걸어줘.'

마음속으로 실프에게 명령을 내린 그는 실프가 엘리의 주변에서 빙글빙글 원을 그리듯 춤을 추는 것을 보고서야 겨우 안심할 수 있었다.

철적(鐵笛)을 쓰지 못하는 엘리는—그리 쉽진 않지만—어떻게든 제압할 수 있는 상대였기 때문이다.

"소용없어, 샤베르. 어쩔 수 없이 뮤트를 풀어야 할 거야."

"혈도를 막아 움직일 수 없게 한 거라면 미숙하지만 저도 어느 정도 손을 쓸 수 있습니다만……?"

"아아, 소용없다니까. 내가 꼼짝할 수 없는 건 엘리의 연주 때문이니까."

씁쓸한 미소를 지으며 엘리를 바라보는 키리아에게 샤베르는 할 수 없다는 듯 고개를 끄덕거렸다.

"어쩔 수 없군요."

"그래, 어쩔 수 없지. 엘리도 화내지 않을 거야. 나를 위해서 그런 거니까."

"죄송합니다, 키리아님."

"죄송하긴… 오히려 내가 미안하지."

키리아의 금빛 눈동자에는 어느덧 미안함이 가득 담겨 있었다. 샤베르는 그런 키리아에게 진심으로 사과하듯 고개까지 숙여 보이고는 그대로 밖으로 나가려 했고, 이에 당황한 키리아는 황급히 샤베르를 불러 세웠다.

"어이, 샤베르, 어디 가는 거야?"

"집에 갑니다만?"

"그냥 간다고?"

"그럼 뭐라도 가져갈까요?"

샤베르의 말에 잠시 당황한 키리아는 식은땀을 흘렸다.

"엘리에게 건 마법은 해지시켜 주고 가야지."

"왜요?"

"그래야 엘리가 내게 자유의 곡을 연주해 주지."

"그런 거 해주지 않아도 됩니다만?"

단호하게 말하는 샤베르에게 키리아는 멍한 표정으로 되물었다.

"뭐?"

"그런 거 해주지 않아도 된다고 했습니다만?"

이번에는 엘리까지 자신의 귀를 두 손가락으로 만지작거리고는 샤베르를 바라보며 두 눈을 크게 떴다. 자신에게 집중된 시선이 부담스러운 듯 샤베르는 심호흡을 길게 내쉬고는 천천히 그들을 번갈아 바라보았다.

"솔직하게 말해서 키리아님께는 유감스럽지만 부부 싸움도 부부 싸움 나름이지 이렇게까지 민폐를 끼치는 법이 어딨습니까?"

"그거야 미안하게 생각하고 있지."

"미안하다는 말로 해결될 게 아니라고 봅니다. 엘리님께서 아직 분이 풀리지 않으셨으니 이 싸움은 제가 빠진 뒤에도 계속 이어지겠지요?"

엘리가 당연한 걸 왜 물어보냐는 표정으로 고개를 끄덕이자 샤베르는 정색했다.

"바로 이런 게 문제라는 겁니다. 또 철적(鐵笛)으로 동물들을 불러내 다른 엘프들마저 키리아님의 상태와 똑같이 되도록 만드시겠죠. 말로만 본의가 아니었다고 하시면서 말입니다."

"그, 그건……."

엘리를 두둔하려는 키리아를 향해 샤베르는 고개를 저어 보였다.

"아쉽지만 두 분 모두 반성하시길 바랍니다. 서로 자중하기 전까지 키리아님께선 몸이 불편하셔도 참으십시오. 엘리님도 마찬가지입니다."

"이봐, 언제까지 이러고 있으란 말이야?"

"그야 엘리님과 키리아님 하기에 달려 있는 겁니다만……."

샤베르가 어깨를 으쓱거리자 키리아의 안색이 어두워졌다.

"농담이겠지?"

"진담입니다. 그럼 여기 실프를 붙여두고 가겠습니다. 제 실프는 워낙 수다 떠는 걸 좋아해서 시시콜콜한 것 하나까지 전부 저에게 보고해 줄 테니 절 속일 생각은 아예 안 하시는 게 좋을 겁니다."

그의 말에 당황한 엘리와 키리아가 멀뚱멀뚱 서로의 눈만 바라보자 샤베르는 단호하게 한마디 쏘아붙이고는 밖으로 나가 버렸다.

"제 말뜻은 두 분 때문에 이 마을 엘프들이 더 이상 손해 보는 일이 생겨선 안 된다는 겁니다. 명심하십시오."

"이런, 단단히 삐쳐 버렸군."

키리아가 곤란함 반 즐거움 반이 섞인 얼굴로 '탁' 소리가 나도록 닫아버린 문을 바라보자 엘리는 어디서 찾아냈는지 종이와 펜을 꺼내 들었다.

뮤트 정도는 자기가 해지시켜 줄 수도 있잖아.

"이런이런, 그건 아니죠. 샤베르가 사용하는 마법과 정령술은 오직 샤베르와 피가 이어진 자들만 간섭할 수 있으니까요. 어떻게 된 건지는 모르겠지만 그의 집안 내력인 것만은 틀림없어요."

키리아가 온화한 미소를 지으며 엘리를 바라보자 엘리는 단단히 화가 난 듯 미간을 찡그렸다.

뮤트를 걸어놓은 자는 샤베르가 아니라 실프잖아.

휘갈기듯 빠르게 써 내려간 글씨에 키리아는 너털웃음을 터뜨리고는 고개를 옆으로 흔들었다.

"이야기하지 않았나요? 샤베르가 사용하는 정령술 역시 그와 피가 이어진 자들만 간섭할 수 있다고……."

그럼 그 엘프라도 불러와야겠군요. 누구예요, 그 엘프가?

엘리의 손은 더욱 더 빨라졌지만 그녀의 글씨는 조금도 흐트러지지 않았다.

"없어요, 현재는."

엘리의 눈매가 날카롭게 변했지만 키리아의 표정은 변함이 없었다.

샤베르가 실프로 엘리에게 뮤트를 걸어버린 뒤부터 창백했던 키리아의 안색이 차츰 활기를 되찾았다. 어딘지 모르게 여유스러움마저 풍겨 나오고 있는 키리아에게 엘리는 위협적으로 탁상을 두들겼지만 불행히도 그녀는 아무런 소리도 만들어내지 못했다.

**거짓말! 샤베르에겐 분명히 붉은 머리의 다혈질 동생이 있을 텐데?**

"라이더는 유이님을 모시고 숲 밖으로 나갔잖아요. 인사없이 나갔다고 형이나 동생이나 버릇없는 것은 매한가지라고 하실 때는 언제고⋯⋯."

엘리는 무안한 듯한 표정으로 뒤통수를 긁적거리며 '그랬나?'라고 중얼거렸다.

목소리는 들리지 않았지만 입 모양으로 그녀가 하려던 말을 알아차린 키리아는 고개를 끄덕끄덕거리며 면박을 줬다.

"그랬죠. 분명하게 그랬었죠."

여성스러운 키리아의 부드러운 말투에 그녀는 한숨을 내쉬었다.

**그러니까 내 목소리와 자기의 자유를 찾으려면 화해를 하라는 거지?**

"그렇죠. 엘리님께서 제 이야기를 흥분하지 않고 들어주신다면 화해가 그렇게 어려운 일은 아닐 거라고 생각해요."

생글생글거리고 있는 키리아는 승리의 미소를 짓고 있었다.

"그 부채는 와이번 가죽이 맞지만 전 당신을 속인 적이 없어요."

그러세요? 뻔뻔하기도 하셔라!

이글이글 타오르는 눈으로 키리아를 매섭게 쏘아보던 엘리는 가벼운 한숨을 내쉬었다.

"그 가죽의 주인은 거대하고 강인하고 쉽게 구할 수 없는 것이며 하늘을 난다고 했죠."

그래, 바로 드래곤이잖아! 게다가 아델라이데와 마지막 추억이 담긴 것이라며?

"아데님께서 와이번으로부터 절 구해주신 거예요. 소중한 추억이 담긴 와이번 가죽이죠."

회상에 잠긴 듯한 그의 말투에 엘리는 기가 막히다는 듯한 표정을 지었다.

자기가 버린 여자를 이제 와서 그리워하는 거야?

"그럴 리가요. 아데님은 처음부터 저의 애완 드래곤이라는 개념이었으니까 제가 사랑하는 사람 앞에서 그리워할 만한 상대가 되지 못하지요. 아시지 않습니까? 제가 다크 엘프가 되지 않은 이유는 오로지 엘리님 덕분이라는 것을……."

키리아는 애정과 신뢰가 듬뿍 담긴 눈빛으로 그녀를 바라보았다.

흥! 아부도 안 통하네요!

틱틱거리긴 했지만 이미 그녀의 표정은 따뜻한 봄바람을 맞은 얼음
마냥 사르르 녹아내리고 있었다.

"질투는 때때로 서로를 자극시키는 좋은 활력제가 되기도 하지만 오
해는 역시… 가슴이 아프군요."

키리아의 씁쓸한 표정에 그녀는 고양이 앞의 쥐처럼 안절부절못했
다.

아니, 난 오해한 거 없어.

변명하듯 황급히 휘날려 쓴 글씨에 그는 긴 한숨을 쉬었다.

"하아~ 아직도 그 와이번 가죽에 대한 오해가 풀리지 않았나 보군
요."

엘리는 당황한 표정으로 격렬하게 고개를 흔들었다.

오해라니, 그냥 내가 농담한 거지. 난 처음부터 자기에 대해 의심해 본 적이
없다구. 믿지? 나 믿지?

"…믿어야 하는 겁니까?"

그럼, 믿어야지. 내가 농담치곤 좀 심했지만……. 으아! 이러고 있을 때가 아
니지. 자기야, 나 샤베르 좀 만나고 올게.

"샤베르는 왜요?"

'자기가 계속 그렇게 있을 수는 없잖아. 많이 불편하지? 조금만 참아' 라고 쓴 종이를 들어 보이고는 키리아가 뭐라고 말릴 틈도 없이 밖으로 달려나갔다.

"이런이런, 정말이지 못 말릴 사람이군."

은근히 이 상황을 즐기는 듯한 말투로 실프에게 명령을 내렸지만 실프는 그런 그가 걱정스러운지 주변을 빙빙 돌며 좀처럼 자리를 뜨지 못했다.

"걱정 말고 다녀와."

키리아가 상냥하게 웃으며 실프를 재촉하자 실프는 고개를 한번 끄덕여 보이고는 반쯤 열리진 문틈 사이로 빠져나갔다.

실프가 순순히 그의 말에 따르는 것은 그의 반짝거리는 금빛 눈동자는 그것을 마주 보는 자로 하여금 그의 말을 거역할 수 없도록 만드는 힘이 있기 때문이다. 키리아는 그 힘을 함부로 사용하지 않았지만 무의식 중에 그 힘을 사용하게 되는 경우가 있는데 바로 지금과 같은 순간이었다.

그에게 있어 인생이란 너무나 쉬워서 지루하고 재미없는 것이었지만 엘리가 끼어들면서부터 조금씩 멈춰져 있던 운명이라는 수레바퀴가 돌아가고 있음을 느꼈다. 눈을 뜨면 오늘이 오고 눈을 감으면 내일이 오고 있음이 그에게 있어 이토록 즐겁게 느껴지던 시간이 없었다. 자신의 마력이 통하지 않는—그가 알고 있는 한—유일한 사람이 자신에게도, 다른 엘프들에게도, 심지어는 지상 최강의 종족이라는 드래곤조차 그녀의 연주 실력 하나로 마음먹은 대로 움직일 수 있었다.

"과연 그 고집쟁이 샤베르가 엘리보다 먼저 움직일 수 있을까?"

＊　　　＊　　　＊

"아, 그러고 보니 라이더님께서 지도를 볼 줄 아시던가?"

한스는 노래를 멈추고 걱정스러운 듯 라이더가 나간 문을 바라보았다.

"멈추면 안 돼! 멈추면 안 돼! 티로는 배가 멈춰 있는 거 싫어!"

티로가 특유의 까마귀 울음소리 같은 목소리로 그를 재촉하자 그는 목소리를 가다듬었다.

"아아! 조금만 쉬면 안 되겠습니까?"

"안 돼! 안 돼! 티로는 배가 서 있는 거 싫어! 티로는 배가 서 있는 거 싫어!"

한스의 곁에 바싹 다가선 그녀는 목청이 터져라 소리를 꽥꽥 질러댔다.

"목소리가 갈라질 것 같아서 그럽니다. 벌써 서른 곡도 넘게 불렀습니다만……."

한스는 최대한 불쌍한 표정으로 티로와 세이레네스를 번갈아 바라보며 동정심을 유발시키려 했지만 티로는 막무가내였다.

"싫어! 티로는 배가 멈추는 건 질색이야!"

한스 주위로 빙글빙글 돌며 뼈끼리 부딪쳐 달그락거리는 소리를 만들어낸 티로는 한스가 두 손으로 귀를 막는 것도 아랑곳하지 않고 더욱더 큰 소리를 질러댔다.

"한스! 노래 불러! 한스! 노래 불러!"

그녀가 노래를 부르듯 쉬지 않고 소리를 질러대자 배는 천천히 움직이기 시작했다.

"티로가 움직였어! 티로가 움직였어!"

그녀는 그 자리에서 춤이라도 출 것같이 방방 뛰면서 즐거워했다.

"그만 해, 티로!"

이러다가 또다시 방향이 어긋날까 불안해진 세이레네스들이 티로를 말렸지만 그런다고 순순히 입을 다물고 있을 티로가 아니었다.

귀가 아픈 것을 넘어서자 머리가 멍해지면서 누군가가 자신의 머리를 못으로 조금씩 긁어내는 듯한 통증이 느껴졌다.

'휴식이 필요해!'

한스는 흘낏 티로를 바라보며 이곳에서 잠시라도 벗어날 수 있는 방법을 떠올려 냈다.

그는 사람 좋아 보이는 얼굴에 최대한 호의적인 미소를 띠고는 티로를 칭찬하기 시작했다.

"이야, 티로님, 대단하시군요! 배를 움직이시다니……."

"헤헤, 티로가 움직였어. 티로가 한 거야."

어깨를 으쓱거리는 티로를 향해 한스는 계속 생글생글 미소를 지었다.

"티로님, 배를 더 움직일 수 있으십니까?"

"응?"

"저는 목이 아파서 잠시 쉬어야 할 것 같습니다만 티로님이시라면 제가 쉬고 있을 동안 배를 움직여 주실 수 있을 겁니다. 그렇죠, 티로님?"

티로에게 줄곧 '당신은 대단해요' 라는 눈빛을 보내 우쭐하게 만들어놓은 한스는 마치 어린아이에게서 자신이 원하는 대답을 이끌어내듯 여유롭게 그녀의 반응을 기다렸다.

"응, 티로는 할 수 있어."

티로는 이제 한스의 옆에 서서 그만 나가보라는 듯 손을 휘휘 내저었다. 그런 티로에게 세이레네스들은 말도 안 된다는 반응을 보였다.

"안 돼! 이제 겨우 제대로 움직이고 있는데 네가 초를 치겠다는 거야?"

"티로, 제발 살려줘. 난 어서 배에서 벗어나고 싶어!"

"차라리 다시 가둬두는 건 어때?"

누군가의 제안에 티로는 과민 반응을 보이며 금방이라도 날아오를 듯한 포즈로 열심히 날개 뼈를 움직여 댔다.

삐그덕— 삐그덕—

날개 뼈는 오랫동안 움직이지 않았던 탓인지 듣기 싫은 소리를 내며 열심히 파닥거려 댔지만 하늘을 날아오를 수 있을 리 없었다.

티로는 분하다는 듯 발을 굴리다가 이내 한스를 옆으로 밀어버렸다. 날카롭고 딱딱한 손가락 뼈가 자신의 몸에 닿는 것에 섬뜩한 느낌이 들어 잠시 움찔한 한스는 이내 아무 일도 없었다는 듯이 온화한 표정으로 그들의 우두머리로 보이는 레니에게 말을 걸었다.

"어차피 제가 노래를 부르지 못한다면 또다시 바다 가운데 갇혀 꼼짝도 못할 겁니다. 제가 쉴 동안 티로님께서 배를 움직일 수 있는지 알아보는 것도 그리 손해 보는 일은 아닐 거라고 생각합니다만?"

"그러다가 뒤로 가거나 방향을 잃으면요?"

레니의 날카로운 눈빛에 한스는 특유의 사람 좋은 미소를 지으며 걱정 말라는 듯이 어깨를 으쓱해 보였다.

"어차피 제가 움직일 건데 상관있습니까? 정 안 된다 싶으면 티로님을 막으면 되니까요. 요는 실험이라는 거죠. 티로님이 이 배를 제대로 움직일 수 있다면 서로 잘된 일 아닙니까?"

레니는 능글맞은 한스가 알미워 죽겠다는 듯한 표정으로 한숨을 내쉬었다.

"좋아요. 대신 당신은 여기서 목이 다 풀릴 때까지 한 발자국도 움직여선 안 돼요."

"그건 좀 곤란합니다만……."

"어째서?"

"이봐요. 난 인간입니다. 기분 전환이라는 것도 필요한데 이렇게 가둬두기만 한다면 노래 같은 거 부르고 싶지 않아진단 말입니다."

한스의 말에 그녀는 어이없는 듯한 표정을 지었다.

"누가 가둬뒀다는 거죠? 협상이었잖아요."

"그렇다고 해도 꼼짝도 하지 말라니, 이건 완전히 감금시키는 거라구요."

"…좋아요. 대신 이상한 기미가 보이면 바로 내려오도록 해요."

"그거야 물론이죠."

"좋아요. 손 내밀어봐요."

한스는 내키지 않았지만 일단 손을 내밀었다. 레니는 자신의 날개 뼈 하나를 뽑아 그의 손에 쥐어주었다.

그녀의 날개 뼈는 마치 살아 있는 것처럼 한스의 손바닥에서 꿈틀꿈틀거리다 이내 그의 새끼손가락 위로 찰싹 붙어버렸다. 섬뜩하리만치 차가운 기운이 한스의 손가락 끝에서부터 퍼지기 시작하더니 이질적인 느낌이 마치 그의 온몸을 둘러싸는 듯했다.

"이게 뭡니까?"

새파랗게 질린 입술에선 하얀 입김이 새어 나왔다.

"레니만이 쓸 수 있는 거야. 쉴드께서 주셨어. 쉴드는 레니만 이뻐해."

티로가 끼어들며 마음에 안 든다는 듯 이죽거려 대자 레니는 쓸데없는 소리 하지 말라는 듯 사납게 눈을 흘겼다.

"이건 당신이 행여라도 쓸데없는 생각을 하지 못하도록 막기 위한 거니까 기분 나쁘게 생각하지 말아줘요. 티로와 교대하고 나면 도로 가져갈게요."

한스는 '도대체 바다 한가운데에서 제가 어떻게 도망가겠습니까?! 게다가 전 수영도 못한단 말입니다'라고 따지고 싶었지만 몸이 덜덜 떨려와서 목소리가 나오지 않았다.

결국 고개를 끄덕여 보이고는 천천히 갑판 위로 올라간 한스는 햇살이라도 받으며 몸을 녹여야겠다는, 오직 그 생각밖에 들지 않았다.

"어이, 한스!"

힘겹게 갑판 위로 올라온 순간 어디선가 라이더의 목소리가 날아들었다.

"어디에 계십니까?!"

몸을 부들부들 떨던 한스는 추위를 떨쳐 내려는 듯 버럭 소리를 질렀다.

뭔가 이상하다는 생각이 들었던지 라이더는 한스에게 대답하는 대신 파수대에서 갑판으로 단숨에 내려왔다.

"어디 아픈 거냐?"

새파랗게 질린 한스의 입술을 보며 라이더는 한스의 이마에 손을 올렸다가 황급히 내렸다. 라이더의 손에도 그 이질적인 느낌이 전해져

왔던 것이다.

"뭐, 뭐냐?! 너 뭘 붙이고 온 거야?!"

날카로운 라이더의 목소리에 한스는 자신의 왼손을 펼쳐 보였다.

"레니님의 날개 뼈입니다."

햇살 덕분에 몸이 조금씩 따뜻해져 가고 있음을 느낀 라이더는 잠시 심호흡을 했다. 여전히 이질적인 느낌이 들긴 했지만 말조차 하지 못할 정도의 맹렬한 추위는 사그라들었다.

"그런 걸 붙이고 있다니… 취향 한번 고약하네."

라이더는 그 이상한 기운이 자신을 꺼린다는 것을 알아차렸다.

그러나 라이더 자신도 상당히 꺼려지는 뼈인지라 쉽사리 만질 수가 없었다. 결국 한스에게서 뼈를 떼어주려던 그는 그저 한스의 액세서리 취향이 나쁜 거라고 결론 내리고는 어쩔 수 없는 녀석이라는 듯한 표정으로 고개를 절레절레 흔들었다. 이에 울컥한 한스는 언성을 높였다.

"취향이라니요? 제가 뼈를 붙이고 다닐 정도로 이상한 놈으로 보이십니까?"

"붙이고 다니잖아."

라이더가 눈을 말똥말똥하게 뜨며 한스의 손을 가리키자 한스는 또다시 언성을 높였다.

"이건 레니님께서 주신 겁니다!"

"그래?"

라이더는 한스를 위아래로 훑어보더니 안됐다는 어조로 몇 마디를 덧붙였다.

"너, 여자 취향이 나쁘구나? 종족까지는 아무 말 안 하겠지만 어지간하면 살아 있는 쪽을 택하는 게 어때?"

"라이더."

한스는 예의 사람 좋은 얼굴로 생긋 미소를 지으며 라이더의 등을 툭툭 쳤다.

"왜 그래?"

라이더가 자신을 바라보자 한스는 여전히 생글생글 웃으며 뒤돌아보라는 듯 손을 앞뒤로 저었다. 이에 라이더가 순순히 뒤를 돌아서자 한스는 있는 힘껏 그를 밀었다가 난간으로 넘어지기 직전 라이더를 잡아 일으키며 쿨한 목소리로 질문했다. 그러나 목소리와는 다르게 한스의 얼굴은 여전히 생글생글 미소 짓고 있었다.

"바다 맛이 어떤 것인지 알고 싶으신 겁니까?"

"아, 아니, 그다지 알고 싶지 않은데."

라이더가 한스를 향해 식은땀을 삐질삐질 흘리자 한스는 잡았던 손을 놓으며 한숨을 쉬었다.

"하아, 그렇다면 제발 말 좀 가려서 하십시오."

'이, 이건 한스가 아니야.'

라이더는 속으로 식은땀을 흘리며 사람 좋아 보이는 얼굴의 위력을 느꼈다.

"그런데 파수대에서 내려오시면 어떡합니까?"

"괜찮아. 실프가 알아서 잘 보고 있을 거야."

"실프에게 맡기신 겁니까?"

"지금까지 그 애가 쭉 보고 있었는걸. 난 여기가 어디쯤인지도 감이 안 잡혀. 보이는 건 온통 물밖에 없는걸."

"…정말 궁금해서 질문하는 겁니다만……."

"뭔데?"

"엘프랑 비슷하게 생긴 종족 중에 혹시 정반대의 성격인 종족은 없나요?"

라이더는 말하기 싫다는 듯 살짝 인상을 찡그리며 검지손가락 하나를 펼쳐 들었다.

"있기야 있지."

"어? 진짜 있는 겁니까?"

농담으로 한 말에 라이더가 진지한 반응을 보이자 한스는 의아한 표정으로 반문했고 라이더의 인상은 더욱더 험악하게 일그러졌다.

"다크 엘프, 그들이야말로 우리와 같은 종족이면서 우리와 전혀 다른 종족이지."

한스는 의외의 말에 고개를 끄덕여 보이고는 뭔가 화제를 전환시킬 수 있는 것을 생각해 보기 시작했다. 농담으로 꺼낸 말 때문에 분위기가 어색해지는 것이 어쩐지 싫었기 때문이다.

"그런데 너, 어떻게 나왔어?"

라이더의 말에 대답이라도 하듯 티로의 까마귀 울음소리 같은 목소리가 어렴풋하게 들려오기 시작했다.

"티로는 영리해. 티로는 영리해. 배도 움직이고 노래도 불러."

배는 티로의 목소리에 반응하듯 민감하게 움직였다.

"저 하피인지 까마귀인지 하는 녀석이 네 역할을 맡고 있는 거야?"

"제가 잠시 쉴 동안만이요. 목이 좀 아파서……."

"그렇지만 저 목소린 정말 거슬리는데……."

라이더는 그녀의 목소리가 들려오는 방향을 향해 인상을 찡그렸다.

"그렇다고 해도 방향이 잘못된다거나 뒤로 간다거나 하진 않을 겁니다."

"그걸 네가 어떻게 알아?"

"짐작이긴 하지만… 티로님의 목소리는 일정합니다. 원래 목소리보다 높아지는 법도, 낮아지는 법도 없죠."

"그래서?"

"그래서야 전진도, 후진도 하지 못하죠. 그렇다고 해도 말은 하기 때문에 배는 움직일 것이고……."

"앞으로도, 뒤로도 가지 못한다면?"

"제자리에서 빙글뱅글 돌겠죠. 작은 움직임이 아니라 비교적 크게 움직일 테니까 파수대에서 관찰하는 게 아니라면 알아차리기 힘들 겁니다."

"그러다가 저쪽에서 눈치 채면?"

"그전에 제가 말해야죠, 라이더님께서 그렇게 알려주셨다고."

"너 상당히 능구렁이 같은 녀석이구나?"

"이왕이면 영리하다고 해주십시오."

한스는 생긋 웃으며 난간에 몸을 기댔다. 바닷바람이 기분 좋게 라이더의 긴 머리카락을 나풀거리자 라이더 역시 기분이 풀리는 듯했다.

"실프, 뭔가 이상한 점이라도 있었니?"

"배가 같은 곳을 돌고 있어요."

실프의 속삭임에 라이더는 고개를 끄덕였다.

"그래? 그 외에 이상한 점은 없었니? 육지가 보인다거나……."

"지도에는 나와 있지도 않은 섬이 있어요. 한스님께서 움직이는 속도대로라면 한 시간 정도 후면 아마 도착할 거예요."

한스는 열심히 대화를 주고받는 라이더에게서 조금 떨어진 갑판에 누워 따뜻한 햇살을 받으며 눈을 감았다. 그런 한스에게 실프로부터 전해들은 소식을 알려주기 위해 라이더가 갑판에 앉자 실프는 아직 할 말이 끝나지 않았는지 그의 어깨에 걸터앉았다.

"그렇지만 제가 드린 정보는 100% 정확한 것이 아닐 수도 있습니다."

"왜? 뭐가 더 남았니?"

"섬이 움직이거든요."

"뭐?!"

"조금 전에 발견한 섬이 움직이고 있습니다."

라이더는 눈을 비비며 주변을 둘러보았으나 그의 눈에 보이는 것은 온통 푸른 바다뿐이었다.

"무슨 일이 생긴 겁니까?"

라이더의 목소리로 인해 평온함이 깨진 한스는 어느새 자리에서 일어난 것인지 그의 곁으로 다가가 조심스럽게 말을 걸었다.

"잠시 거기서 기다리고 있어, 살펴보고 올 테니까."

라이더는 빠른 속도로 파수대에 올라가서는 세심하게 주변을 살펴보기 시작했다. 아무리 엘프의 시력이 뛰어나다고는 해도 실프가 일러준 말대로 그 섬이 움직이지 않는 이상 이렇게 갑자기 라이더의 눈에 들어올 리 없었다.

흐릿하게 보이던 점은 점점 뚜렷해지기 시작하더니… 푸른색의 산이 되었다.

"라이더, 혹시 이 근방에 산이 있었습니까?"

"말도 안 돼!"

라이더는 잠시 자신의 눈을 비비더니 주변을 바라보았다.

하얀색도 아니고 푸른색이다. 결코 빙산이 아니라는 소리다.

바다에 산이 있을 수 있는 유일한 가능성인 빙산이 아니라면 존재할 수 있는 산은?

"바다에 산이 있을 리가 없잖아?!"

질문인지 스스로 확답을 내린 것인지 모를 라이더의 대답에 한스도 자신의 눈을 비비며 다시 산이 있던 바다를 바라보았다.

"계속 있습니다만……."

한스의 목소리는 이제 놀라움을 초월해 무덤덤해지고 있었다.

"그렇지만 말이 안 되잖아!"

파수대에서 순식간에 내려온 라이더는 따지듯이 한스를 향해 버럭 소리를 질렀지만 그는 여전히 산이 있는 쪽을 손으로 가리키며 무덤덤한 목소리로 대답했다.

"있는 걸 어떻게 없다고 말합니까?"

"물론 상식에 어긋나는 것들이 많이 있다는 건 알지만 이건 아니라구. 샤베르 형도 자연의 법칙에 어긋나는 산이 있다는 소리는 하지 않았어."

"그러니까 이건 없는 거다?"

"그렇지. 이 산은 존재할 수 없는 산이니까 분명히 산이 아니야."

"산이 아니면 뭡니까?"

"나도 몰라. 모르니까 이렇게 당황하는 거잖아."

한스와 라이더는 난간에 철썩 달라붙어 떨어지지 않았다. 라이더는 미간을 찡그리며 실프를 향해 정체 불명의 산에 대해 질문하기 시작했다.

"여기서 얼마나 떨어져 있어?"

이젠 육안으로도 그 규모가 뚜렷하게 보일 정도였다.

"티로는 배를 움직일 거야! 티로는 배를 움직일 거야!"

티로의 목소리에 라이더는 버럭 짜증을 부렸다.

"한스, 멍청하게 서 있지 말고 가서 저 까마귀 입이라도 막고 와!"

"하아, 네."

한스는 속으로 '얼마 쉬지도 못했는데 저놈의 산 덕분에 또 들어가는구나' 싶은 생각에 저절로 한숨이 나왔다.

"실프, 얼마나 떨어져 있어?"

다시 한 번 대답을 재촉하는 듯한 라이더의 질문에 실프는 다시 공중에서 빙글빙글 몇 바퀴를 돌더니 천천히 입을 열었다.

"이십 분 정도 거리입니다."

"뭐야?! 그사이에 배가 그만큼이나 전진했다는 거야?!"

"그게 아니라 섬이 움직인 것 같습니다만……."

실프의 조용한 목소리에 라이더의 눈썹이 꿈틀거렸다.

"산이든 섬이든 걔네들은 움직이는 존재들이 아니야."

"그렇다고 해도 움직이고 있으니까 문제잖아요."

실프의 말에 라이더는 잠시 한숨을 내쉬었다.

"하아, 좋아! 그렇다면 이 몸이 직접 사전 답사를 해주지. 저건 분명히 산이나 섬 같은 게 아니야. 눈에 빤히 보인다고 모두 진실은 아니잖아?"

스스로를 납득시키는 듯한 말을 내뱉으며 라이더는 운디네를 불러들였다.

"만일의 경우에 대비해서 내게 몇 가지 마법을 걸어주지 않겠어?"

운디네는 고개를 끄덕거리고는 곧 라이더만한 크기로 커졌다. 그리고는 주문을 외우기 시작했다.

"운디네가 보호하는 한 그가 물에 빠지는 일은 결코 없으리라……. 워터 워킹!"

운디네의 온몸이 반짝이기 시작하자 그녀는 라이더의 뺨에 입을 맞췄다.

운디네의 빛은 라이더에게 옮겨졌고 흡수된 그 빛은 잠시 동안 눈을 뜨지도 못할 정도로 환하게 빛나더니 이내 사라져 버렸다.

"고마워, 실프. 이곳에 있다가 혹시라도 한스가 나오면 내게 알려 줘."

"네."

실프가 흔쾌히 고개를 끄덕이자 라이더는 그녀를 향해 부드러운 미소를 지어주고는 한 치의 망설임도 없이 그대로 배에서 훌쩍 뛰어내렸다.

"그럼 슬슬 출발해 볼까?"

라이더는 놀랍게도 파도가 넘실대고 있는 바다를 육지처럼, 아니, 평지처럼 달리기 시작했다. 그에게 있어 바닷물은 더 이상 장애가 되지 않았다.

날렵한 그의 동작은 그를 그가 원하던 목적지로 데려가 주었다.

"흐음? 이거 굉장한 크기잖아?"

라이더는 정체 불명의 장소를 보며 그 높이에 자신도 모르게 질려 버렸다.

산이라고 부르기엔 나무라고 할 만한 것이 아무것도 없었고 무엇보다 갈색의 흙이 아니라 바닥이 온통 푸른색이었다.

"이거 흙인가?"

라이더는 의아한 생각에 그 정체 불명의 것에 발을 디뎠다.

'탁탁' 소리가 날 정도로 바닥을 세게 차보았지만 흙이라고 할 만한 것은 보이지도 않았다. 지면도 라이더의 발이 뻐근할 정도로 딱딱했다.

기분이 나빠진 그는 바닥을 뚫어져라 노려보다 그냥 평범한 바닥이라고 믿었던 것에 아주 세밀한 선 같은 것이 그어져 있는 것을 발견했다. 라이더는 자신이 잘못 본 것일까 싶은 생각에 눈을 비비고 다시 한 번 그 선들을 바라보았다. 그리고 그제야 그것이 비늘같이 무엇인가를 감싸고 있다는 것을 알아냈다.

"흠흠! 난 아무것도 못 봤어."

라이더는 비늘들을 무시하고는 성큼성큼 앞으로 다가갔다.

"그런데 이거 계속 비늘 같은 것만 보이잖아?"

라이더의 머리 속에 위험을 알리는 적색 경보가 떴지만 그는 애써 자신의 추측을 무시했다. 그는 살짝 몸을 굽혀 그 비늘들을 잡아당겨 보았다. 비늘은 매우 단단히 박혀 있는지 좀처럼 떨어지지 않았다. 바닥에서 미세한 진동이 느껴졌지만 이곳이 바다인데다 이 산인지 섬인지 모를 것이 움직여서 자신들의 배 가까이로 온 것이라면 그런 진동 같은 거야 얼마든지 있을 수 있는 일이란 생각이 들었던 것이다.

"그런데 이거 꽤 안 뽑히네."

라이더는 허리춤에 꽂혀 있는 자신의 레이피어를 꺼내 들고는 딱딱한 비늘을 노려보았다. 레이피어는 예리한 송곳처럼 빛났고 라이더의 얼굴에는 자신도 모를 회심의 미소가 지어졌다.

비늘은 틈새없이 빽빽하게 채워져 있었다. 라이더는 일단 비늘 하나를 들어 올려 그 틈새로 레이피어를 찔러 넣은 다음 그것을 지렛대 삼아 힘껏 눌렀다. 그 순간 라이더의 귀에 이상한 소리가 들려왔다.

"헉! 누구냐?"

라이더는 주위를 두리번거리다가 이내 자신 말고는 아무도 없다는 생각에 다시 레이피어를 잡은 양손에 힘을 가했다.

"아야야! 이제 보니 엘프 꼬마 녀석이 있었구나?"

라이더는 레이피어를 뽑아 들고 보이지 않는 상대를 견제했다.

"이봐, 꼬마야! 너 지금 그 이쑤시개로 뭘 하려는 거냐?"

말이 끝남과 동시에 이제까지 땅이라고 믿었던 그것이 하늘 위로 불쑥 올라가고 있는 것을 느꼈다. 하마터면 중심을 잃고 쓰러질 뻔한 그에게 정체 불명의 생명체가 말을 걸어왔다.

"너 지금 누구 목을 밟고 있는 건지 아는 거냐?"

그것은 자신의 긴 목을 틀어 자신의 얼굴을 가져다 댔다. 라이더는 자신의 머리보다 커다란 두 눈에 놀라 뒷걸음질쳤다.

"드래곤?!"

드래곤, 그것도 비정하기 그지없다는 블루 드래곤이라니…….

"알긴 아는구나. 배짱도 좋지. 드래곤의 목에 올라와서 그 이쑤시개로, 그것도 타고난 싸움꾼이라는 블루 드래곤의 목을 찔러? 현명하기로 이름난 종족인 엘프 중에 드래곤 슬레이어를 꿈꾸는 덜떨어진 녀석이 있는 줄은 몰랐는걸."

"드래곤 슬레이어 같은 거 하고 싶지도 않습니다. 전 정말 드래곤일 거란 생각은 못하고……."

황급히 변명하는 라이더를 향해 드래곤이 그의 말을 자르며 물었다.

"그럼 그 이쑤시개는 뭐 때문에 빼 든 거냐?"

블루 드래곤이 라이더의 말을 끊으며 레이피어를 노려보자 라이더는 자신이 생각해도 간이 배 밖으로 나왔다는 말을 들을 수밖에 없는 대답을 해야만 했다.

"비늘을 뜯으려고 했습니다만……."

"뭐?"

어이가 없다는 듯한 그의 말에 라이더는 잠시 호흡을 가다듬으며 자신의 마음을 진정시켜야만 했다.

배짱 좋고 지기 싫어하는 성격도 갑작스런 드래곤의 출현에 잠시 휴가라도 떠나 버린 것인지 감히 드래곤을 눈 똑바로 뜨고 시선을 마주 대할 수가 없었던 것이다.

사정을 아는 건지 모르는 건지 블루 드래곤은 한동안 말없이 한심하다는 눈으로 라이더를 바라보다 조용히 입을 열었다.

"내가 드래곤인 줄 몰랐다며?"

"네."

드래곤은 코웃음 치며 라이더를 바라보았다.

"그럼 내가 생선인 줄 알았냐?"

"아니요."

"그럼 뭔 줄 알고 뜯으려고 했는데?"

"모르니까 알아보려고 뜯어봤던 겁니다만……."

드래곤은 고개를 설레설레 흔들며 라이더를 향해 결정적인 한마디를 던졌다.

"바보로군."

"네?"

"지진아 엘프라고 부르는 게 나을까?"

"실례지만……."

"아니야, 차라리 얼간이 엘프라고 부르는 게 낫겠어."

"이것 보십시오."

"흐음, 그런 것도 싫다면 애송이, 바보, 얼간이, 꼬마 엘프는 어때?"

번번이 자신의 말을 잘라먹으며 독설을 내뱉고 있는 블루 드래곤에게 그는 슬슬 화가 나기 시작했다. 그러나 라이더의 얼굴이 붉어지든 파래지든 그는 그다지 관심이 없는 듯했다. 그는 그저 자신의 어이없는 상황을 즐기는 것처럼 특유의 이죽거리는 듯한 목소리로 불난 집에 기름을 끼얹어댔다.

"너에게 딱 어울리는 이름 같은데 마음에 드냐?"

"제 이름은 라이더입니다."

이를 악물며 간신히 평정을 유지한 라이더를 바라보며 그가 또다시 입을 열었다.

"호오, 라이더? 애송이, 바보, 얼간이, 꼬마 엘프에게는 과분할 정도로 좋은 이름이군. 너한테는 그저 애송이, 바보, 얼간이, 꼬마 엘프가 딱인데 말이야."

"…곤이고 나발이고 없다! 제길!"

"뭐?"

"드래곤이고 나발이고 없다고! 그래서? 내가 네 비늘 뜯었냐?! 뜯었어?!"

라이더는 레이피어를 아무리 봐도 땅이라고밖에 보여지지 않는 바닥에 푹 찔러 넣어 버리고는 미간을 찡그렸다.

"막말로 내가 이쑤시개 좀 찔러 넣었다 치자. 그게 아프면 얼마나 아파? 쳇! 그거 좀 찔러 넣었다고 죽냐? 죽어? 내 참, 치사해서 이거 어디 드래곤한테 사과하겠어?"

멀뚱멀뚱 라이더를 바라보는 블루 드래곤에게 그는 살짝 눈을 부라렸다.

"뭘 봐? 왜? 잡아먹으려고?"

"난 불량 식품은 안 먹어."

말을 마친 블루 드래곤은 어느새 라이더만한 크기로 폴리모프해서는 라이더가 자신의 목에 꽂아버린 레이피어를 뽑아 손에 들고 있었다.

발을 까딱까딱거리고 있는 그는 라이더가 하늘에서 꼴사납게 떨어지지 않고 마법을 이용해 우아하게 착지하는 것을 못마땅한 눈으로 바라보며 또다시 이죽거렸다.

"불량 식품?"

"그래, 이 불량 엘프야."

블루 드래곤은 레이피어를 아무렇게나 던져 버리고는 라이더를 날카로운 눈으로 노려보았다. 워터 워킹을 걸어둔 자신과는 달리 그의 무기는 아무런 보호 마법도 걸어두지 않았기에 레이피어는 '풍덩' 소리를 내며 바닥으로 가라앉아 버렸다.

"앗! 내 레이피어가!!"

라이더는 물속으로 들어가 검을 꺼내려고 했지만 그에게 있어 이미 바다는 육지와 다름이 없었다.

"야, 이 치사한 드래곤아! 너 저 검이 어떤 건 줄 알고 그러는 거야?!"

"알지, 정령석 박아놓은 검이라는 거."

너무나도 태연한 그의 목소리에 라이더는 목에 핏대를 세웠다.

"그런데 던져?!"

"그래서 던졌다. 왜? 바다에 떨어지면 다 내 거니까."

"그런 게 어딨어?!"

"억울하면 직접 찾아가라, 이 애송이, 바보, 얼간이, 꼬마 엘프야."

그의 말에 울컥한 라이더는 바다를 발로 탁탁 차며 화를 내다가 이내 운디네를 향해 도움을 요청했다.

"운디네, 물속에서도 숨 쉴 수 있게 도와줘."

그의 말에 운디네는 기다렸다는 듯 주문을 외우기 시작했다.

"나 운디네가 그를 보호하는 동안은 그가 결코 물속에서 괴로워하는 일은 없으리라! 워터 브리딩!"

그녀가 주문을 외우자 또다시 눈부신 빛이 뿜어져 나왔다. 라이더의 뺨에 살짝 입을 맞추는 운디네를 바라보며 블루 드래곤은 살짝 미간을 찡그렸다.

"쳇! 역시 괜찮다 싶으면 다 임자가 있는 건가?"

"나중에 내가 레이피어 들고 나와도 딴소리하기 없기다!"

그의 말을 듣지 못했는지 라이더는 자신이 할 말만은 남기고 물속으로 뛰어들었다. 바닷속에 있는 것들은 모두 자기 것이란 심보답게 바닷속은 온통 보물투성이었다.

아예 가라앉혀 버린 듯한 배와 잡다한 보물 상자들, 녹이 전혀 슬지 않은 것으로 보아 아마도 미스릴로 만들어진 것이라 짐작되는 방어구들과 각종 무기류 등도 대단하지만 라이더의 시선은 바닥에 널린 금화에 고정되어 있었다. 보존 마법이라도 걸어둔 것인지 바닥에 수북하게 깔린 금화들은 이곳에 잠긴 지 오랜 세월이 지났을 텐데도 여전히 반짝거리고 있었으며 이곳에 사는 물고기들조차 쉽게 접근할 수 없는 듯했다.

"이래서야… 물고기가 불쌍하군."

라이더는 그런 것 따윈 아랑곳없다는 듯 유유히 물살을 가르며 헤엄

치고 있는 물고기들에게 동정의 시선을 보내며 자신의 레이피어를 찾아 두리번거리기 시작했다.

정령석은 아주 특별한 것이라 독특한 기운을 뿜어내는데 라이더는 바로 그 기운을 추적하면 손쉽게 자신의 검을 찾아낼 수 있을 거라고 생각했다.

그러나 라이더가 한 가지 얕잡아본 것이 있었으니 바로 상대가 드래곤이라는 점이었다.

"뭐야, 이건……?"

정령석의 기운이 마치 바닷속의 조개를 찾아내는 것보다 더 넓고 흔하게 감지되는 것을 느낀 라이더는 곤혹스러운 감정을 넘어 황당하기까지 했다.

"그러기에 내가 찾아볼 테면 찾아보라고 했잖아."

어느새 라이더 옆으로 다가온 그는 '이래도 해볼 테냐?' 는 느긋한 표정으로 그를 바라보았다.

"어쨌거나 찾고 나서 딴소리나 하지 마."

라이더는 그가 레이피어를 던졌던 자리로 가서는 레이피어가 떨어졌을 만한 곳을 샅샅이 살펴보기 시작했다.

"그래도 포기 안 한다면… 좋아, 내가 좀 도와주지."

그는 크게 인심 썼다는 표정으로 그 자리에서 정령석이 박힌 모든 물건들을 바닥에 쌓으며 라이더를 향해 장난스러운 미소를 지었다.

"자, 한 시간 이내로 네 레이피어를 찾지 못한다면 그건 내 거다."

"그런 억지가……."

"뭐가 억지야? 네 검은 네가 잘 알잖아."

그의 말에 라이더는 잠시 생각에 잠긴 듯한 표정으로 눈을 감았다

떴다.

"내가 내 검이라고 뽑아 들었는데 당신이 아니라고 하면?"

"내가 그렇게 치사한 놈인 줄 알아?"

"좋아, 그럼 내가 잡은 건 무조건 내 검이다."

"그래그래."

그는 건성으로 고개를 끄덕거렸고 라이더는 별 망설임도 없이 척 보기에도 무척이나 비싸 보이는 미스릴로 만든 검에 크고 작은 여러 종류의 정령석이 박힌 검을 꺼내 들었다.

"이거야."

"뭐?!"

"이거라고."

라이더의 자신만만한 표정에 그는 어이가 없다는 듯한 시선을 보냈다.

"…어이, 애송이, 바보, 얼간이, 꼬마 엘프 녀석아, 감히 드래곤을 상대로 사기를 치려는 거냐?"

"이것 봐, 이것 봐. 내가 이럴 줄 알았지. 조금 전에 내가 잡은 건 무조건 내 검이라고 했었잖아. 그땐 '그래그래' 라며?"

"내가 언제?!"

발끈한 드래곤이 고함을 지르자 그는 어깨를 으쓱거렸다.

"발뺌까지 하다니… 진짜 치사하다. 드래곤이 엘프를 상대로 이렇게 치사하게 굴어도 되는 거야? 정말이지 해도해도 너무하는군."

라이더가 미간을 찌푸리자 그는 황당하다는 듯한 표정으로 라이더를 바라보다 이내 한쪽 구석에 있던 레이피어를 꺼내 들었다.

"아, 이게 네 검이잖아?"

"그거 이리 줘봐."

라이더가 그를 향해 손을 내밀자 그는 눈을 부라리며 레이피어를 건넸다.

"쓸데없는 생각 마. 이 검이 바로 네 검이라고."

라이더는 그의 말에 회심의 미소를 지으며 자신이 쥐고 있던 여러 개의 정령석인 박힌 레이피어를 바닥에 내려놓았다.

"그래, 바로 이 검이 내 검이야. 불만없지?"

그제야 그는 자신이 라이더의 손에서 놀아났다는 것을 깨닫고는 피식 미소를 지었다.

'저 빨간머리 엘프는 다른 엘프보다 훨씬 영리하면서도 어쩔 수 없는 바보로군. 저 검보다는 조금 전에 쥐고 있던 검이 몇 배는 좋은 건데 말이야.'

"어쨌거나 실례 많았어. 그럼 난 이만 간다. 애송이, 바보, 얼간이, 꼬마 엘프에게 속아넘어간 드래곤이라는 소문나지 않길 바래."

"그거 어쩐지 욕 같다?"

그의 말에 라이더는 자신의 두 눈에 슬쩍 힘을 주었다.

"엘프가 욕하는 거 봤어?"

"아니, 그렇지만 너 같은 엘프도 처음 봐."

드래곤이 은연중에 너라면 그러고도 남을 것 같다는 뉘앙스를 풍기자 라이더는 너도 만만치 않다는 듯한 웃음을 날렸다.

"하, 나도 너 같은 드래곤은 처음 봐."

"그런데 너 기분 나쁘게 왜 자꾸 반말하고 그러냐?"

"그야… 너도 반말했잖아."

"난데없이 나타나선 남의 신경이나 긁고… 정말 엘프도 상태가 많이 안 좋아졌나 보군."

라이더는 어쩐지 이 드래곤에게 겁을 먹었었다는 것이 슬슬 억울해졌다.

그는 이 드래곤이 자신을 아주 많이 봐주고 있다는 것을 알지 못했던 것이다.

"아무튼 나 이제 간다."

라이더의 건방진 인사에 그는 피식 미소를 짓고는 고개를 끄덕거렸다.

'꽤 마음에 드는 엘프였어. 그런데 이 바다 한가운데 웬 엘프람?'

문득 스쳐 가는 의문에 그는 바짝 긴장했다.

바다에 산이 있을 리 없는 것처럼—바다 밑이야 산이 있긴 하지만 이곳은 바다 위다—산에 있을 엘프가 그것도 버젓하게 바다 위를 걷고 있다니…….

그는 지금처럼 장난스러운 말투를 버리고는 진지한 표정으로 라이더를 불러 세웠다.

"어이, 애송이, 바보, 얼간이, 꼬마 엘프, 그런데 너 어디에서 온 거냐?"

드래곤 특유의 위엄을 풍기는 그에게 라이더는 고양이 앞의 쥐처럼 오금이 저려왔다.

라이더는 자신이 겁먹지 않았다는 것을 보여주기 위해 최대한 어깨를 쫙 펴고는 입을 열었다.

"내가 지금 가려는 쪽에서 왔어."

라이더의 대답에 그는 자신의 질문이 잘못된 것인지 의아해하며 다시 한 번 질문했다.

"아니, 그런 게 아니라 뭐 타고 왔냐고 묻고 있는 거야."

"걸어서 왔는데?"

그의 대답에 드래곤은 말도 안 된다는 듯 눈을 크게 치켜떴다.

"…그러니까 이 바다 한가운데까지 걸어왔다고?"

"아, 저기에 배 보이지? 저기까진 배 타고 왔고 그 뒤부턴 갑작스럽게 나타난 네 정체를 알아내기 위해서 워터 워킹을 써서 와본 거야."

"배?"

그는 몸을 공중에 띄우고는 라이더가 가리킨 배를 바라보았다.

"앞장서."

"뭐?"

라이더의 되묻는 듯한 말투에 그는 살짝 미간을 찡그렸다.

"가자고. 앞장서."

"따라가겠다는 거야?"

"아니."

그가 고개를 흔들자 라이더는 안도의 한숨을 내쉬었다.

"그럼 왜?"

"함께 가겠다는 거지."

"뭐?!"

말도 안 된다는 듯 소리를 꽥 지르는 라이더에게 그는 여유로운 미소를 지었다.

"이 몸이 너의 동행이 되어주시겠다는 거다."

"농담하지 마!"

"농담 같냐?"

자신의 말에 드래곤 피어를 아주 조금 섞어서는 라이더의 기를 꽉 꺾어버린 그는 딱딱하게 굳어버린 라이더를 보며 또 다른 인간의 모습으로 폴리모프했다.

자신의 취향인 것인지… 라이더 또래의 모습의 그는 온데간데없이 사라졌고 중성적인 이미지의 예쁘장한 소년이 그 자리에 서 있었던 것이다.

그는 파란 단발머리를 찰랑거리며 라이더 곁으로 다가가 재빨리 워터 워킹을 걸어주고는 아직도 굳어 있는 그를 일으켜 세웠다. 라이더의 키가 워낙 큰 탓에 그는 상대적으로 무척 가냘퍼 보였다.

그들이 나란히 서자 자신의 키가 라이더의 어깨에 간신히 닿을 정도로 작다는 것을 깨달은 소년은 입을 삐죽거리며 라이더를 끌고 배가 있는 쪽으로 걸음을 옮겼다.

"요즘 그렇지 않아도 심심했는데 잘됐어. 때마침 잘 와줬어, 친구."

'누가 네 친구라는 거냐?!'

라이더는 그에게 버럭 소리라도 지르고 싶었지만 드래곤 피어의 위력은 그를 꼼짝없이 고양의 앞의 쥐로 만들었다.

"난 피란트야. 피란트 쥬린 블루. 앞으로 잘 부탁해."

어려진 외모 탓일까, 그의 목소리는 그의 외모에 걸맞게 변성기를 채 지나지 않은 듯했고 무엇보다 그의 태도와 말투가 상당히 귀염성있게 변했다.

"앞으로 라이더 형이라고 불러야 하나?"

단호하게 그의 동행을 거절하려던 라이더는 그의 말에 잠시 움찔했다.

그는 평상시 피란트처럼 귀여운 동생을 갖고 싶어했었다.

더군다나 라이더에게 있어 동생이란 심부름시킬 때 아주 편리하게 써먹을 수 있는 존재라는 것과 상당히 귀여운 존재라는 정도의 이미지였기 때문에 피란트의 성격이라든가 자신도 사실 알고 보면 샤베르의 동생이라는 점은 전혀 떠올리지도 못하고는―그것만 떠올렸다면 아마도 동생에 대한 그렇게까지 어처구니없는 환상은 가지고 있지 않았으리라―심각하게 갈등하고 있었다.

"라이더 형, 형이 타고 왔다는 배가 저거야?"

"응?"

워낙 정신력이 강한 라이더인지라 그는 자신이 언제 겁먹었냐는 듯 툭툭 털고 일어나 피란트가 가리키는 배를 바라보았다. 분명히 자신이 저 배에서 뛰어내려 왔을 때만 해도 저렇게까지 티가 날 정도로 빙빙 돌고 있진 않았었는데 지금은 감히 저 배에 올라탈 엄두가 나지 않을 정도로 쉴 새 없이 돌고 있었다.

"…그런데 왜 저렇게 돌고 있는 거죠?"

"그 까마귀 같은 녀석 때문인가?"

라이더는 실프를 불러들여 자신의 몸을 띄워 배에 올라타고는 곧장 선실로 내려갔다.

피란트는 묵묵히 그의 뒤를 따르며 선실 주변을 둘러보았다. 정상적으로 움직이고 있는 배라면 당연히 있어야 할 선원들이 단 한 사람도 보이지 않는다는 것에 의아한 생각이 들었지만 지금은 우선 라이더를 따라 그의 일행을 만나는 게 우선이었다.

'이 배에서 반란이라도 일어난 거라면 꽤 난감해지겠는걸. 저 애송이, 바보, 얼간이, 꼬마 엘프의 일행이 무사하다면 다행이지만 여행이 시작되자마자 우울해지는 건 딱 질색이야.'

피란트가 혼자서 상상의 나래를 펼치든 말든 라이더는 세이레네스들이 모여 있는 곳에 도착하자마자 문을 벌컥 열고는 한스를 향해 버럭 소리를 질렀다.

"한스, 저놈의 까마귀 입 좀 다물게 만들어달라고 했더니 뭐 하고 있었던 거야? 너희들도 지금 뭐 하는 짓이야?"

"아, 라이더님, 그게 뭔지 알아내셨습니까?"

"그래, 나참, 어이가 없어서……. 그게 뭔지 알면 한스 넌 놀라서 기절할 거야. 상상이 가? 블루 드……."

"안녕하세요, 한스 형? 전 피란트 쥬린 블루예요. 만나서 반가워요."

라이더의 말을 뚝 잘라 버리고는 재빨리 한스에게로 다가간 피란트는 손을 내밀어 악수를 청했다. 한스는 얼떨결에 악수를 하고는 라이더를 향해 의아한 눈길을 보냈다.

"이 귀여운 아가씬 누구죠?"

"귀여운 아가씨라니? 피란트 말이야? 한스… 너 어지간하면 눈 좀 뜨고 다녀라. 피란트가 어딜 봐서 여자로 보여?"

라이더의 가벼운 면박에 한스는 고개를 갸웃거리며 이내 정중하게 사과했다.

"이런, 기분 상하게 할 생각은 없었습니다. 제가 실수를 한 것 같군요."

한스의 말에 그는 생글생글 미소를 지으며 고개를 저었다.

"아니요. 괜찮아요. 한스 형은 좋은 사람이군요."

"네?"

"말씀 편하게 하세요, 어차피 제가 제일 어린데……. 그런데 한스 형, 혹시 네크로멘서예요?"

"그럴 리가……."

그는 곤혹스러운 표정을 지으며 고개를 흔들었다.

"그럼 저 뼈들은 뭐죠? 골격으로 보면 세이레네스나 하피 같은데……."

"티로는 시체가 아니야! 티로는 시체가 아니야!"

까마귀 같은 목소리로 티로가 거세게 항의하자 피란트는 눈을 동그랗게 뜨며 한스를 바라보았다.

"우와! 말이나 생각까지 할 수 있는 건가요? 네크로멘서를 이렇게 실물로 보는 건 처음이에요. 그런데 이거 가지고 뱃일을 시키는 건가 보죠? 한스 형은 취향이 무척 독특하시군요."

"아니, 전 네크로멘서가 아니라 평범한……."

"우와아~ 이것 좀 봐요, 라이더 형. 이 마법진도 한스 형이 만들어 내신 건가요?"

한스의 말을 자르며 피란트가 연신 감탄사를 내뱉자 티로는 발까지 동동 굴리며 버럭버럭 소리를 질렀다.

"아니야! 그건 레니가 한 거야! 레니가 한 거야!"

"레니? 이곳에 레이디도 있었나요?"

피란트의 말에 티로는 성큼성큼 그의 곁으로 다가가서는 그의 발을 질끈 밟았다.

"으앗! 무슨 짓이야!"

"난 너 싫어. 가! 가!"

티로의 말에 피란트는 미간을 찡그리며 한스를 바라보았다.

"형, 이 녀석 원래 이렇게 버릇이 없어요?"

라이더는 난처한 표정을 짓고 있는 한스를 대신해 피란트에게 고개를 끄덕끄덕거리며 신경 쓰지 말라는 듯한 말투로 대답했다.

"그 까마귀가 좀 시끄럽긴 하지. 신경 쓰지 마. 어차피 육지에 도착하면 서로 헤어질 거니까. 그런데 지금 이 배는 어떻게 된 거야? 밖에서는 그렇게 요동을 치더니 안에 들어오니까 잠잠하네?"

"세이레네스들 덕분입니다. 레니님께서 모두를 재우느라 배가 어느 정도 영향을 받을지도 모르겠다고 하셨는데… 레니님마저 잠이 드시더군요. 어째서 그런 건지는 저도 잘 모르겠지만 티로님께서는 그다지 큰 영향을 미치지 못하는 것 같습니다."

"한스는 바보래요! 한스는 바보래요! 티로는 세이렌이 아니야! 티로는 하피야!"

티로는 빙글빙글 춤을 추듯 선실 여기저기를 뛰어다니며 시끄럽게 떠들어댔다.

"시끄러워, 바보 까마귀야!"

"까악까악― 티로가 까마귀야? 까악까악―"

"그래, 이 까마귀야. 너 때문에 시끄러워서 귀가 다 멍멍하다구."

"까악까악― 티로는 하피야. 까마귀가 아니야."

티로의 계속되는 재잘거림에 라이더는 한스를 향해 손을 휘휘 저었다.

"저 녀석 좀 어떻게 해봐."

"티로님."

"왜?"

"노래 안 불러요? 노래를 부르셔야 배가 움직이잖아요."

"응, 티로는 노래할 거야. 티로는 노래할 거야."

티로는 다시 마법진으로 가서 음정, 박자를 모두 무시한 대단히 창조적인 노래를 부르기 시작했다.

가사는 분명히 어디서 들어본 가사이건만 도저히 원곡을 떠올릴 수 없는 곡조에다가 무엇보다 까마귀 울음소리 같은 저 목소리…….

하나에서 열까지 어느 것 하나 빠지는 것 없이 모두 거슬리다 보니 성격 좋은 척하고 있는 피란트조차 슬슬 한계에 다다랐다. 자신의 성격상 한스만 아니었다면 벌써 없애 버렸을 티로가 그의 눈앞에서 깐작거려 대고 있는 것은 그리 유쾌한 장면이 아니었다. 겉으로 대놓고 꽥꽥거리는 녀석치고 자신보다 강한 녀석을 보지 못했다.

그래서인지라 척 봐도 성격있어 보이는 빨간 머리 라이더보다 사람 좋아 보이는 얼굴로 항상 수북하게 쌓여 있는 뼈들을 신경 쓰고 있는 금발의 한스가 더욱더 피란트에게는 위협적인 존재였다(피란트는 한스를 이미 네크로멘서라고 단정 지어버린 것이다).

"좋습니다, 티로님. 그렇게 부르고 계십시오. 저희는 방해가 되지 않도록 밖에 나가 있겠습니다."

한스는 피란트와 라이더에게 살짝 윙크해 보이고는 선실 밖으로 나갔다. 라이더와 피란트는 서로의 얼굴을 바라보다 이내 한스를 따라 나왔다. 한스는 잠시 주위를 두리번거리다가 갑판 위로 올라갔고 라이더와 피란트가 자신을 따라 갑판 위로 올라오자 그는 여전히 사람 좋은 웃는 얼굴로 기다렸다는 듯 질문을 퍼부어댔다.

"라이더, 그때 우리가 봤던 게 뭐죠?"

"그건 블루 드래……."

"형, 그런데 이 배에는 선원이 아무도 없는 건가요?"

피란트가 다시 한 번 라이더의 말을 자르며 한스의 관심을 자신에게로 집중시키려는 듯 커다란 목소리로 질문했지만 그것은 그다지 별 효과가 없었다. 한스가 이미 라이더의 말을 모두 알아듣고는 마치 묵직한 바위로 뒤통수를 얻어맞은 것 같은 표정으로 라이더를 바라보았다.

잠시 동안 어색한 침묵이 이어졌지만 그것은 한스의 흥분된 목소리로 인해 산산조각 깨져 버렸다.

"그러니까 지금 블루 드래곤을 모시고 오신 거란 말입니까?!"

한스는 거의 먹살이라도 잡을 것 같은 표정으로 라이더를 향해 다시 한 번 버럭버럭 소리를 질렀다.

"피란트님이 바로 그 블루 드래곤이고 말이죠?!"

라이더와 피란트는 서로를 바라보며 '한스가 어떻게 저 사실을 알고 있는 걸까?' 하는 의문에 잠겼다.

"라이더, 전 이쯤에서 빠지겠습니다. 부디 원하는 목적 이루시길 바라겠습니다."

한스는 진지한 표정으로 라이더를 향해 고개를 꾸벅 숙여 보이고는 선실 아래로 내려가려 했지만 라이더에게 뒷덜미를 잡히고 말았다.

"어이, 한스, 갑자기 왜 그러는 건데?"

"제가 감당할 수 있는 능력 밖의 일입니다. 드래곤이라니……. 모험담이라면 이제 충분해요. 지금까지 겪은 일만으로도 아마 제 증손자에게까지 들려줄 수 있을 겁니다. 단순히 사람을 찾는 차원이 넘어서서 드래곤과의 동행이라니… 모험을 즐기는 취미 같은 건 미안하지만 전혀 없답니다."

그의 말에 피란트는 눈물을 글썽거렸다.

"형은 제가 싫으신 거죠? 드래곤이라고 몰아세우고 더군다나 동행이 싫으시다는 말까지 하시다니… 흑흑! 너무해요."

한스는 그런 그를 향해 삐질삐질 식은땀을 흘렸다.

"그런, 드래곤이 연기를 잘한다는 소린 전혀 못 들었는데……."

"드래곤이라니요? 제가 어디가 그런 무시무시한 드래곤이라도 닮았어요?"

피란트는 두 손을 얼굴에 가져다 대며 우는 시늉을 했지만 그런 것에 속아 넘어갈 한스가 아니었다.

"이런 바다 한가운데에서 불쑥 튀어나와 뼈들이 수북한 선실을 신기한 듯 구경하고 뼈밖에 남지 않은 하피가 살아 움직이는 것을 그렇게 태연히 지켜보고 있는 당신을 평범한 인간 소년이라고 생각하라는 겁니까?"

약간은 어이없다는 말투로 한스가 부드럽게 대꾸하자 그는 잠시 움찔거리더니 우는 연기를 멈췄다.

"역시 무리입니까?"

"무리입니다."

단호한 한스의 말에도 그는 굴하지 않았다.

"그렇지만 라이더 형은 일행이 반대할 거라는 말 같은 건 하지 않았는걸요."

"저런, 아마도 일행이 있다는 사실을 잊었었나 보군요."

"형은 드래곤이 싫은 거예요? 있죠, 난 나이도 그렇게 많이 안 먹었고 무시무시하지도 않아요. 절대로 사람 같은 거 물지도 않고… 착한 드래곤이에요."

그는 드래곤이 아니라 마치 애완 동물을 팔려는 사람처럼 한스에게 매달렸다. 그 비굴한 모습에 한스는 그가 과연 드래곤이 맞는 건가 하는 의문마저 들었다.

"한스, 어차피 난 길도 잘 모르고 인간에 대해서도, 그리고 화폐 가치도 모르는데 걱정도 안 돼?"

라이더는 한스의 동정심을 유발시키려 애쓰며 가벼운 한숨을 내쉬었다.

"저도 그쪽은 한 번도 안 가봐서 모릅니다. 그 나라 사람도 안 만나봐서 모르고 피란트님께서 드래곤이시라니 어쩌면 저보다 훨씬 많은 것을 알고 계실지도 모르겠군요."

"아니에요. 거기가 어딘지는 모르겠지만 전 인간계는 슬란드에 그것도 몇백 년 전에 다녀온 게 전부예요."

그는 손을 휘휘 내저으며 한스를 바라보았다. 한스는 블루 드래곤이 끼어 있는 거창한 파티 속에 자신이 끼어 있다는 게 썩 내키지는 않지만 어차피 자신은 배짱을 부릴 만한 권한이 없었다.

억지로 시작된 모험이 자신의 마음대로 끝난다면 그게 여행이지 어디 모험이겠는가?

지금이야 라이더가 저자세로 나오고 있지만 막말로 눈 부릅뜨고 '가자!' 라고 하면 꼬리 내리고 '네' 라고 해야 하는 게 한스의 처지였다.

"아무튼 좋습니다. 신경 쓰지 마십시오. 어쨌거나 제가 할 일은 라이더 당신을 임플란드로 안내하는 일이니까."

"유이님을 찾을 때까지 돕는 게 아니고?"

"뭐, 그렇다고 해두죠. 결국 일행이 아니라 짐꾼 정도의 인식이니."

한스가 계속 궁시렁거려 대자 라이더는 눈을 부릅떴다.

"말은 바로 하자. 우리가 이렇게 마을을 떠나온 이유는 모두 인간 때문이잖아. 유이님을 납치하지만 않았더라도 이런 바다까지 나올 일이 없단 말이야."

"유이님을 납치한 인간은 아크레라는 인간이지 제가 아니잖아요?"

"넌 그 인간을 숲으로 데리고 왔어."

한스는 라이더의 말에 울컥한 표정으로 따져 물었다.

"그렇게 따지자면 유이님도 인간이라는 걸 잊으셨습니까? 인간이 인간을 모시고 나간 것이라 해도 과언은 아니지 않습니까?"

"모시고가 아니라 납치라고 해야 맞는 말이지. 한스, 이제 보니 너도 어쩔 수 없는 인간이구나?"

라이더의 말에 슬슬 열받기 시작한 한스는 살짝 미간을 찡그리며 그를 노려보았다.

"저는 처음부터 인간이었습니다만 뭐가 달라진 거라도 있습니까? 라이더님께서는 처음부터 저를 그 '어쩔 수 없는 인간' 부류에 넣고 계셨던 것 같은데 제 말이 틀렸습니까?"

"이래서 인간들은… 잠시나마 인간을 좋게 생각한 내가 어리석었어."

찬바람이 쌩쌩 불 정도로 썰렁해진 분위기에 피란트는 고개를 갸웃거리며 그들은 향해 불쑥 눈치없는 말을 내뱉었다.

"일행끼리 정말 사이가 안 좋군요. 그럼 안 되죠. 자, 악수하고 화해해요."

라이더와 한스는 각자 자신의 손을 잡고 끌어당기고 있는 피란트를 향해 '이게 다 누구 때문이라고 생각하는 거야?!' 라는 항의성의 눈빛을 보냈지만 둔한 피란트는 끝까지 눈치 채지 못하고 그저 흡족한 미소를 지으며 악수를 시켰다.

"자, 그럼 임플란드 행이신 거죠?"

"아니, 클로버 섬."

"에? 클로버 섬이라구요? 아깐 임플란드가 어쩌고저쩌고하지 않으셨어요?"

라이더가 한스를 의식하는 듯한—좀 더 정확하게 말하자면 인간들을 의식하는 것 같았지만—발언을 하자 그는 예의 사람 좋은 얼굴로 돌아와 그들의 협상 내용을 상기시켰다.

"그들과 협상한 내용 중에는 이쪽에서 노래를 부르면 그쪽은 제일 처음 보이는 육지에서 우리를 내려주기로 했습니다만……."

"이 지도대로라면 바로 그 육지가 클로버 섬이라고 실프가 알려줬어."

"그러니까 그 섬으로 가겠다는 겁니까?"

번거로운 것을 싫어하는 라이더의 입에서 나온 말인지라 한스는 말도 안 된다는 표정으로 그의 말을 확인했다.

"세이레네스들과 약속한 게 있으니까. 난 인간들처럼 함부로 약속을 어기려 들지 않는다구."

클로버 섬에서 다시 임플란드로 가는 배를 얻어 타지 뭐."

그의 말에 한스는 '누가 뭐라고 했습니까?' 라는 듯한 눈빛으로 그의 말을 받았다.

"뜻대로 하시길……."

그들의 냉전이 계속 이어지자 피란트는 가벼운 한숨을 내쉬더니 이내 좋은 생각이 들었는지 두 눈을 초롱초롱하게 반짝이며 순진한 표정을 지어 보였다.

"형들은 뭣 때문에 임플란드로 가려는 거죠?"

"인간들이 엘프와 함께 지내고 있던 하이 프리스티스 유이님을 납치했어."

"인간들이 아니라 아크레라는 인간입니다."

한스가 라이더의 말을 자르며 다시 한 번 쐐기를 박자 라이더는 살짝 미간을 찡그렸다.

"그래서 그 인간을 안내해 온 한스가 날 안내해서 유이님을 찾아 함께 숲으로 돌아가려고 한 거야. 예상치 못하게 세이레네스와 저 까마귀 같은 하피 녀석이 있는 배에 타게 됐지만 불운은 이것으로 끝이라구. 이 배에서 내리면 그때부턴 모든 일이 술술 풀리게 되겠지."

"라이더 형은 정말 특이한 엘프로군요."

라이더는 엘프 같지 않으면서도 전형적인 엘프가 갖추고 있는 특성을 모두 갖추고 있었다.

낙천적이고 긍정적인 면도 있으면서 그 관찰력은 예리하도록 날카롭다. 비록 그가 가지고 있는 치명적인 단점인 라이더의 직설적인 독설과 그다지 넓지 못한 생각의 시야가 그를 전혀 엘프답지 않아 보이도록 만들고 있기는 했지만 말이다.

"그런데 너 정말 우리를 따라오겠다는 거야?"

"그럼 형은 내가 농담하는 거로 보여? 걱정 마, 이래 봬도 염치없는 녀석은 아니니까. 형들은 진짜 운 좋은 거야. 이미 날 만난 이후로 그들과의 협상은 끝난 거나 다름없으니까 말이야."

"네?"

뻐기는 듯한 피란트의 말에 한스는 잘 이해가 가지 않는다는 표정을 지었다.

"배를 타고 가다가 제일 처음 만난 게 저잖아요, 한스 형."

"당신은 드래곤이지 육지가 아니잖습니까?"

"그거야 그렇지만… 어쨌거나 처음에는 육지인 줄 알고 밟은 거잖아요."

"…제가 안 밟았는데요."

한스의 말에 피란트는 스스로 자신의 머리를 쿡 쥐어박고는 라이더를 향해 질문했다.

"형은 날 발견했을 때 형 혼자만 본 거야? 긴장감없이?"

"아니, 한스 녀석도 함께 있었어. 조사하러 내려갔던 건 나 혼자지만 어쨌거나 그건 왜?"

"뭐, 그럼 상관없겠네. 난 또 형 혼자 봤다고……."

피란트는 다행이라는 듯 생긋 미소를 지으며 손으로 마법진을 그렸다.

묘하게 뒤틀린 마나를 느끼며 라이더는 피란트를 향해 의아한 목소리로 물었다.

"지금 뭐 하는 거야?"

"이 배가 의식을 갖도록 마법을 건 거야."

"의식을 갖는다니, 배가 말입니까?"

한스 역시 흥미로운 표정으로 마법진을 살펴보았지만 일반인인 한스의 눈에는 무엇인가가 크게 달라져 있다는 생각은 들지 않았다.

피란트는 한스가 알아들을 수 없을 정도의 고음으로 시동어를 외쳤다. 라이더는 그것이 고대어라는 것을 알아차리고는 놀랍다는 표정으로 피란트를 바라보았다.

"드래곤이라는 존재는 정말 놀랍군. 고대어와 고대 마법진에도 이렇게 능통할 수 있다니……. 난 고대어나 고대사를 배우는 내내 졸았는데 말이야."

"우와, 대단해요, 라이더 형. 난 이런 거 배운 적도 없는데……."

"뭐?! 그럼 방금 했던 건 뭐야?"

"이거? 고대 마법진이지. 내가 사용한 언어도 고대어고. 하지만 형,

난 이런 것들을 배운 적은 단 한 번도 없다구. 잘 생각해 봐. 설마 하니 그 참을성없는 드래곤이 고대어나 마법의 체계를 일일이 공들여 배울 거 같아? 아니면 해츨링을 옆구리에 끼고 엉덩이를 두들겨 가며 가르칠 것 같아?"

피란트의 말에 순간 해츨링을 옆구리에 끼고 자신의 길고 단단한 꼬리로 열심히 엉덩이를 때리고 있는 드래곤을 떠올린 한스와 라이더는 웃음을 참느라 눈은 새빨갛게 충혈되었고 굳게 다문 입술은 묘하게 일그러졌다.

"뭐, 골드 드래곤이라거나 할 일이 없어서 인생이 무료한 드래곤이라면 쓸데없이 배우려고 들거나 가르치려고 들지만 대부분 부모 드래곤이 마법을 걸어주죠."

"배우는 게 아니라 마법으로 받는다고?"

"드래곤이 마법을 배운다는 소리 들어보셨어요?"

"마법의 종족이라는 말은 들었습니다."

한스의 대답에 피란트는 생긋 미소를 지었다.

"그건 드래곤이 가지고 있는 엄청난 마나 때문이기도 하지만 숨을 쉬는 것처럼 자연스럽게 마법을 구사하기 때문이라서 그런 걸 거예요. 뭐, 마법도 배우는 게 아니라 받은 것과 일정한 기간이 지나면 자연스럽게 터득하게 되는 거라 갓 태어난 해츨링은 마법을 사용하지 못하죠."

"잠깐잠깐, 어쩌다 보니까 드래곤 대백과사전이라도 만들 것 같은 분위기가 되어버렸지만… 어이, 피란트, 내가 알고 싶은 건 네가 지금 뭘 하고 있는 거냐는 거야."

"고대어 배웠다면서요?"

"…내가 배우는 내내 졸았다고 말했잖아."

너무나도 당당한 표정으로 대답하는 그에게 피란트는 혀를 차며 고개를 저었다.

"이 마법진을 알아본 게 용하군요. 그렇죠, 한스 형? 임플란드 어디쯤이 좋을까요?"

피란트의 질문에 한스는 의아한 표정을 지었다.

"네?"

"그러니까 워프하자구요. 이제부터는 이 배가 알아서 자기 목적지를 찾아갈 거니까 걱정 말아요. 우리도 우리 목적지인 임플란드로 가야죠."

"하아, 그런 거라면 이 지도를 보는 게 빠르겠죠."

한스는 라이더가 가지고 있던 지도를 펼치며 라이더를 바라보았다.

"어디로 가는 게 좋아요?"

"혹이 유이님을 납치한 쪽이 주교라면 당연히 수도로 가야겠지만 그런 게 아니라면 여기저기 알아봐야겠지."

라이더의 말에 피란트는 핏기가 가신 얼굴로 한스를 바라보았다.

"형들 혹시 지금 잡아야 할 사람이 누군지도 모르는 건 아니겠죠?"

"이야기했잖아. 아크레라는 인간이라고."

라이더가 한스를 대신해 대답하자 그는 안도의 한숨을 내쉬었다.

"휴우, 난 또 형들이 그 사람이 누군지도, 어디에 사는지도 모르면서 무작정 찾으러 다닌다는 건 줄 알았잖아. 그 아크레라는 사람이 어디 사는데?"

피란트가 기대에 찬 눈으로 라이더를 바라보자 라이더는 한심하다는 듯 지도를 가리켰다.

"몇 번 말해야 알겠어? 우리는 임플란드에 가서 아크레라는 인간을 잡아 유이님을 구출해 와야 한다구. 그다지 유쾌한 일은 아니니까 계속 떠올리게 하지 말아줘."

냉정한 라이더의 말에 피란트는 미안해하는 기색으로 한스를 바라보았다.

"미안하지만 한스 형, 임플란드는 어디로 가야 하는지 알아요?"

"…피란트님, 신경 쓰지 마십시오. 이미 정답을 말씀하셨으니까 말입니다."

한스가 피란트의 시선을 회피했지만 피란트는 한스의 말이 그다지 이해가 가지 않는다는 듯 어깨를 으쓱거렸다.

"라이더 형?"

"임플란드에 있는 아크레네 집으로 가야지."

"거기가 어딘데? 설마 모른다고 하시진 않겠지?"

피란트의 끈질긴 질문에 한스와 라이더는 시선을 회피할 뿐 아무도 만족스러운 대답을 들려주지 않았다. 피란트는 농담하지 말라는 듯한 표정으로 그들을 번갈아 바라보며 한숨을 내쉬었다.

"차라리 나더러 사막에서 잃어버린 금화를 찾아달라고 해."

"음? 우리 사막에서 금화 같은 거 잃어버린 적 없는데……?"

"…말이 그렇다는 거지. 잘 생각해 봐. 임플란드에 도시가 한두 군데 있는 것도 아니고 아크레라는 사람이 한두 사람이겠어? 그렇다고 형들이 결정적인 단서 같은 걸 가지고 있는 것도 아니잖아."

그의 말이 거슬렸는지 라이더는 자신의 눈에 잔뜩 힘을 주었다.

"그래서?"

"무리야! 절대로 무리야! 절대로, 절대로, 저얼~대에~로오~ 무리야!"

손까지 흔들며 '무리'를 외치는 피란트에게 라이더는 대수롭지 않게 물었다.

"그래? 무리야?"

"그럼! 절대 무리라고 봐."

다시 한 번 무리임을 강조하는 피란트에게 라이더는 알아들었다는 듯 고개를 끄덕거렸다.

"그래, 알았어. 가자."

"알아들었다니 다행이로군. 그런데 지금 어딜 간다는 거야?"

"임플란드."

"…알아들었다며?"

피란트는 자신의 짙푸른 눈동자에 힘을 주며 라이더를 노려보았다.

"그래, 알아들었어. 그러니까 가자고."

"어딜?"

"임플란드."

피란트는 변함없는 그의 대답에 버럭 소리를 질렀다.

"으아아아! 형! 바보야?!"

"아니, 그러니까 가는 거잖아. 만일 네가 틀렸으면 그때 열심히 비웃어주마."

라이더의 말에 피란트는 얼굴 전체를 찡그리며 라이더를 향해 질문했다.

"만일 형이 틀렸으면?"

"그땐 네가 열심히 비웃어주면 되잖아."

"내가 왜 그런 쓸데없는 짓을 해야 하지?"

"넌 시간 많잖아. 남는 게 시간 아니야?"

"…좋아, 한스 형. 라이더 형이 나중에 딴소리 못하게 형이 증인 서 줘요."

처음부터 내내 '너희 마음대로 하세요' 라는 표정으로 서 있던 한스는 그저 사람 좋은 미소를 지으며 고개를 끄덕거렸다.

"시간을 다스리는 법칙에 따라 나 피란트 쥬린 블루가 열어서는 안 되는 공간을 잠시 빌리려 한다. 워프!"

피란트가 시동어를 외치자 장정 두세 명은 거뜬히 들어갈 만한 커다란 문이 생겨났다.

"오늘도 피란트 드래곤을 찾아주신 두 형님께 감사드리며 워프 게이트의 안전 수칙을 알려 드리겠습니다. 우선 잡생각 마시고 앞 사람, 아니, 앞 드래곤의 뒤통수만 보고 따라오시되, 괜히 다른 문을 집적거리지 마시길 바랍니다. 행여 신기한 물건이 보인다고 건드리지 마시고 그저 잘 따라나 오십시오."

"우우— 집어치워라! 워프 게이트는 너만 써봤냐? 나도 써봤으니까 저리 비켜라."

피란트의 긴 잔소리에 라이더가 야유를 보내며 문에 손을 대는 순간 얼음장처럼 차가운 기운이 손끝으로 전해져 왔다.

"어?"

화들짝 놀란 라이더가 문에서 뒷걸음질치자 피란트는 그럴 줄 알았다는 듯 고개를 끄덕이며 '짝' 소리가 나게 손뼉을 쳤다.

"제가 만든 워프 게이트는 말이죠, 예의없는 사람을 무척 싫어한답니다."

"난 엘프인데?"

"예의없는 엘프는 더 싫다는군요. 그러니까 이 안내자인 피란트님의 말씀을 잘 들어주셔야 하는 거죠. 하하핫!"

피란트는 호쾌하게 웃으며 문 앞으로 가서는 가볍게 노크했다.

똑똑똑!

'쉬익' 하는 소리와 함께 문이 열리자 부드러워 보이는 비단 카펫이 저 혼자 바쁘게 바닥을 채우고 있었다. 바닥은 카펫이 깔린 자리 외에는 존재하지 않는다는 듯 텅 비어 있었는데 그 느낌이 꼭 낭떠러지를 연상시켰다.

"와우~ 이건……."

"굉장하군요!"

한스와 라이더가 문 안으로 들어서자 문은 자동으로 닫히며 사라져 버렸다.

"엘프들의 공간과는 다르죠?"

자신들이 마치 개미처럼 느껴질 만큼 커다란 공간에 빛의 정령인 윌 오 스위프가 두둥실 떠올라 있었다.

그 모습이 어두운 숲의 반딧불처럼 아름답게 느껴졌지만 아쉽게도 그 길은 그다지 길지 않았다.

"자, 무사히 도착했군요. 이제 이 문만 열면 임플란드예요."

피란트의 즐거운 듯한 목소리에 라이더와 한스는 아쉬운 듯 주변을 한번 둘러보고는 그 자리에 멈춰 섰다.

\*　　　　\*　　　　\*

"그런데 말이야, 신은 무엇 때문에 이런 아름다운 밤을 금기의 시간으로 정해둔 거야?"

레번은 모닥불을 피우며 유이를 향해 질문을 던졌다.

"어둠은 항상 살아 있는 자에겐 좋지 않은 것을 몰고 오니까요."

"쳇! 그런 말은 내가 아홉 살이 되던 해에 유모에게 엉덩이를 두들겨 맞으면서 들었던 이야기이고 하이 프리스티스님께서 아시는 뭔가 특별한 이유는 없는 거야?"

레번은 그의 유모가 들으면 또다시 불경스럽다며 빗자루 들고 달려올 만한 소리를 아무렇지도 않게 내뱉으며 나뭇잎을 집어넣었다.

바싹 마른 나뭇잎들이 타닥타닥 듣기 좋은 소리를 내며 주변 공기를 훈훈하게 만들자 레번은 냄비를 꺼내 물을 부었다. 그다지 멀지 않은 곳에 시냇물이 있었기에 물 걱정은 하지 않아도 된다는 유이의 말에 수프를 끓이기로 생각한 것이다.

"음, 죽은 자를 위한 시간도 있어야 하니까 밤을 만드신 거죠. 산 자에게는 빛이 필요하니까 어두운 밤은 죽은 자를 위해 만드신 거예요. 산 자와 죽은 자가 서로의 영역을 침범할 수 없도록."

"그건 내가 열두 살 때 가정교사에게 종아리 맞아가면서 배운 이야기이고."

"……."

유이는 한심하다는 눈빛으로 레번을 바라보며 고개를 저었다.

"왜 그런 눈으로 쳐다보는 거야?"

"…맞지 않고 배운 건 없어요?"

"배우고 나서 맞았던 적은 있지."

그의 말에 유이는 의아한 표정을 지었다.

"도대체 어떤 구절이었기에……."

"하늘에도 쉴드, 땅에도 쉴드, 바다에도 쉴드, 강물에도 쉴드, 공기 중에도 쉴드, 너와 나의 마음속에도 쉴드… 그분은 언제나 함께하신다."

"에? 그건 왜 배우고 나서 맞았다는 거죠?"

레번은 크게 숨을 들이쉬며 뭔가를 꿀꺽 삼키는 시늉을 했다.

"와! 내가 쉴드를 잡아먹었어!"

어린아이의 목소리를 흉내 내며 두 손을 하늘로 올린 레번이 다음엔 눈을 커다랗게 뜨고 소리를 질렀다.

"여기도 쉴드, 저기도 쉴드, 도대체 몇 명이라는 거야? 그놈의 쉴드 많기도 많다."

털썩 땅에 주저앉으며 레번은 유이를 바라보았다.

"이러는 바람에 머리에 주먹만한 혹이 생기도록 쥐어박혔지."

레번의 말에 유이는 소리없이 쿡쿡거리느라 눈가에 눈물이 맺혔다.

"맞을 만했네요. 감히 쉴드를 암살하려 하다니……."

유이는 짐짓 근엄한 척 레번을 나무랐지만 자신도 모르게 배시시 웃음이 새어 나왔다.

쉴드 암살이라니…….

스스로가 생각해도 잘도 불경스런 말을 내뱉었구나 싶었지만 어차피 체계적으로 배워본 적도 없는 교리를 내세워 즐거운 시간을 망치고 싶지 않았다.

"콜록콜록!"

이번에 넣었던 나뭇가지는 채 마르지 않았던 것인지 한쪽에서 고약스런 연기가 새어 나와 레번의 눈과 목을 괴롭혔다. 레번은 두어 번 기침을 하고는 야채를 잘라 넣었다.

"뭐, 따지고 보니까 맞으면서 배우나 배운 뒤에 맞으나 결국 조용히 쉴드에 대해 배운 적은 없었지. 오죽하면 인자하시다고 소문이 자자한 지금의 주교님께서 '쉴드께서는 아마 너의 인생에 있어 최대의 시련이 되어주시려나 보다' 하고 나를 놀려대셨으니……."

유이는 또다시 소리 죽여 웃었다.

"지금의 주교님과 친하신가 보죠?"

"전에는 주교님이 아니셨으니까. 언제나 내 머리에 커다란 혹을 만들어주시는 데 큰 공헌을 하셨지. 주교님께서 견습 프리스트실 때 신전에 자주 드나들면서 말썽을 부렸더니 '티아티로가 너만큼 말썽을 부렸을까?' 하시면서도 내가 심심하지 않도록 많이 놀아주시곤 했어."

"정말 인자하신 분이군요."

유이가 맞장구치며 식기를 꺼내자 그는 여러 가지 조미료를 넣기 시작했다. 곧 그럴듯한 수프 향이 풍겨졌고 그들은 빵을 꺼내 들었다.

"야영이 이걸로 며칠째지?"

레번의 질문에 유이는 수프가 눌어붙지 않도록 가볍게 저으며 예상보다 뜨거운 열기에 살짝 미간을 찡그렸다.

"일주일이에요."

"지도에는 나와 있지 않지만 아마도 내일 해가 지기 전에는 작은 마을 하나 정도 나오겠군."

"어떻게 그렇게 잘 아세요?"

그녀의 질문에 레번은 그다지 떠올리기 싫었던 과거를 기억해 내며 미간을 찡그렸다.

"예전에 미르셀에서 근무한 적이 있어. 그땐 내가 워낙 위에 적이 많았던 때라 어쩔 수 없이 좌천당한 거지."

"미르셸은 어디에 있는 거죠?"

이제 레번의 말에 완전히 빠져 버린 유이가 강하게 흥미를 보이자 레번은 수프를 뜨다 말고 지도를 펼쳐 들었다.

"이곳이 하이비스커스 산이고 이 위가 미르셸이지. 그다지 유쾌한 곳이 아니라서 다시는 가고 싶지 않아."

"흐음, 우리가 있는 곳이 어디쯤인가요?"

그녀의 질문에 레번은 피오네에서 아주 조금 떨어진 곳에 검지손가락을 가져다 대며 가볍게 지도를 톡톡 건드렸다. 그리고는 다시 그 지도를 네모 반듯하게 접어 품 안에 넣었다.

"아아, 아직 이 정도밖에 못 온 건가요?"

기운 빠진 듯한 유이의 목소리에 레번은 수프를 마저 떠서 건네며 피식 미소를 지었다.

"그래도 내일은 마을에서 잘 수 있잖아. 그곳만 벗어나면 리프란 호수까지 편안하게 갈 수 있을 거야. 어쨌거나 따뜻한 것 좀 먹어둬. 오늘 저녁은 꽤 추울 거야."

벌써부터 싸늘해진 주변의 공기를 느끼며 레번은 자신의 수프를 덜었다.

타닥타닥.

기분 좋은 모닥불과 따뜻한 음식에 레번은 보나마나 구구절절 기나긴 감사 인사를 늘어놓을 유이를 대신해 짤막한 기도를 올렸다.

"오, 쉴드여! 잘 먹겠나이다."

성의는 없지만 진심이 담긴 기도인지라 유이는 뭐라고 핀잔을 줄 생각도 못하고 또다시 소리 죽여 미소를 지었다.

"크허~ 이거 누가 만들었는지 맛 한번 끝내주네."

겨우 한 스푼 떠먹고는 오버하고 있는 레번을 향해 유이는 또다시 질문을 시작했다.

"아까 지도를 보니까 지도에 나올 정도로 커다란 호수가 있던데… 가보셨어요?"

"그곳이 리프란 호수야."

빵을 우적우적 씹어 먹으며 대답하는 레번에게 유이는 또다시 질문을 해댔다.

"그럼 그 근처에 리프란 마을이 있는 건가요?"

레번은 수프를 아예 들고 마셔 버리곤 소매로 입가를 스윽 닦았다.

"그거 안 먹을 거냐?"

"네?"

"넌 안 먹어도 될지 몰라도 난 좀 먹어야겠어. 그러니까 말 좀 시키지 마."

그의 말에 유이는 미안한 표정을 지으며 레번의 눈치를 살폈다.

"안 뜨거워요?"

"이런, 젠장! 입천장 다 까졌다."

레번은 차가운 물을 벌컥벌컥 들이키며 입 안을 식혔다.

유이는 천천히 식사를 마치고 식기를 걷어 한쪽으로 치우며 주변을 정리했다. 레번의 시야에서 벗어나면 안전을 보장할 수 없는 곳이라는 걸 잘 알고 있기에 설거지는 날이 밝으면 하기로 하고 다시 모닥불가로 가서 모포를 머리끝까지 뒤집어썼다.

그녀는 말은 하지 않았지만 레번이 매번 불침번을 서고 있다는 걸 잘 알고 있었다.

그녀가 설거지하고 씻는 동안 잠시 눈을 붙인다는 것도…….

워낙 기본 체력이 받쳐 주는 편인지라 세 시간 정도의 선잠만으로 얼굴에 피곤한 티조차 내지 않고 버텨내고 있는 것이다.

엘프와 생활한 덕에 누구보다 숲을 잘 알지만 지금 이 숲은 그녀를 부드럽게 감싸주던 이노르의 숲이 아니었고 비상시에 자신의 비명 소리를 듣고 달려와 줄 사람도 레번 한 사람밖에 존재하지 않았다.

"리프란 호수에는 전설 같은 거 없어요?"

유이가 그 또래의 호기심 많은 소녀들처럼 눈을 빛내며 레번을 바라보자 레번은 이제 이야기하기도 질린다는 표정으로 유이를 향해 가벼운 한숨을 내쉬었다.

"휴우~ 꼬마야, 난 네 보모가 아니란다. 어서 자거라. 난 기력 좀 아껴둬야 한단다. 숲은 보기보다 꽤 위험하거든."

레번은 주변을 살펴보며 은근히 겁을 주기 시작했다.

"좋아요. 제가 불침번을 설 테니 레번님께서 주무세요."

"뭐?"

"걱정 말아요. 위험한 일이 생기면 깨워 드릴 테니까요."

유이의 말에 레번은 눈이 휘둥그레졌다.

"지금 꼬마 네가 불침번을 서겠다는 거냐?"

레번이 유이의 말을 확인하듯 되묻자 그녀는 고개를 끄덕거렸다.

"안 돼. 난 내 목숨을 귀하게 여길 줄 아는 사람이야. 게다가 꼭 건강하게 장수할 생각이지. 너에게 불침번을 맡길 바에야 차라리 여기 있는 모닥불에게 맡기는 게 더 믿을 만하겠다."

"그거 절 무시하는 말이죠? 저도 제 몸 하나 정도는 지킬 수 있다구요."

"그래, 누가 뭐래?"

레번은 마른 나뭇가지 하나를 모닥불 안으로 던져 넣으며 시큰둥하게 대답했다.

"그럼 저한테 맡겨주세요."

"그것참, 끈질기네. 어이, 꼬맹아! 너 네 몸 하나 정도는 지킬 수 있다고 했지?"

"네."

단호하게 고개를 끄덕이는 유이에게 레번은 코웃음을 쳤다.

"그럼 실격이다. 잠이나 자."

"네?"

"실격이라고 말했고 자라고 부탁했다."

레번은 이리저리 몸을 비틀어 하루 종일 긴장했었던 근육들을 풀어주며 또 한 번 시큰둥한 어조로 대답했다.

"무엇 때문에 실격이라는 거죠?"

유이의 따지는 듯한 어조에 레번은 다시 한 번 마른 나뭇가지를 모닥불에 던져 넣으며 피식 미소를 지었다.

"나는 내 몸을 지키고도 여유가 있어서 널 지켜줄 수 있거든. 넌 네몸 하나만 간신히 지키겠지만 말이야. 그러니까 넌 실격이라는 거다."

레번의 말에 반박하고 싶었지만 유이는 가벼운 한숨을 내쉬며 생각을 고쳐먹었다.

저 고집쟁이가 순순히 자신의 말을 들을 리가 없다는 것을 깨달은 것이다.

"좋아요. 대신 리프란 호수에 대해 말해 줘요."

습하고 축축해져 오는 바닥을 느끼며 그녀는 조심스럽게 몸을 웅크렸다.

오늘은 비교적 과묵한 편인 자신이 참 쓸데없는 말을 많이 한다고 생각하며 레번은 자신의 검을 꺼내 손질하기 시작했다. 유이는 그런 그를 바라보며 조용히 귀를 기울이고는 이야기가 시작되길 기다렸다.

"리프란 호수는 예전부터 아주 많은 전설이 내려오던 곳이야. 뭐… 진정한 자신을 알고 싶다면 리프란 호수에 가보라는 말부터 아름다운 요정이 살고 있다거나 집안에서 결혼을 반대한 걸 비관해서 결국 동반 자살한 연인의 이야기도 있고……."

"아니요. 제가 궁금해한 건 전설이지 이야기를 통째로 요약한 줄거리가 아니라구요."

유이는 레번의 말을 끊으며 제대로 이야기해 달라는 표정으로 레번을 흘겨보았다.

"뭐, 이야기가 워낙 많은 곳이니까."

레번이 머리를 긁적이며 무안한 표정을 짓자 유이는 잠시 고민하는 듯한 표정을 짓더니 이내 생긋 미소를 지었다.

"진정한 자신을 알고 싶다면 리프란 호수로 가라, 그것에 대한 전설이 좋을 것 같아요. 그 이야기를 들려주세요."

타닥타닥거리는 소리와 평화로운 공기……. 레번은 한결 느슨해지려는 자신의 감각을 나무라듯 허리를 곧게 폈다.

"하이 프리스티스다운 선택이로군."

레번은 잠시 옛이야기를 떠올리기 위해 자신의 기억을 더듬었다.

"쉴드는 인간을 만들 때 빛과 어둠을 적절히 섞으며 기쁠 땐 아주 환하게 웃으라고 불을 선물해 주셨고……."

레번이 뒤 구절을 잊은 듯 말을 잇지 못하자 자연스럽게 유이가 그 뒤 구절을 이어받았다.

"화날 때나 슬플 땐 조용한 위로가 되어주실 거라고 물을 주셨도다. 그리하여 사람이 기쁠 땐 누구보다도 생기가 넘쳐 나고 사람이 슬플 땐 눈물을 흘리게 되었도다."

"그래, 내가 머리 싸매며 외워야 했던 것이지."

레번은 지금 생각해도 머리가 지끈거린다는 듯 살짝 미간을 찡그리곤 잠시 짤막한 한숨을 내쉬며 자신의 말을 이어 나갔다.

"그리고 리프란 호수는 쉴드께서 사람들이 영원히 아름다운 마음을 가질 수 있도록 마음을 비춰주는 마법을 걸어놓으셨다고 해. 이 리프란 호수에 처음 가본 사람들은 누구나 할 것 없이 눈물을 흘린다고 하지."

"눈물을 흘려요?"

"뭐… 신성한 기운에 감동해서 운다고도 하고 그 호수 속에 비친 자신을 보고 운다고도 하지만 내 생각에는 자신도 모르게 주르륵 눈물을 흘려 버리는 것 같아. 왜 우냐고 묻는데 '나도 몰라' 라고 말하는 녀석은 좀처럼 없으니까 이런 저런 거창한 이유가 생겨 버린 거지."

그의 말에 유이는 장난기 어린 표정을 지어 보였다.

"으음, 그럼 레번님께서도 혹시?"

"울었냐고? 꼬마야, 조금 전에 내가 말하지 않았었냐? 누구나 운다고 말이야."

얼굴을 살짝 붉히며 순순히 자신이 울었음을 시인하는 레번에게 유이는 의아한 표정을 지어 보였다.

"레번님께서는 무엇 때문에 우셨죠?"

유이는 갈색 눈동자를 반짝거리며 호기심 어린 눈으로 레번을 살펴보았다.

"그것도 말했잖아. 모른다고. 그냥 주르륵 흘러내리더라고."

"그럼 리프란 호수에선 뭐가 보였나요?"

"안 봤어."

단호하게 대답하는 그의 말에 유이는 의아한 표정으로 되물었다.

"네?"

"안 봤다고. 내가 나를 아는데 그걸 군이 봐서 뭐 하게?"

"그렇지만 기껏 거기까지 가서……."

"내가 가고 싶어 갔냐? 미르셀에 가려니 어쩔 수 없이 거쳐 간 거지. 게다가 그걸 뚫어지게 쳐다봤는데 내가 마음에 안 드는 놈이면 어쩌려고?"

유이는 의아한 눈으로 레번을 바라보았다. 마치 긴 설명을 필요로 하는 듯이…….

"그러니까 말이지, 넌 네 자신이 마음에 드냐?"

"…생각해 본 적 없는데요?"

"좋은 대답이군. 그럼 지금부터 생각해 봐."

레번은 검을 다시 검집에 넣고는 자리에서 일어나 한쪽에 쌓아둔 나뭇가지를 한 아름 안아 들고는 모닥불 근처로 옮겨두었다.

"그런데 넌 어느 쪽이 진짜냐?"

손을 탁탁 털며 기다란 막대기로 불씨를 골고루 지피고는 지나가는 듯한 무심한 말투로 말을 걸어오는 레번에게 유이는 의아한 눈길을 보냈다.

"네?"

"어느 쪽이 진짜냐고. 새끼 고양이처럼 주변을 잔뜩 경계하며 영리하고 앙칼지게 구는 쪽이 진짜냐, 순진한 병아리처럼 호기심 넘치는 눈빛을 빛내고 있는 쪽이 진짜냐?"

레번은 또다시 무심한 말투로 모닥불에 나뭇잎을 긁어 넣으며 유이의 신경을 자극시켰다.

"으음… 어쨌거나 전 저잖아요?"

한참을 고심하던 끝에 내놓은 대답에 레번은 고개를 끄덕거렸다.

"그래서 안 본다는 거다. 그곳에 비친 내가 마음에 쏙 드는 놈이라도, 내 눈알을 뽑아버릴 정도로 끔찍한 놈이라도 난 나다."

조심스럽게 레번을 살피던 유이는 그가 단순히 자신의 질문에 답을 주려고 했던 질문이라는 것을 깨닫고는 안도의 미소를 지었다. 레번은 모닥불을 지피느라 그녀 쪽으로 시선을 두지 않았기에 그녀의 반응과는 상관없이 계속해서 자신의 말을 이어 나갔다.

"뭐… 어쨌거나 난 지금의 내가 마음에 들어. 그러니까 마음에 드는 내가 저지른 일은 반드시 책임을 진다. 그런 내 자신도 마음에 들고 성격이 이러니까 적도 꽤 많은 편이지만 그런 건 상관없어."

"왜 상관이 없다는 거죠? 적이 많다는 건 결코 자랑이 아니에요."

"그래, 그래도 상관없어."

레번은 고개를 들어 유이를 바라보며 계속해서 자신의 말을 이어 나갔다.

"적은 내 마음에 안 드는 놈이거든. 그러니까 나도 놈들 마음에 들지 않는다는 게 무척 마음에 든다는 거지. 때때로 그런 놈들과 충돌이 일어날 때면 난 기꺼이 그들과 싸우고 있는 내가 마음에 들어. 그러니까 계속 나에 대한 책임을 지는 거지."

그의 말에 유이는 고개를 저었다. 그의 말은 알 것 같으면서도 저런 사고방식은 자신에게 맞지 않는다는 것을 기억해 낸 것이다.

"뭐, 단순한 거지. 내 삶은 내가 살아가고 있다는 것. 그러니까 그 호수는 볼 필요가 없어."

"흐음."

유이는 그 호수를 보고 싶다는 생각을 하면서도 그의 말에 설득당한 사람처럼 연신 고개를 끄덕거렸다.

그가 생각하는 삶이란 신을 섬기는 자, 그중에서도 고위층인 하이 프리스티스의 삶은 그와는 정반대의 삶이었다.

길은 정해져 있다.

마음이 가는 대로 좋은 방향으로 이끌린다는 것……

그것이 신이 프리스트들에게 정해준 삶이며 하이 프리스티스의 운명도 대부분 거기에서 벗어나지 못한다.

그리하여 그들은 사람들에게는 바른 길로 인도하는 안내자인 동시에 신과 인간의 매개체가 되어주는 것이다.

그런 그들이 보기에는 레번 같은 사람은 그리 환영할 만한 존재가 아니다.

잘못하면 이단으로 몰리기 십상이기 때문에 어지간한 사람들은 머리 속으로 그런 생각이 든다 해도 이내 떨쳐 버린다. 그것은 일종의 죄악으로 여겨지며 절대 프리스트에게 농담으로라도 할 수 있는 말이 아니라는 것을 잘 알고 있기 때문이다(인생의 모든 것을 신을 섬기는 것에 바치고 있는 프리스트들에게 '내 인생은 나의 것, 쉴드가 대신 살아줄 게 아니다'라는 식의 말을 하는 것이 얼마나 큰 실례인지 레번은 모르고 있었다).

"그런데 그 호수가 진정한 자신을 비춰주는지 어떤지 어떻게 알게 된 거죠?"

"전설이라는 게 뭐 정확하게 이렇고 저렇다는 증거가 있겠어? 그냥 사람들이 이야기하는 거 보고 '아, 그런가 보다' 하는 거지."

"그러니까 그 '아, 그런가 보다' 가 어떤 내용인데요?"

끈질기게 계속되는 유이의 질문에 레번은 가벼운 한숨을 내쉬며 자리에서 일어났다.

"하아, 굉장히 가난한 사람이 있었는데 그는 너무너무 착해서 자기도 가난하면서 사람들을 도와주고 다니느라 마침내 빈털터리가 되었지."

레번은 호기심으로 두 눈을 빛내며 자신을 바라보는 유이에게 시선을 주며 또다시 한숨을 내쉬었다. 저 초롱초롱한 눈을 보건대 누가 잠드는 마법이라도 걸어주지 않는다면 아마도 당분간은 쉽게 잠들지 않을 것 같았다.

"그래서요?"

뒷이야기를 재촉하는 유이의 말에 레번은 되도록 짧게 이야기를 끝내자고 생각하며 입을 열었다.

"그 마을은 처음에는 정말 작은 마을에서 비롯된 곳이라 신전이라고 부를 만한 제대로 된 건축물이 하나도 없었어. 어느 정도 규모가 커지니까 마을 사람들은 우리도 제대로 된 신전을 짓자고 말했어. 마을에선 대규모의 공사가 시작되었지. 공사할 때 제일 필요한 게 뭘 것 같아?"

"인력?"

"돈이야. 신앙에서 시작된 일이긴 하지만 그 신앙이 벽돌을 만들어내고 유리를 만들어주진 않으니까 말이다."

유이는 살짝 미간을 찡그렸다.

"그런 세속적인 것에 신앙을 가져다 대지 마세요."

"…어이, 너, 네가 입었던 그 프리티스트 제복이 쉴드께서 너한테 직접 '옛다, 너 가져' 하고 주신 거냐?"

"아니요. 그런 건 아니지만……."

유이의 말이 채 끝나기도 전에 다시 레번의 공격적인 질문이 시작되었다.

"네가 신전에서 먹는 음식을 쉴드께서 친히 '이거 너 먹어라' 하고 주신 거냐?"

"그건 신성 모독으로 이어지는 건가요?"

유이가 강력하게 항의하자 레번은 한 발자국 뒤로 물러섰다.

"나도 쉴드께서 존재한다고 생각해. 이단이 하는 말이 아니니까 날 그렇게 색안경 끼고 볼 필요는 없어."

"……."

"내 말은 말이야, 인간들이 살고 있는 곳에서 궁극적인 공짜는 없다는 거다. 꼬마야, 내가 이야기한 그 마을에서도 돈이 있는 사람에게선 돈을 걷고 돈이 없는 사람에겐 여러 가지 일들을 부탁했어. 그리고 그 가난한 사람 역시 열심히 일했지. 신전이 완공된 순간 사람들은 저마다 아끼는 물건들을 신전에 기부했어. 그 가난한 사람도 무엇인가를 주고 싶었지만 가진 게 아무것도 없으니 기부할 수 없었어."

레번의 계속되는 이야기를 유이는 가만히 듣고 있었다.

"그래서 그 사람은 생각다 못해서 물을 기부했지. 매일매일 프리스트들이 시원한 물을 마실 수 있도록……. 안된 일이지만 그 해에 심각한 가뭄이 들어서 더 이상 물을 기부할 수 없게 된 그는 매일같이 물을 긷던 숲으로 들어가 눈물을 뚝뚝 흘렸어."

유이는 마치 자신의 눈앞에 그가 있는 것마냥 시무룩한 표정으로 레번의 다음 말을 기다렸다.

"그를 기특하게 여긴 쉴드는 그가 눈물을 흘린 자리에 호수를 만들어주셨어."

"아, 그게 리프란 호수군요?"

"응, 그의 이름이 리프란이었거든. 그리고 그의 마을은 리프란 마을이라고 불리게 되었지. 리프란은 그 호수에서 무엇을 봤는지 알아?"

레번의 질문에 그녀는 잠시 생각에 잠긴 듯하다 이내 진지한 표정으로 그를 바라보았다.

"무엇을 보았죠?"

"50대까지 신전으로 열심히 물을 날라다 주고 있는 미래의 자신."

그의 말에 유이는 흐뭇한 미소를 지었다.

"행복했겠군요, 그는."

레번은 자신의 모포를 가져와 덮고는 유이를 향해 미간을 찡그렸다.

"과연 행복했을까?"

"네?"

"50대까지 물을 퍼다 나르려면 허리 디스크는 기본이요, 어깨도 아작 났을걸. 비 오면 허리도 쑤시고 무릎도 자기 것이 아닌 것 같을 거다."

톡 쏘아붙이는 레번의 말에 유이의 눈빛이 사나워졌다.

"그걸 어떻게 알아요?!"

"나 굉장히 젊거든."

뜬금없는 그의 말에 유이는 새침한 표정으로 눈을 흘겼다.

"그게 어쨌다는 거예요?"

"훈련할 때 한 달간 아침, 점심, 저녁으로 검 휘두르고 신전에 물 길어다 주는 자원 봉사까지 했더니 그 다음 두 달을 의사에게 약 받아 다

넜다."

"약이라뇨?"

"근육통 때문에."

건장한 그의 말이라 믿기지는 않았지만 유이는 조용히 입을 다물었다.

"뭐, 본인이 행복했거나 불행했거나 나랑은 상관없는 일이고, 어떻게 해줄 수 있는 일도 아니지만……."

레번은 착실하게 모닥불에 나뭇가지를 밀어 넣으며 피식 미소를 지었다.

"꿈에서 쉴드를 만나거든 한번 여쭤봐라. 리프란 호수가 왜 사람들의 진실한 모습을 비춰준다는 건지……."

그의 말을 끝으로 유이는 잠을 청하기 위해 눈을 감았고 레번은 미묘한 어색함을 느끼며 밤하늘을 올려다보았다.

실제로 유이는 엘프들과 함께 생활해 왔고 자라왔던 터라 '욕심' 이라는 단어를 몰랐다.

엘프는 무엇을 하든 낭비하는 법이 없었다. 필요한 만큼 만들어 딱 그만큼 소비하며 나눈다는 의미 역시 잘 알고 있는 종족이 엘프이다.

물물 교환이나 서로 남는 물건을 조건없이 나눠 쓰는 것이 활성화되어 있다 보니 돈의 개념이 희박했다.

예를 들어 자신에게 다이아몬드가 들어왔는데 잉크가 필요해졌다면 엘프는 기꺼이 다이아몬드를 필요한 자에게 줄 것이며 자신은 기꺼이 잉크가 남는 곳에서 잉크를 얻어올 것이다.

사람들은 이것을 어리석은 짓이라 하겠지만 엘프에게는 보석에—그것도 쓰지도 않고 보석함에 박아둘 뿐인 그저 가공해 놓은 돌멩이에—목숨을 거는 인간이 더욱더 어리석어 보일 뿐이었다.

　이런 생활을 해온 유이인지라 레번의 말에 100% 공감할 수 없었지만 꽉 막혀 있던 시야가 어느 정도 뚫린 듯한 느낌을 받았다.

　엘프와 생활했다고는 하지만 그녀가 입고 있었던 제복도, 매 끼마다 챙겨 먹었던 음식들 모두는 쉴드가 제공했다는 명목으로 사실은 착취한 것일지도 모른다는 생각이 그녀를 괴롭혔다.

　유이는 햇빛도, 물도 쉴드께서 만든 것이니 작물 역시 쉴드께서 만들었고 인간도, 엘프도, 드워프도, 그 외 많은 생명체들 역시 쉴드가 만드셨으니 우리는 그냥 그 많은 것을 공유하며 살아야 한다는 생각에 단 한 번의 의심도 없었으며 현재도 그런 의심은 하지 않았다.

　다만 그 작물을 기르는 이들의 노력과 그것을 얻기 위한 노력을 지나치도록 별것 아니게 취급했던 게 아닐까 하는 생각이 그녀를 괴롭게 한 것이다.

　'아니야. 말려들면 안 돼. 프리스트도 많은 일을 한다는 걸 알고 있잖아? 게다가 신전에서 뭔가를 강요하는 일은 없어. 이건 신도들마저 모욕하는 일이야. 결국 그렇게 힘들게 모은 것을 기부한 건데 그런 믿음에 세속적인 고민을 끌어들이다니……'

　유이는 스스로를 반성하며 가능한 한 아무 생각도 하지 않으려 애썼다.

　타닥타닥거리는 모닥불 소리와 금방이라도 별이 쏟아질 것만 같은 하늘 아래 부동(不動) 자세로 주변을 경계하고 있는 레번, 그리고 이제는 고른 숨소리를 내며 잠들어 버린 유이.

　숲에서의 하루는 그렇게 별 탈 없이 천천히 흘러가고 있었다.

# 슬럼프

"으아아악!"

설아는 비명을 지르며 자리에서 벌떡 일어났다.

"끔찍한 악몽이었어. 어떻게 그런 말도 안 되는 꿈을 꿀 수 있는 거지? 이건 마감이 하루 남았는데 써도써도 원고가 백지가 되어버리는 꿈보다 훨씬 지독했어!"

설아는 몸을 부들부들 떨며 주변을 둘러보았다. 다행스럽게도 그것이 꿈이었다는 것을 확인시켜 주기라도 하듯 눈에 익숙한 공간과 익숙한 얼굴이 자신을 반겨주고 있었다.

특히 눈에 익숙한 얼굴은 쿠션을 손에 들고 아주 사악하게 웃고 있었는데 설아는 그것조차 굉장히 익숙한 상황임을 알고 있었다.

이제 얼마 안 있어 저 쿠션은 자신의 머리 위로 꾹꾹 압력을 가할 것이고 익숙한 얼굴은 '잠 좀 자자, 잠 좀!' 하고 비명을 지를 것이라는걸.

"잠 좀 자자, 잠 좀!"

그녀의 예상은 적중했다. 빈은 들고 있던 쿠션으로 설아의 머리를
꾹꾹 누르며 자신의 단잠을 깨운 그녀에게 가벼운 응징을 내리고 있었
다.

"야아, 아프단 말이야."

설아는 손으로 가볍게 쿠션을 잡으며 익숙하게 그 자리를 빠져나왔
다.

벽면에 있는 시계는 5시 30분을 가리키고 있었으며 오늘은 오전 8시
부터 오후 3시까지 비가 올 테니 우산을 준비하라는 알림판의 글씨가
깜빡깜빡거렸다.

"그러고 보니 내가 과제를 했던가?"

설아는 고개를 갸웃거리며 석진 선배가 줬던 프로그램을 꺼내 들었
다.

"찜찜한 꿈 따윈 무시해도 되겠지?"

그녀는 말과는 달리 프로그램을 책상 위로 휙 던지며 소파에 아무렇
게나 놓여진 노트와 펜을 집어 들고는 '털썩' 소리가 나도록 기대어
앉았다.

"그래도 만약이라는 게 있으니까……."

변명 같은 말을 던지며 그녀는 멍하게 공상에 잠겼다.

오래전부터 쓰고 싶던 이야기, 분명히 그런 것이 있었는데, 그리고
그것이 무엇인지 정확하게 알고 있는데 손이 움직이지 않았다.

손이 움직이지 않는다?

아니, 그런 것으로는 뭔가 이런 상황을 설명할 수가 없다.

써지지 않는다.

음, 부족한 감이 있긴 하지만 이것이 설아가 떠올릴 수 있는 최대한의 표현이었다. 적기만 하면 되는데 써지지가 않는다니……

"환장하겠네."

그녀는 미간을 찡그리며 다시 잠들려 하고 있을 빈을 배려해서인지 낮은 목소리로 중얼거렸다. 이럴 때의 해결 방법은 딱 한 가지밖에 없다.

자신의 머리 속에서 이야기가 폭주해서 손이 미친 듯이 저절로 글을 써 내려갈 지경이 되면 자신도 모르게 막힘없이 머리 속에 있던 이야기들을 술술 풀어 내려간다는 것.

그때까지 기분 전환을 하며 조용히 쉬는 것이 설아 그녀에게 있어 가장 좋은 해결책이자 유일한 해결책이었다.

"그렇지만 그럴 만한 시간이 없어."

설아는 미간을 찡그리며 눈을 감았다.

'무슨 이야기를 쓰고 싶어한 거지? 내가 쓰려던 이야기의 주제가 뭘까?'

되도록 느긋한 기분을 가지려고 애쓰던 그녀는 자신이 하고 싶었던 말을 떠올려 보았다.

'인간의 이기심?'

그녀는 고개를 돌렸다. 그것 역시 쓰게 되겠지만 그것은 궁극적인 주제가 아니라 한 분기의 주제일 뿐이다. 이야기 전체에서 확실하게 남을 수 있는 주제……

그것을 머리 속에 떠올려 잊지 않도록 해야만 했다.

아무리 글을 잘 쓰는 사람이라도 완성된 글을 읽어보면 처음 자신의 머리 속에서 떠올렸던 이야기와 완벽하게 일치하는 글은 아니라는 것을 알 수 있다.

그것은 여러 가지 요인이 있겠지만 거의 대부분의 경우가 '주제'라는 뿌리가 이야기 중심에 있긴 하지만 소주제라는 잔뿌리와 한데 뒤엉켜 글 구석구석에 튼튼하게 자리하지 못하고 금방이라도 뽑혀 버릴 듯 부실하기 때문이다. 이것은 오랫동안의 습작을 통해 배울 수 있었다.

**운명은 자신의 것이다.**

설아는 아무것도 쓰여지지 않은 노트에 큼직한 글씨로 주제를 적어 넣었다. 그리고 전체적인 큼직한 사건을 요약했다가 이내 지워 버렸다.

"이야기가 먼저야."

그녀는 처음부터 끝까지의 줄거리를 독후감을 쓰듯 짤막하게 써 내려갔다.

"훗! 내가 이런 이야기를 쓰려고 하고 있단 말이야?"

자기가 써놓고는 마치 남의 일기장을 몰래 읽고 있는 듯한 태도로 피식피식거린 그녀는 깜빡 잊은 게 떠올랐는지 자신의 머리를 손으로 탁 치고는 고개를 절레절레 흔들었다.

"어휴, 이 붕어! 하마터면 중요한 걸 빠뜨릴 뻔했잖아."

그녀는 발소리가 나지 않도록 주의하며 자신의 방으로 들어가 책상 서랍을 열었다. 반쯤 쓰다 만 지우개와 서랍 속 여기저기 굴러다니고 있는 샤프와 샤프심, 그리고 색색의 볼펜과 손거울 등 누가 보면 잡다한 골동품 마니아라고 착각할 정도로 오래된 물건들을 한쪽으로 치우고는 자물쇠가 달린 딱딱하고 두꺼운 표지의 책을 꺼내 다시 조심조심

거실로 나왔다. 소파는 친절하게 안락함을 제공해 주었고 설아는 무릎을 세우며 몸을 동그랗게 웅크리고는 자신의 무릎 위에 책을 올렸다.

자물쇠에 지문을 찍으며 그녀는 조그맣게 속삭였다.

"대박 작가."

그리고는 주변을 두리번거리며 아무도 없다는 것을 확인하고 씨익 회심의 미소를 지었다. 비밀 번호에 자신의 장래 희망을 입력시켜 놓고 그것을 들키지 않으려는 자신의 소심함이 쑥스러웠는지 그녀는 얼굴이 빨개져서 페이지를 넘겼다.

"으음, 이것도 이제 다 써가는구나."

그녀는 만족스러운 표정으로 책장을 넘기며 펜을 들었다. 그리고는 단숨에 비어 있는 페이지에 'ADAMAS를 시작하기 전에' 라는 제목으로 글을 쓰기 시작했다.


ADAMAS라는 제목의 글을 쓰기에 앞서 지금의 기분을 적어둔다.

이 글은 결코 쉽게 쓰여지지 않을 것이라는 게 불행하지만 정답이다.

언제는 내가 쉽게 쓴 글이었던가? 우우, 그렇게 무겁지만은 않은 이야기가 되었으면 좋겠는데 시작하는 지금은 설레이고 있다. 새로운 글을 시작한다는 것은 무척 신나면서도 두려운 일이다. 끝맺을 때까지 지겨울 정도로 자기와의 씨름이 이어지니 말이다. 그렇지만 언제나 즐기면서 쓰자. 그것이 불행히도 재능없는 내가 버틸 수 있는 이유가 되어줄 테니까.


날짜를 쓰며 그녀는 깨알 같은 글씨로 한쪽 귀퉁이에 낙서를 적었다.

"지금 현재 가장 듣고 싶은 말은 '넌 어쩜 그렇게 글을 잘 쓰냐?' 이고 언젠가 웃으면서 '이렇게 멋지구리한 작품을 써내다니, 난 진짜 천재야!' 라고 외쳐 보고 싶다."

그녀는 작은 목소리로 중얼중얼 읽고는 다시 책을 덮고 자물쇠를 채웠다.

"대박 작가."

그녀는 다시 한 번 결심하듯 작지만 단호하게 속삭이며 지문을 찍었다.

그리고는 조심조심 자신의 방으로 돌아가서는 책상 서랍 깊숙이 책을 넣어두고는 서랍을 닫았다. 소파로 돌아가 또다시 궁상맞게 무릎을 세운 그녀는 흘깃 시계를 바라보았다.

"말도 안 돼! 시계가 고장이라도 난 거야?! 내가 뭘 했다고 벌써 7시야!"

절망적인 목소리로 자신도 모르게 꽥꽥 비명을 질러대는 설아에게 연속적인 쿠션 공격이 시작되었다.

"에라, 이 인간아, 잠 좀 자자, 잠 좀 자!"

"으아아! 내가 뭘 어쨌다고 그래?!"

설아는 자신을 향해 날아오는 쿠션을 미처 피하지 못하고 고개를 숙여 팔에 파묻으며 방어했다.

"어차피 이 시간이면 일어나야 하잖아."

연이어 날아드는 설아의 말에 그녀는 소파 뒤로 돌아가 설아를 납작하게 눌러 버렸다.

"으, 으윽! 무거워!"

"시끄러! 네 녀석 때문에 자도 잔 거 같지가 않잖아. 꼭두새벽부터 소리를 지르질 않나, 왜 그러는데?"

"으윽! 무겁다니까."

"말해 주면 비켜주지. 뭐가 문제야?"

"과제, 원고가 안 풀려."

그녀의 말에 빈은 순순히 뒤로 물러나 노트를 바라보았다.

"아직 시작도 안 했는데 안 풀리고 말고가 어딨어?"

편잔을 주듯 가볍게 그녀를 나무란 빈은 시무룩해 있는 설아를 향해 고개를 절레절레 흔들었다.

"쯧쯧, 그렇게 게을러서 이번 학기 학점 받겠냐? 그러게 원고 같은 건 빨리빨리 해놓으면 좀 편하냐?"

그녀는 잔소리를 늘어놓으며 냉장고 앞으로 가서 우유 버튼을 눌렀다.

"너도 마실래?"

"아니. 너 오늘 몇 시 수업이야?"

"8시. 이거 먹고 좀 씻어야지. 그러고 보니 우리도 슬슬 과제 나올 때 됐는데 이번엔 누구 원고를 맡으려나? 너같이 게으른 녀석은 걸리지 말아야 하는데……."

우유 컵을 들고 욕실로 사라지는 그녀를 보며 설아는 짧은 한숨을 내쉬었다.

그녀가 여느 때와 다름없이 농담하고 있는 걸 잘 알면서도 그만 기분이 상한 모양이었다.

"정말 농땡이 치는 게 아니라 안 써지는 건데……."

"야, 작가 일이 뭐야?"

"글 쓰는 거."

"그런데 백지만 있으면 일했다는 걸 뭐 가지고 증명할래?"

그녀의 말에 설아는 퉁명스럽게 대답했다.

"…그거 꼭 증명해야 하니?"

"그럼 계속 그러고 놀래?"

"글 쓰는 거 즐기면서 하고 싶은데……."

설아는 툴툴거리며 내키지 않는 손놀림을 시작했다.

글을 쓰는 것이 아니라 말 그대로 손놀림이다.

내키지 않는 글은 최종 수정을 보며 모두 새로 고치기 때문에 이것은 위험한 시간 낭비다.

저렇게 완성하고 나서 더 이상 할 수 없을 정도로 시간이 없으면 일부는 그냥 보내기도 하지만 대부분 그래도 어느 정도는 자신의 이름을 내걸 수 있을 정도의 범위 내에서 타협한다.

손이 느린 설아는 번번이 마감 날짜를 어기게 되어 울부짖곤 했다.

마감과 원고의 완성도는 솔직하게 말하자면 설아가 전적으로 알아서 할 일이다. 불행히도 그것만큼은 누구도 어떻게 도와주지 못한다.

그녀가 프로 작가라도 된다면 담당 기자와 상의해서 어느 정도의 기간을 늘릴 수도, 그리고 적절한 조언도 받을 수 있었겠지만 그녀는 작가 지망생일 뿐이다.

차라리 아다마스 학교처럼 세분화된 전문가 과정이 아니었다면 그녀는 좀 더 편할 수 있었을지도 모르겠지만—언제나 쓰고 싶을 때만 즐거운 마음으로 쓸 수 있는 환경은 학교에서 배우는 수업보다 훨씬 값진 것이라는 걸 어렴풋이 깨달아가고 있는 그녀였다—자신의 선택이 잘못되었다는 생각은 들지 않았다.

만약 이 학교를 오지 않았더라면, 만약 이 학교에서 그녀에게 불합격 통보를 보냈더라면 아마도 가질 수 없었던 환경을 동경하며 아다마스 학교를 향해 부러질 정도로 뿌득뿌득 이를 갈아대고 있었을 것이다.

"인간이란 정말 간사스러워. 항상 남의 떡이 더 커 보이니까 말이야."

이젠 쓸데없는 생각이 머리를 붙들고 놓아주지 않았다.

"어이, 너도 그러고 있지 말고 얼른 씻어. 벌써 7시 35분이야."

빈이 서둘러 욕실에서 나오자 설아는 잠시 노트에서 손을 놓고 한숨을 내쉬었다.

"이제 난 죽었다."

"그거 알아?"

빈이 위로하듯 설아의 어깨에 손을 올리자 설아는 의아한 표정으로 고개를 돌렸다.

"뭐?"

설아의 질문에 그녀는 비장한 표정으로 목소리를 깔았다.

"지각하면 더 죽는 거."

그녀의 말에 설아는 후닥닥 욕실로 뛰어들어 갔고 빈 역시 정신없이 자신의 방으로 뛰어들어 갔다. 집 밖에서는 오늘도 언제나처럼 가희가 설아를 기다리고 있었다.

"으아! 10분밖에 안 남았어!"

빈이 비명을 지르며 의리없이 저 혼자 달리기 시작하자 설아는 부랴부랴 문이 잠긴 것을 확인하고는 바쁘게 그녀의 뒤를 쫓았다.

"가희야, 뛰어!"

설아의 외침에 그녀는 가벼운 한숨을 내쉬며 오늘도 아슬아슬하겠다는 생각을 했다.

"과제 다 했어?"

허겁지겁 교실로 들어와 숨을 고르고 있는 설아와 가희를 향해 친하지도 않은 민식이가 다가와서는 아는 척을 해왔다.

"응, 이번엔 제법 만족스럽게 나왔던 것 같아. 설아는 어땠어?"

가희가 의욕을 보이며 설아를 바라보자 설아는 민식을 흘낏 바라보고는 가희에게 귓속말로 '지금 대충 구상 잡은 거 말하는 거지?' 라고 속삭이듯 질문했다.

가희는 눈을 동그랗게 뜨고는 설아가 그랬던 것처럼 흘낏 민식을 바라보고는 그녀에게 '무슨 소리야? 당연히 수정까지 거친 정상적인 원고를 말하는 거잖아' 라고 속삭였다.

"너희들끼리 뭘 그렇게 속삭거리는 거야? 나도 좀 알자."

설아는 제 눈에 한없이 밉살스러워 보이는 그가 갈 생각도 하지 않고 계속해서 버티고 서 있자 눈에 힘을 주며 까마귀를 쫓아내듯 손을 휘휘 저어댔다.

"곧 수업 시작할 건데 슬슬 자리로 돌아가지 그래?"

그녀의 말에 민식은 살짝 미간을 찡그렸다.

"그래그래, 싫어도 수업 시간이 되면 알 수 있겠지. 네 추첨 운 정말 안 좋더라."

비웃음을 날리며 자신의 자리로 돌아가는 민식을 향해 설아는 짜증난다는 어투로 그를 노려보았다.

"저 자식이 뭐라고 하는 거야?"

어쩐지 화가 난 듯한 그녀의 목소리에 가희는 난처한 듯한 미소를 지으며 그녀를 다독거렸다.

"지난번에 추첨해서 네가 제일 먼저 발표하기로 했었잖아. 생각 안

나? 설마 너 과제한 거 안 챙겨온 거야?"

가희의 말에 설아는 자포자기한 얼굴로 피식 미소를 지었다.

"설마 내가 그런 걸 안 챙겼겠니?"

그녀의 대답에 가희가 안심한 표정으로 설아의 어깨를 가볍게 치려는 순간 그녀의 표정은 사색이 되어버렸다.

"있지… 나 죽거든 내 과제는 네가 대신 써다오."

"응? 너 혹시……?"

"안 했어. 어떡해! 발표라니! 오늘까지 완성된 프로그램을 제출해야 한다니……. 난 전부 처음 듣는 소리라구!"

그녀가 자신도 모르게 꽥 소리를 지르자 주변의 시선은 설아에게로 집중되었다.

"이런, 꼴 좋다. 큰소리 탕탕 치더니……."

민식의 빈정거림에 설아가 벌떡 일어나려는 순간 교실 문이 열리며 교수가 들어왔다.

삐리리릭 하는 종소리가 수업 시간을 알리며 그녀를 도망칠 수조차 없도록 만들어 버린 것이다.

'종쳤네, 종쳤어! 내 인생 종쳤다!! 머리 속에 울리는 탁 하고 구린 소리~ 우리 학교 종! 탁한 소리, 삐리리릭~ 구린 소리, 삐리리릭~ 이놈의 종은 고장도 안 나.'

현재 설아의 심정을 대변한 심금을 울리는 학교 종은 그녀의 처절한 오버 액션과 함께 조용히 수그러들었다.

"아, 설아 양, 자네가 그렇게 나를 반기는 줄은 몰랐네."

중년의 점잖은 인상의 교수는 설아를 향해 가벼운 미소를 지으며 농담을 걸었지만 설아의 눈에는 그가 마치 거대한 낫을 들고 음침하게 웃고 있는 사신처럼 보일 뿐이었다.

"왜 그러나, 설아 양? 어디 아픈가?"

'빙고! 빠져나갈 만한 구멍이 생겼다!'

설아는 묘책을 제안해 준—본인이야 그럴 의도가 아니었겠지만—교수님께 '이런 때까지 가르침을 주시다니, 교수님께선 지금까지 제가 만났던 그 어떤 스승보다 훌륭하신 스승님이세요' 라는 말이 목구멍 끝에서 튀어나오려고 대롱대롱 매달려 있었지만 훌륭하신 스승 밑에는 착한 제자라는 말이 있듯 그녀는 스승의 가르침을 무시할 수 없었다. 탁월한 연기력을 발휘하며 그녀는 잔뜩 미간을 찡그리고는 왼손으로 자신의 머리를 부여잡았다.

"두통이 조금 심해서요. 게다가 어제부터 계속 몸 상태가 좋지 않아서……."

말끝을 흐리며 고개를 떨구는 그녀를 가소롭다는 표정으로 줄곧 지켜보던 민식이 자리에서 일어나 알약을 내밀었다.

"두통약이야. 수업 끝날 때까지도 계속 몸이 좋지 않으면 내가 양호실로 책임지고 데려가 줄 테니까 수업 좀 받게 해주지 않겠어? 아무리 그래도 오늘 발표회의 주인공은 바로 너니까 말이야."

만약 눈빛만으로도 살인을 저지를 수 있었다면 아마 민식은 오늘 설아의 살벌한 눈빛에 의해 여러 번 죽었을 것이다.

"그렇군. 오늘은 소설 발표회 첫 시간이었지. 흠, 자네가 행운의 첫 번째 주인공이었던가? 몸도 좋지 않은데 착실히 준비해서 수업에 나오다니……. 자네에겐 특별히 가산점을 주도록 하지. 그전에 내가 학생들에게 인사를 받을 수 있도록 허락해 주겠나?"

교수는 아직도 제자리에 서 있는 학생들의 잘못을 부드럽게 깨우쳐 주며 그들이 스스로 자리에 앉도록 만들었다.

"어쨌거나 받을 것은 받고 줄 것은 줘야겠지."

교수의 말에 학생들은 동시에 고개를 숙이며 인사를 건넸다.

"안녕하십니까!"

"여러분들은 어떻습니까?"

교수는 선량한 미소를 지으며 설아를 바라보았다.

"설아 양은 앞으로 나오도록."

교수의 말에 설아는 사형을 선고받은 사형수의 표정으로 어기적어기적 교수가 서 있는 교단 앞으로 걸어나왔다.

"죄송합니다. 저 실은……."

얼굴을 붉히며 그녀가 자진 납세하려 하자 가희는 차마 볼 수 없다는 듯 눈을 질끈 감아버렸다. 교수는 설아가 왜 우물쭈물하고 있는 건지 알고 있다는 표정으로 무엇인가를 꺼내 들었다.

"아, 그렇군, 설아 양. 내가 깜빡한 게 있었군."

그는 자신의 주머니에서 프로그램을 꺼내 들어 화면에 실행시켰다.

"자네가 이걸 내게 맡겼다는 걸 깜빡했네. 자, 들어가도 좋아. 여러분들은 박수에 왜 그렇게 인색합니까?"

교수의 말에 학생들은 일제히 박수를 쳤다. 교수의 성화에 못 이겨 자리에 돌아가 앉긴 했지만 설아의 기분은 마치 화장실 다녀와서 손을 씻지 못한 것처럼 찜찜했다.

"설아, 너 나 놀리려고 일부러 그랬지?"

웃으면서 눈을 흘기는 가희에게 설아는 이건 뭐가 잘못되었다고 말해 주고 싶었지만 교수님과 딱 시선이 마주쳐 버렸다.

"거기, 떠들지 말고 집중하도록."

'이건 아니야. 난 사실을 밝혀야 해. 차라리 낙제를 받게 된다고 해도 하지도 않은 걸 했다고 할 수는 없어.'

그녀는 단단히 결심했지만 쉽사리 말이 나오지 않았다.

"ADAMAS라는 이름은 학교 이름과도 같지만… 결코 정복할 수 없는, 정복당하지 않는 의미가 더욱 강하죠."

'저건… 내 목소리잖아!! 저 모습은… 나?'

설아는 자신도 모르게 비명을 지를 뻔했지만 간신히 한 손으로 입을 틀어막았다. 민식은 설아가 처참하게 무너지는 모습을 감상할 수 있는 좋은 기회를 놓친 것이 분했던 건지 설아를 노려보랴 내용의 흠을 잡기 위해 스크린을 노려보랴 자기 혼자 바빴고 약간 산만하던 분위기의 교실은 한순간에 다른 곳으로 바뀐 것마냥 조용해졌다.

화면 속의 자신이 잘도 떠들어대는 동안 설아는 멍한 얼굴로 스크린을 노려보고 있었다.

'내가 언제 저런 걸 찍었다는 거지?'

설아가 화면을 노려보든 말든 장면은 계속 바뀌었고 마침내 캐릭터들이 나와서 본격적인 이야기를 시작했다.

'저 녀석들도 분명히 내 캐릭터들이 맞는데……'

점점 이것이 자신의 글인지 아닌지 하는 의심조차 옅어지기 시작했다.

그러나 그런 것들이 다 이야기에 몰입하면 몰입할수록 설아의 표정은 점점 일그러졌다.

'역시… 아니야! 저건 내 이야기가 아니야! 도대체 어떻게 된 거지?'

분명히 자신의 캐릭터이며 앞에서 뭐라고 떠들어대던 사람도 자신이었지만 저 이야기는 자신이 하려던 이야기도 아니거니와 주인공 역시 바뀌어 있었다.

그것도 도대체 누가 주인공인지 알 수 없을 정도로 새로운 캐릭터가 바글바글거리다니…….

그 와중에 이야기의 몰입도가 떨어지지 않은 것은 정말 놀라운 일이 아닐 수 없었다.

그러나 무슨 소용이겠는가?

'어차피 이건 내 이야기가 아닌 것을…….'

설아는 자리에서 벌떡 일어났다.

"교수님! 죄송하지만 그건 제 이야기가 아닙니다!"

마치 '잠자코 있지'라는 마음속의 목소리를 떨쳐 보려는 듯 그녀는 질끈 눈을 감은 채 자신이 낼 수 있는 한 가장 큰 목소리로 소리를 질렀다.

"무슨 소리인가, 설아 양?"

교수님의 목소리 외엔 아무 소리도 들리지 않는 것으로 보아 그녀는 교수가 프로그램을 종료시켰다는 것을 알 수 있었다. 그녀는 여전히 눈을 감은 채 자신의 말을 이어 나갔다.

"죄송합니다. 그건… 제 캐릭터지만 제가 만들어낸 이야기가 아닙니다."

고개를 들어 교수의 얼굴을 정면으로 바라보기 위해 설아는 천천히 눈을 떴다.

"교수님……?"

설아는 자신의 눈을 믿을 수가 없었다.

지금까지 분명히 교실 안에 있었건만 그곳은 어느새 설아의 이야기 속이었다.

"이건 자네의 프로그램이 아니었던가?"

교수는 그 어느 때보다 실망한 표정으로 설아를 바라보았다.

"교수님, 이게 어떻게 된 거죠?"

설아는 그에게서 조금 물러섰다.

"말해 보게. 어째서 자네의 이야기가 아니라고 말하는 건가?"

"맞아! 자기가 만들었으면서 무엇 때문에 회피하는 거지?"

정지된 화면처럼 움직이지 않고 있던 이야기 속의 사람들 중 엑스트라의 여자 아이 한 명이 그녀를 향해 따지듯 물었다.

"여기가 어디죠?"

그녀는 자신이 꿈을 꾸고 있을지도 모른다는 생각이 들었지만 그렇게 생각하기엔 묘하게 지나친 현실감에 불안해하며 교수를 바라보았다.

"이곳이 어딘지는 자네가 알 텐데? 이 이야기를 지은 자네가 더 잘 알지 않겠나?"

교수는 충고하듯 몇 마디를 덧붙였다.

"자네의 이야기일세. 자네의 이름을 달고 나온 자네의 소설이네. 최소한의 책임은 져야 하지 않겠는가?"

그리고는 그대로 터덜터덜 그녀와 반대 방향으로 걸어나간 교수의 앞엔 조금 전에 사라졌던 교실이 나타났다.

설아는 눈을 크게 뜨고는 그곳을 향해 달렸다.

"무책임해."

소녀가 중얼거리는 소리에 설아는 걸음을 멈췄다.

"…언니는 무책임해."

설아가 그녀의 말을 무시하며 고개를 돌리는 순간 교실은 흔적도 없이 사라져 버렸고 교수 역시 존재하지 않았다.

"교수님? 교수님!"

설아가 불안한 기색을 보이며 교수님을 외쳤지만 그는 나타나지 않았다.

"그렇게 우리에게서 도망갈 셈이야?"

소녀의 말에 이야기 속의 수많은 엑스트라가 그녀를 노려보았다.

"당신은 자신의 이야기를 버릴 셈인가요?"

"우리는 당신이 만들어내신 거잖아요."

하나의 소리에 하나가 더해졌다.

"이대로 방치하시겠다는 건가요?"

그리고 또 하나가 더해지고……

"뭐, 그건 그것대로 나쁘진 않겠지만 당신은 괜찮으시겠어요?"

또 하나가 더해지고……

"하긴… 우린 주연이 아니니까 그들만큼 괴롭진 않겠지. 그렇지만 이대로는 기분이 영 찜찜하단 말이야."

하나가 더해지더니……

"읽혀지지 않는 이야기는 슬퍼요. 우린 제대로 쓰여지지도 않았는데 어떻게 읽혀지겠어요? 어떻게 보여지겠어요?"

그 모든 목소리는 그녀의 귀를 쩌렁쩌렁하게 울릴 정도로 커져 버렸다.

알지도 못하는 사람들 틈에 휩싸인 그녀는 손으로 두 귀를 막으며 정신없이 그들을 피해 달리기 시작했다. 그들의 목소리가 들리지 않는 곳까지 달아난 설아는 바위 동굴 속으로 들어가 몸을 웅크렸다.

"도대체… 여기가 어디지?"

뛰어오느라 거칠어진 호흡을 가다듬으며 그녀는 눈을 질끈 감았다.

"뭐가 잘못된… 거야?"

"당신이 도망가려 한 것이 잘못된 거예요."

바람이 설아의 귓가를 날아와 부드럽게 속삭였다.

"캐릭터들은 변해도 우리들은 변하지 않잖아요?"

어둠이 그녀를 위로하듯 부드럽게 감싸 안으며 속삭였다.

"넌 뭐가 두려운 거야?"

동굴에서도 웅웅거리는 울림이 전해져 왔다.

"…어."

"뭐?"

"싫어."

"뭐가 싫다는 거죠?"

주변의 모든 것들이 그녀를 향해 부드럽게 질문해 왔다. 그녀는 본능적으로 이들이 자신의 말을 따를 것이라는 걸 알 수 있었다.

그것이 지진이라거나 24시간 내내 밤만 지속되는 것이라 해도, 세상을 멸망시키는 말이 될지라도 그들은 아무런 원망조차 하지 않고 조용히 따라줄 것이라는 걸 생생하게 전달해 주고 있었다.

그렇다. 부정할 수 없다…….

이것은 설아의 이야기이며 설아가 끝내야 하는 이야기이다.

그리고 지금의 그녀에겐 무엇을 이성적으로 처리할 만한 기력이 없었다.

"이건 아니야. 쉬고 싶어."

그녀는 피로함을 느끼며 아무것도 듣지 않고 아무것도 느끼지 않으려는 듯 얼굴을 파묻으며 한숨을 내쉬었다. 이젠 그만 편안해지고 싶었다.

"안 돼, 포기하면!"

지금까지 들었던 목소리와는 전혀 다른 여인의 목소리가 눈을 감으려던 설아의 귀를 붙잡았다.

"누구지?"

초점을 잃고 흐릿해지려는 그녀의 눈동자에 잠시나마 생기가 돌았다.

이건 분명히 사람의 입에서 나오는 목소리라는 것을 그녀의 귀로 감지해 낸 것이다. 그녀의 눈에 맴돌던 생기도 잠시… 그녀는 두려워졌다.

'날 쫓아온 건가? 단지 엑스트라에 불과한 이름도 없는 사람들이?'

설아는 얼굴을 파묻고 두 손으로 양쪽 귀를 틀어막았다.

"귀 막지 말고 들어!"

마치 그녀가 어떤 행동을 하는지 훤히 보인다는 듯한 목소리에 설아는 주변을 살펴보았다. 조용하고, 익숙하고 편안한 느낌마저 드는 어둠과 자신의 존재가 사라지지 않았다는 것을 알리려는 듯 가끔씩 불어오는 바람, 그리고 그녀가 기대앉은 동굴 벽의 차가움은 그녀의 반응을 기다리고 있었다. 그러나 목소리의 주인공은 그 어디에서도 찾아볼 수 없었다. 그러나 이곳에 있는 것들은 모두가 눈으로 보여지는 것이 아니었다.

설아는 그녀가 정말로 존재하고 있는 것인지 자신이 환청을 들은 것인지 확인하기 위해 작은 목소리도 놓치지 않기 위해 온몸의 신경을 집중시켰다.

"뭐 하고 있는 거야? 넌 지금 그렇게 웅크리고 있을 때가 아니야!"

이번에는 화가 난 듯한 목소리였다.

"여긴 네 세계야."

"아니, 이곳은 내 세계가 아니야!"

버럭 화를 내는 설아에게 어둠이 의아한 듯한 목소리로 속삭였다.

"화내지 말아요. 당신은 지금 누구와 이야기하고 있는 건가요?"

설아는 어둠의 말을 무시하며 다시 한 번 소리를 질렀다.

"여긴 내 세계가 아니야! 당신은 누구지? 여긴 도대체 어디야?!"

이곳이 자신의 글 속이라는 것을 그녀 자신도 매우 잘 알고 있으면서도 또다시 부인한 그녀는 그 목소리조차 듣지 않겠다는 듯 단호하게 귀를 막았다.

"안 돼!"

그녀는 매우 절박한 목소리로 소리를 질렀지만 설아는 그대로 눈을 감아버렸다.

＊　　　　＊　　　　＊

"안 돼!!"

긴 비명을 지르며 자리에서 벌떡 일어난 그녀는 그대로 프로그램을 중지시켰다.

보지 않아도 알 수 있었다. 이대로라면 그녀는 이 이야기에 영원히 갇혀 버릴 것이 뻔했다.

"혜령 선배?"

"선배님, 괜찮으세요?"

가희와 남주가 동시에 걱정스러운 눈으로 그녀를 바라보았다.

"안 돼! 안 돼! 안 돼!"

그녀는 신경질적인 어조로 목소리를 높였다.

"뭐가 안 된다는 거죠?"

민식마저 자리에서 일어나 그녀를 걱정스러운 눈으로 바라보았다.

"장석진 이 녀석, 나한테 걸리기만 해봐."

그녀는 이를 뿌드득 갈며 석진이 들어간 부분을 찾아내고 있었다.

"석진 선배가 무슨 사고라도 쳤어요?"

남주가 도끼눈을 뜨고 자신을 바라보자 혜령은 잠시 기다리라는 듯 손을 올려 보였다. 그리고는 시선을 화면 속으로 고정시켰다.

"도대체 뭐가 잘못된 거죠?"

이번에는 가희가 걱정스러운 표정으로 혜령에게 답변을 재촉했다.

"으아아, 장석진! 이 뼈째로 갈아먹어도 소화 안 될 놈을 봤나!"

혜령의 얼굴이 분노로 붉게 물들자 민식은 살짝 미간을 찡그렸다.

"형이 도대체 뭘 잘못했다는 거죠?"

"입 닥쳐!"

혜령은 민식의 멱살을 잡고는 버럭 소리를 질렀다.

"그 자식이 주인공을 죽이질 않나……."

"또 말인가요?"

가희의 말에 혜령은 짜증스런 어조로 대답했다.

"그리고 이번엔 유이마저 죽였어."

"잘됐군요. 그렇다면 곧 강제 종료되겠는데… 여기서 계속 시간 낭비하실 겁니까?"

민식의 말에 세 여인의 눈에서 불꽃이 튀었다.

"너… 뭐라고 했냐?"

"다시 한 번 지껄여 봐라."

혜령과 남주가 동시에 그의 얼굴에 주먹을 들이밀며 윽박지르자 민식은 곱지 않은 시선으로 자신을 흘겨보고 있는 가희에게로 도움을 요청하는 눈길을 보냈다.

"내 말뜻은 강제로 종료시키면 형이나 설아나 별 타격 없이 나올 수 있을 거라는 이야기지. 이야기 초반이잖아. 그렇지 않아? 가희야, 뭐라고 말 좀 해봐."

"남주야, 선배님 그만 놓아줘."

"가희야, 너 지금 이런 녀석을 감싸고 도는 거야?!"

"이런 녀석 도와줄 필요 없어!"

혜령과 남주가 동시에 목에 핏대를 세우며 당장이라도 후려칠 기세로 민식을 노려보자 가희는 싸늘한 미소를 지으며 고개를 저었다.

"거기에 누구 있어요? 왜들 그렇게 흥분하시죠?"

"무슨 소리야?!"

"아이 참, 선배님. 남주야, 아까부터 왜 자꾸 먼지를 손에 쥐고 있어요? 손 더러워지게 계속 그러고 있으실 건가요? 근방에 손 씻을 만한 곳도 없단 말이에요."

민식을 아예 없는 사람 취급하며 그로부터 휙 뒤돌아선 그녀를 향해 한 대 맞았다는 듯한 표정으로 그가 버럭 소리를 질러댔다.

"너 지금 사람을 뭘로 보는 거야?!"

"들으면 몰라? 먼지라잖아."

남주가 고소하다는 어조로 코웃음을 치자 가희는 살짝 언성을 높였다.

"넌 먼지하고도 잡담하니? 먼지는 나중에 털어버리면 되니까 지금은 설아의 일이 먼저예요. 서둘러 주세요, 선배님. 그리고 남주 너도."

단호한 그녀의 말에 남주와 혜령은 얼떨떨한 표정으로 고개를 끄덕거렸다.

지금까지 자신이 보기에 얌전하고, 차분하고, 순진한 이미지의 그녀가 보여주는 의외의 면에 그녀들은 자신도 모르게 가희를 따라 자신의 자리로 돌아왔다.

　"마음대로들 해보라고 어디. 아무튼 난 이제 빠지겠어. 이런 바보 같은 놀이는 짜증이 날 것 같아. 이건 내가 문제 생기기 전에 없애도록 하지."

　그는 마지막 의리라는 것을 보여주기라도 하듯 자신이 보고 있던 프로그램을 흔들며 유유히 사라졌다.

　"일단 석진이 녀석부터 잡아내야 해."

　자신도 모르게 주먹에 힘이 들어가는 것을 느낀 혜령은 빠르게 프로그램을 검색하기 시작했다.

　히로인의 죽음에 멈춰져 있던 화면에서 계속해서 석진을 검색한 프로그램은 마침내 석진을 찾아냈고 혜령은 그곳에서 일단 프로그램을 정지시켰다.

　"내 말 잘 들어."

　그녀는 조심스럽게 주변을 살핀 결과 아무도 자신들에게 흥미를 보이지 않고 있다는 것을 확인할 수 있었다. 그녀는 아주 작은 목소리로 소녀들의 시선을 자신에게 집중시키고는 가볍게 심호흡을 했다.

　"난 지금부터 이 프로그램을 해킹할 거야."

　"네?"

　"해킹을 하신다구요?"

　벌써부터 작업에 들어간 듯 혜령의 손놀림이 아주 빨라졌다.

　"그럴 만한 실력이 되는지 어떤지는 모르겠지만 해보는 데까지 해보는 거야."

"해킹해서 어떻게 하시려고요?"

"설아가 자기 이야기를 제대로 끝낼 수 있도록 만들어줘야지."

"…그게 가능할까요? 석진 선배는 알아주는 프로그래머잖아요. 해킹에 대한 대비 역시 꽤 철저하게 해뒀을 텐데……."

남주의 걱정 섞인 말에 그녀는 가벼운 한숨을 내쉬었다.

"안 되면 되게 해야지. 우린 독자잖아. 한 사람의 힘은 석진보다 모자랄지 모르지만 뭉치면 어느 정도 압도할 수는 있을 거야."

"과연… 그럴 수 있을까요?"

"안 되면 될 때까지 하면 되겠지."

너무나도 당당한 그녀의 말에 남주는 한숨을 내쉬었다.

"…하아, 그게 말은 쉽지만……."

"석진이 놈 때문에 배우게 된 프로그래밍이 이럴 때 도움이 될지 몰랐어."

그녀는 한숨을 내쉬며 패스워드를 치는 곳에 석진의 지문을 찍었다. 그리고는 이것저것 문자들을 골라내기 시작했다. 남주는 혜령의 어깨를 툭툭 치며 조심스럽게 물었다.

"뭐 도와줄 거 없어요?"

"많지. 남주 넌 석진이 녀석을 가둬둘 수 있는 것 좀 찾아보고 가희 넌 프로그램 안으로 다시 들어갈 준비 좀 해줘."

"네?"

두 사람이 동시에 그녀를 바라보며 의아한 표정을 짓자 혜령은 생긋 미소를 지었다.

"우리가 모두의 뒤통수를 쳐주자."

"네?"

"뒤통수를 치다니요?"

그녀는 여전히 자신의 의도를 눈치 채지 못하고 있는 것 같은 두 소녀를 향해 윙크해 보이며 자신의 검지손가락을 유유히 흔들었다.

"작전명! '유이는 죽지 않는다!'"

그녀의 말에 가희의 눈동자는 기대감으로 반짝이기 시작했다.

"그럼 제가 유이가 되는 건가요?"

"모든 정보를 입력시켜 줄 테니까 걱정하지 말고 차분하게 행동해."

혜령은 다시 한 번 주변을 주의 깊게 살피고는 자신의 계획을 들려주기 시작했다.

자신이 석진을 찾아내어 프로그램 밖으로 강제 퇴장시키면 남주가 그를 끌고 적당한 곳에 가둬두고 또다시 프로그램을 초기로 돌린 다음 버그를 이용하여 유이의 외형을 가희로 바꿔 가희가 유이의 배역을 맡는다는 것이 전체적인 계획이었다.

그녀의 말이 끝나기가 무섭게 가희는 한숨을 내쉬었다.

"생각은 좋지만… 선배님 말씀대로라면 설아의 이야기에 우리 역시 개입하는 게 되잖아요. 이 이상 그녀의 글을 훼손시켜도 되는 건가요?"

이야기가 시작되기도 전부터 설아의 이야기에 손을 댄다는 것은 같은 작가 지망생으로서 무엇인가가 허락하지 않았다.

'설아가 어쩌면 석진 선배에게 화를 내 그 이상으로 펄펄 뛰지 않을까' 하는 걱정도 가희가 혜령의 의견에 찬성할 수 없도록 하는 데 한몫 단단히 하고 있었다.

"이봐."

"네?"

"진정한 독자를 우습게 보지 마."

혜령의 딱딱한 목소리에 가희는 어색한 미소를 지었다.

"제 말은 선배님 생각이 나쁘다는 게 아니라……."

"알아, 뭘 걱정하는지. 안심해. 나는 독자가 작가의 정신을 움직일 수도 있다는 것엔 동의하지만 작가의 정신을 지배할 수 있다고는 생각하지 않아. 또 그렇게 하고 싶지도 않고."

그녀는 모니터를 이리저리 헤집어놓으며 마침내 1차 방어벽을 뚫어버렸다.

"난 말이지, 널 유이로 만들 거야."

"…이야기가 멋대로 진행되면……."

말끝을 흐리는 그녀에게 혜령은 가벼운 한숨을 내쉬었다.

"이야기했잖아. 일단 프로그램이 재시작되어 네가 들어가게 된다면 넌 완전한 유이의 기억을 갖는 거야. 네가 유이인지 그렇지 않으면 가희인지조차 알 수 없을 정도로 말이야."

"선배, 그런 것은 좀 위험할 텐데요?"

남주의 걱정스럽다는 듯한 어조에 혜령은 어깨를 으쓱거렸다.

"아무도 억지로 하라고 강요하진 않았어."

위험하다는 것을 시인하는 듯한 태도로 시큰둥하게 받아치는 혜령을 향해 가희는 고개를 끄덕였다.

"설아의 이야기에 손만 대지 않는다면 좋아요. 기꺼이 그 속으로 들어가겠어요."

가희의 단호한 목소리에 혜령은 생긋 미소를 지었다.

2차 방어벽 역시 가볍게 뚫어버린 그녀는 의외로 보안성이 낮은 듯한 석진이 프로그램에 기뻐해야 할지 슬퍼해야 할지 망설이며 마지막 방어벽과 맞섰다.

그것을 신호로 남주는 자신을 도와줄 만한 사람을 찾다가 이내 광현을 떠올리고는 그에게 전화를 걸었다. 그는 아무런 설명 없이 무작정 공원으로 나오라는 말에 툴툴거리면서도 순순히 응해주었고 남주가 묵묵하게 ‘들어라’ 라고 하는 말에도 순순히 응해주었다.

　“광현 군, 고생하게.”

　혜령의 말에 고개를 끄덕여 보인 그는 결코 가볍지 않을 석진을 혼자서 가뿐하게 들어 올리고는 터벅터벅 공원 밖으로 나갔다.

　“어디다 옮기면 되냐?”

　“…격리시킬 만한 데 없을까?”

　그는 남주의 말에 수상하다는 표정을 지어 보였다.

　“이 사람이 너한테 무슨 죄라도 지었어?”

　“응.”

　아무런 설명도 없이 고개만 끄덕거리는 그녀를 보며 광현은 대충 알겠다는 듯한 시선을 보냈다.

　“좀 심하게 저질렀냐?”

　“좀 심한 정도가 아니지.”

　“그럼 멀리 갈 것 없이 음침한 데 파묻으면 되겠네.”

　그의 말에 이번에는 남주가 수상하다는 표정을 지었다.

　“너, 조폭이냐?”

　“그럼 어디다 두냐?”

　마치 짐덩이를 어디다 던져 놓지 못해 안달하는 것 같은 말투에 남주는 피식 웃으며 말했다.

　“절대로 나올 수 없을 만한 곳이 있긴 있는데…….”

　“어? 거기가 어딘데?”

"따라와."

성큼성큼 앞장서는 그녀를 따라 그가 도착한 곳은 여자 기숙사 앞이었다.

"어이, 너, 설마 이 사람을 여기다 두겠다고?"

"왜? 안 돼?"

남주의 질문에 그는 씨익 미소를 지어 보였다.

"이거 좀 심한 거 같지 않아?"

"뭐가?"

"심하게 재밌겠다는 거지, 내 말은."

"그치? 그치?"

남주와 광현은 서로를 바라보며 회심의 미소를 지었다. 그러나 여자 기숙사 역시 남학생의 출입을 엄격하게 통제하고 있기 때문에 남학생 두 명이서 한꺼번에—그것도 한 명은 자기보다 작고 까무잡잡하게 생긴 남학생한테 들려 있는 상태다—들어갈 수 있는 방법이 있을까?

"뭐, 그렇다고는 해도 한 사람이라면 어떻게 숨어들어 가는 시도라도 해보겠지만 역시 두 사람은 무리야."

광현의 단정적인 말에 그녀는 고개를 흔들었다.

"무슨 소리, 다 수가 있지."

남주는 단축 번호를 눌러 빈에게 전화를 걸었다.

—무슨 일 생겼어?

다급한 목소리로 전화를 받는 그녀에게 남주는 일단 안심을 시켰다.

"걱정하지 마. 아직까지 큰 문제는 없으니까."

—그럼 무슨 일이야?

"필요한 게 있어."

―뭔데? 공원까지 가야 하는 문제야?

곤란한 듯한 빈의 목소리에 남주는 고개를 흔들었다.

"아니, 여기 기숙사 앞이야. 내 방에 가면 번호표랑 바코드 표 있거
든. 그것 좀 몰래 챙겨 와줘."

―그건 왜?

"나중에 설명할게. 급하니까 빨리 와야 해."

―거기가 어디야? 기숙사 앞이라고만 하면 내가 어떻게 찾아?

재촉하는 듯한 남주의 말투에 빈이 조금 짜증 섞인 목소리로 대답하
자 그녀는 살짝 미간을 찡그렸다.

"은행나무 있는 쪽 입구."

―알았어. 곧 갈게. 너희 방 설정이나 고쳐 둬.

'픽' 하는 소리와 함께 통화가 끝나자 그녀는 347을 눌렀다.

"출입 허용 대상 빈. 기자 양성 반 소속. 허용 제한 시간 20분. 자동
잠금 장치 가동."

―프로그램이 수정되었습니다.

상냥한 여인의 목소리에 그녀는 찡그렸던 표정을 풀고는 빈을 기다
렸다.

잠시 동안의 침묵이 이어지도록 빈이 좀처럼 나타나지 않자 광현은
슬슬 어깨가 뻐근해져 왔다.

게다가 남주의 기분이 그다지 좋아 보이지 않았기 때문에 쉽게 말을
걸 수 있는 분위기도 아니라 지루할 정도로 어색한 침묵 역시 당분간
계속 이어질 것 같아 마음이 영 불편했다.

"꽤 걸리네?"

지루함을 참지 못한 광현이 남주에게 말을 걸자 그녀는 그의 등을

툭툭 치며 고개를 끄덕거렸다.

"그 녀석이 그래도 굉장히 빨라. 초등학교 시절엔 육상부 선수였다니까."

"그런데 왜 이렇게 오래 걸려?"

"그야 그 녀석 방이랑 우리 방이 다른 동인데다 물건까지 찾아야 하니까 그렇겠지. 무거워서 그래?"

마치 '무슨 남자가 그 정도를 못 버티냐?'라는 듯한 말투에 울컥한 그는 괜스레 잘 있는 석진이를 다시 한 번 치켜 올리고는 헛기침을 했다.

"흠흠, 무슨 소리. 이 천재님을 어떻게 보고 그런 실례의 말씀을……."

"누가 나 불렀어?"

"헉!"

"너, 언제 왔냐?"

천재라는 말에 빈이 불쑥 얼굴을 들이밀자 남주와 광현은 두근거리는 가슴을 진정시키며 그녀에게 아는 척을 했다.

"그런데 이 녀석… 아니, 이 사람들은 누구냐?"

"들린 쪽은 석진 선배, 놈 들고 있는 애는 우리 과 친구 광현이."

"석진 선배? 이 인간을 왜 끌고 왔어?"

도끼눈을 치켜뜬 빈의 추궁에 남주는 진정하라는 듯 빈을 향해 손목을 까딱까딱거렸다.

"사정은 기숙사 안에서 설명할게. 일단 가져온 것 좀 줘봐."

남주의 불성실한 대답에 그녀는 화가 난 듯하지만 순순히 그녀가 부탁했던 물건들을 내밀었다. 그것들을 받아 든 남주는 선배의 옷에 바코드 표를 부착시키고는 이마 중앙에 번호표를 붙였다.

"자, 그럼 빈아, 이것들 들키지 않게 어디다 챙겨봐."

"이걸로 다 된 거냐?"

너무나 간단하게 볼일이 끝났다는 듯한 남주의 말투에 당황한 광현의 눈이 휘둥그레졌다.

"응, 이대로 들어가자. 넌 내가 무슨 말을 해도 당황하지 말고 내 말대로만 해. 알았지?"

그녀의 말에 광현은 미심쩍은 표정으로 고개를 끄덕거렸고 빈은 더이상 자신이 도와줄 것이 없다는 걸 깨닫고는 광현을 향해 가볍게 목례해 보였다.

"일단 그럼 나 먼저 들어간다?"

"그래, 네 방에 들어가면 전화해. 그때 들어갈게."

"알았어, 나중에 봐."

그녀는 혼자 있을 설아가 걱정스러웠는지 서둘러 기숙사 안으로 들어갔다. 잠시 후 남주의 손목에서 전화가 왔다는 것을 알리는 램프의 불빛이 반짝거리며 미세한 떨림이 전해져 왔다.

"무사히 들어왔어. 뭐가 뭔지는 모르겠지만 지금 사감 선생이 기분 좋아 보이니까 잘해봐."

남주의 폰과는 달리 빈의 폰은 최신형인지라 상대의 행동을 새끼손가락만한 입체 영상이 그대로 따라 하는 기능이 있다는 것을 떠올린 그녀는 대답 대신 고개를 끄덕였다.

"자, 나도 뭐가 뭔지는 모르겠지만 일단은 가볼까?"

"좋지~"

**6**장
누구도 대신해 줄 수 없는 것

## 끝장을 봅시다!

"그럼 오늘도 피란트 드래곤은 최상의 서비스를 자랑하며 두 형님들을 모셨습니다. 마지막까지 한눈 팔지 마시고 잘 따라와 주셔서 감사합니다."

피란트는 생글생글 미소를 지으며 거대한 문을 '똑똑' 가볍게 두드렸다.

"이곳이 임플란드의 수도인 피오네랍니다."

문이 활짝 열리자 눈부신 빛이 쏟아져 나왔다.

'쪼로롱', '짹짹' 하는 새들의 노랫소리와 '졸졸졸' 흐르는 시냇물 소리가 어우러져 아름다운 자연의 소리를 만들어냈다.

"…그 피오네라는 곳, 도시 아니야?"

"수도면 당연히 대도시죠."

어느새 피란트를 한쪽으로 밀어버리며 밖으로 나온 그들은 주변을 둘러보며 의아한 표정을 지었다.

"치사하게 자기들끼리만 나가기예요?"

피란트는 입을 삐죽거리며 게이트 밖으로 발을 디뎠고 열려 있던 문은 언제 그런 게 있었나 싶게 흔적도 없이 사라져 버렸다.

"뭐, 수도라는 곳은 워낙 넓은 곳이니까 이런 곳도 없으란 법은……."

음메에— 음메에—

"없겠죠."

소의 울음소리에 놀란 한스가 말을 멈추자 피란트가 얼른 그의 말을 이었다.

음메에—

소는 갑자기 나타난 그들의 모습에도 그다지 놀란 기색을 보이지 않았다.

"그런데 여기… 사람은 안 보이는 것 같죠?"

피란트가 의아한 표정으로 주변을 두리번두리번거리자 지금까지 조용히 풀을 뜯고 있던 소가 천천히 그들 곁에서 멀어지기 시작했다.

"저 소를 따라가 보는 건 어떻겠습니까? 사람에게 익숙해 보이는 것이 야생 소는 아닌 것 같은데 자기 주인이 있는 곳으로 가는 게 아닐까 싶습니다만……."

한스의 말에 그들은 찬성한다는 듯 고개를 끄덕거렸다.

음메에!

소는 따라오지 말라는 듯 큰 목소리로 울부짖었지만 불행히도 소의 기분까지 맞춰줄 정도로 세심한 일행들이 아닌지라 그들은 더욱 속도를 높여 소의 뒤를 바짝 따라붙었다.

음메에~

소는 마치 염소처럼 가느다란 목소리를 내더니 이내 안 되겠다 싶었든지 속도를 올렸다.

"어쭈? 저놈의 소가……?"

피란트는 묘한 데서 라이벌 의식을 느꼈는지 자신도 속도를 올리며 소의 뒤를 바짝 쫓았다.

음메에—

소는 목소리와 속도가 비례한다고 생각하기라도 하는 것처럼 크게 울부짖으며 소의 속도라고는 상상도 할 수 없을 정도로 빠른 속도로 달리기 시작했다.

"으랴! 으랴! 으랏!"

피란트도 이에 질 수 없다는 생각에 이상한 괴성을 지르며 열심히 달리기 시작했다.

"그것참… 잘 뛰네요."

"그러게 말이야."

라이더와 한스는 질렸다는 듯 실루엣밖에 보이지 않는 피란트와 소를 향해 고개를 설레설레 흔들었다.

"이씨, 너, 거기 안 서?!"

이제는 목적까지 망각한 게 아닐까 슬슬 걱정된다는 표정으로 서로를 바라보던 한스와 라이더는 뭔가 이상하다는 느낌을 받았다.

"저거… 소 맞죠?"

한스가 그와는 어울리지도 않는 진지한 표정으로 라이더를 바라보자 라이더 역시 그답지 않은 진지한 표정으로 고개를 끄덕였다.

"다른 건 모르겠지만 저게 말이 아닌 건 확실해."

"말은 뿔이 없으니까요."

"게다가 '음메' 하고 울지도 않지."

"그럼 저건 소가 맞는 거겠죠?"

한스의 질문에 그는 또다시 고개를 끄덕였다.

"다른 건 몰라도 저게 개가 아니라는 건 확실해."

"개는 저렇게 크지도 않고 뿔도 없으니까요."

"게다가 '음메' 하고 울지도 않지."

"라이더, 그런데 왜 조금 전부터 딴소리만 하고 계시는 겁니까?"

한스의 무심한 말투에 라이더는 자신의 붉은 머리카락을 쓰다듬으며 쿨한 목소리로 대답했다.

"그야 모르니까 그러는 거 아니겠어?"

"…그, 그렇군요."

한스가 식은땀을 삐질 흘리며 대답하자 라이더는 쿨한 미소를 지었다.

"그런 거지. 훗~"

그러나 그 쿨한 말투와는 달리 꽤나 무안했던지 앞에서 달리고 있는 피란트를 따라 소를 따라잡기 위해 있는 힘껏 달리기 시작했다.

"라이더님마저 달리시면 저는 어떻게 하라는 겁니까?"

한스는 고개를 좌우로 흔들며 멀어져 가는 라이더를 바라보았다.

"나도 슬슬 속도를 내야 하나?"

한스는 걱정된다는 표정으로 이젠 라이더를 제외하고는 실루엣조차 보이지 않는 피란트와 소를 떠올리며 가벼운 한숨을 내쉬었다.

"이랴, 이랴, 이랴아앗!"

음메에!

어느새 두 사람, 아니, 한 마리의 소와 피란트만 남게 되자 소는 씩씩거리며 갑자기 제자리에 멈춰 섰다.

"으악!"

그 바람에 소의 엉덩이를 자신의 몸으로 들이박은 피란트는 눈물을 찔끔 흘리고는 제자리에서 펄쩍펄쩍 뛰어댔다.

"꼬시다."

"뭐?"

"꼬시다고 했다."

피란트는 주변을 둘러보며 버럭버럭 소리를 질러댔다.

"누구야?! 이리 나와! 치사하게 숨어 있지 말고 어서 나와!"

"내가 언제 숨어 있었다는 거고? 니, 눈 삤나?"

주변을 아무리 두리번두리번거려 봤자 그의 눈에 들어오는 것은 초록색으로 온통 뒤덮인 나무와 풀뿐이었다. 만약─지금까지 자신과 함께 죽어라고 달린 덕분인지─숨을 거칠게 몰아쉬고 있는 소를 제외한다면 말이다.

"지금 네가 떠들어댄 거냐?"

눈에 잔뜩 힘을 주며 소를 노려보던 피란트는 이내 너털웃음을 터뜨렸다.

"훗! 나도 정말 실없는 녀석이지. 멀쩡한 소를 보고 무슨 바보 짓이람."

"저거 순 바보 아니가? 지가 맞춰놓고도 저러는 걸 보면."

소는 방향을 돌려 피란트를 정면으로 바라보면서 그를 비웃었다.

"이, 이럴 수가! 소가 말을 하다니!"

피란트의 눈이 커지자 이번에는 소가 아예 대놓고 키득키득 비웃어대는 것이 아닌가!

"피란트!"

라이더가 자신을 부르는 소리에 화들짝 정신을 차리고 보니 소는 자신이 언제 인간의 말을 했냐는 듯한 표정으로 길게 소 울음소리를 냈다.

음메에!

피란트는 어이없다는 표정으로 그 소를 노려보다가 이내 자신의 곁으로 다가온 라이더를 향해 소리를 질렀다.

"형, 이 소가 말을 해!"

라이더는 대수롭지 않게 소를 바라보며 고개를 끄덕거렸다.

"그럼 언어를 가지고 있는 게 드래곤이나 엘프 같은 존재들만 있는 줄 알았어? 너, 의외로 시야가 좁구나."

라이더의 말에 그는 답답하다는 듯 가슴을 두드리며 검지손가락을 치켜들어 소를 향해 손가락질을 해댔다.

"그게 아니라 저 소가 말을 했다니까."

그제야 라이더는 진지한 표정으로 이리저리 소를 살펴보았다.

"그래, 이 소가 말처럼 잘 달리긴 했어."

"아아, 답답해! 그런 말이 아니라 말을 한다니까."

피란트는 소와 라이더를 번갈아 바라보며 답답하다는 표정을 지었다.

"좋아요, 저 소를 한번 주의 깊게 살펴보세요."

말을 마친 피란트는 소의 등을 철썩철썩 소리가 나도록 때리고는 그의 등에 올라탔다.

음메에!!

소가 애처로운 비명 소리를 내면서도 발 한번 들어 올리지 않는 온순함을 보이자 라이더는 눈에 불꽃이 튈 정도로 화를 냈다.

"너 지금 뭐 하는 거냐?!"

"말해! 말하라니까!"

음메! 음메!

소는 계속해서 자신을 때리고 있는 피란트를 향해 애처롭게 비명을 질렀다.

"그만둬!"

라이더가 화를 내자 피란트는 어쩔 수 없다는 듯한 표정으로 슬그머니 손을 내렸다. 소가 그 짧은 순간에 자신을 향해 분.명.히. 눈을 부라리고 있다는 것을 피란트는 어렴풋이 눈치 챌 수 있었다.

"하여튼 힘만 무식하게 세서는……."

라이더는 미간을 잔뜩 찡그리며 소가 무사한지를 살폈다.

"형은 아무것도 모르면서……."

얼굴이 퉁퉁 부은 채 라이더를 향해 툴툴거리던 피란트는 소를 한껏 노려보았다.

"킥킥, 저 녀석 좀 봐, 위즈."

"그래, 위니. 정말 멍청한 인간이다."

키득키득거리며 아주 작은 소리로 자신들끼리 속삭이는 존재가 있다는 것을 청각이 다른 종족보다 월등히 뛰어난 엘프인 라이더조차 알아차리지 못했다.

"한스 형은 어딨어?"

약간 삐친 듯한 피란트의 목소리에 라이더는 더 이상 그의 기분이 상하지 않도록 순순히 그가 있을 만한 방향을 손으로 가리켰다.

"지금 열심히 오고 있을 거야. 한스는 인간이니까 시간이 조금 걸릴 거야."

"한스 형이라면 내 말을 믿어줄지도 모르는데……."

"그 녀석을 너무 만만하게 보지 마라."

라이더가 어쩐지 믿음직스럽다는 표정을 짓고 있자 피란트는 피식 미소를 지으며 그의 등을 툭툭 쳤다.

"한스 형은 내가 현재 주위에서 뽑은 요주의 인물 1위라고. 날 외모만 보고 사람을 평가하는 얼뜨기로 보면 곤란해. 그 형이 보기보다 똑똑한 형이라는 것쯤은 쉽게 알 수 있거든."

"그래서 그 녀석한텐 꼬박꼬박 존대하는 거냐?"

라이더의 아니꼽다는 듯한 말투에 피란트는 피식 미소를 지었다.

"그런 이유는 아니야."

"뭐? 그럼?"

"주는 만큼 돌려받는다. 그게 인간의 심보잖아."

피란트는 인간에 대해 자신만큼 잘 알고 있는 자는 없을 거라는 듯한 어조로 자신의 말에 대한 설명을 덧붙였다.

"꽤 마음에 드는 사고방식이란 말이야."

"말도 안 돼. 내가 존대했을 때도 넌 반말을 썼었단 말이다."

"그땐 인간이 아니었잖아."

피란트가 변명하듯 말하자 자기들끼리 속삭이던 존재들은 또 한 번 키득거렸다.

"저것 봐, 위니. 저 멍청한 녀석들이 싸우고 있다."

"그래, 위즈. 정말 재밌지 않니?"

"우리 또 저 바보 녀석을 놀려보까?"

그들은 또다시 자기들끼리 소곤거리기 시작했다.

"거기서 뭐 하는 겁니까?"

이번에는 한스의 목소리다.

"헤에, 바보가 또 한 명 늘었는데……?"

"한스 형, 마침 잘 왔어요."

피란트가 반색을 하고 자신을 반기자 한스는 의아한 표정으로 그를 바라보았다.

"왜 그러십니까?"

"이 소가 말을 했어요."

"…네?"

한스는 자신이 잘못 들었다고 생각했는지 다시 한 번 말해 보라는 듯 어깨를 으쓱거렸다.

"그러니까 이 소가 말을 했다니까요."

"아, 짜증나! 이런 촌놈들을 봤나. 너는 소가 말하는 거 처음 봤냐?"

또다시 소가 피란트를 정면으로 보며 버럭 짜증을 부리자 이번에는 라이더와 한스가 너무나 놀란 나머지 자신들이 입을 크게 벌리고 있다는 사실도 망각한 채 서로를 마주 보았다.

"거봐, 내가 말한다고 그랬지?"

피란트가 의기양양한 표정으로 라이더를 바라보자 한스는 조용히 하라는 듯 입가에 손을 가져다 대고는 조심스럽게 소를 바라보았다.

"소가 말한 게 아닙니다."

한스는 진지한 표정으로 소의 머리에 붙어 있는 손톱만한 무언가를 들어 올려 보였다.

"으아아! 이거 놔!"

아직 어린 듯한 여자 아이의 목소리에 라이더와 피란트의 눈이 동시에 휘둥그레졌다.

"으아! 한스가 여자 목소리를 낸다!"

"헉! 한스 형이 여자 목소리를 낸다!"

한스는 합창하듯 소리치고 있는 라이더와 피란트에게 손에 있는 정체 불명의 생명체를 그들 눈 가까이로 가져다 댔다.

"으앗! 이게 뭐야?!"

피란트는 뒤로 한 걸음 물러나며 괴성을 질렀지만 라이더는 그 작은 종족을 향해 감탄한 눈빛을 보냈다.

"아직도 위가 남아 있는 줄은 몰랐는걸."

"뭐라꼬?! 이 대가리에 피도 안 마른 엘프 꼬맹이가 감히 위를 무시해?! 니, 내랑 한번 붙어볼래?! 앙?!"

소의 머리에서 마치 단발을 연상시키는 하얀 귀를 나풀거리며 폴짝폴짝 뛰어오르는 위 하나를 더 잡아낸 한스는 호기심 어린 눈으로 그들을 바라보았다.

"익! 니는 또 뭐고? 니도 덤빌 기가?"

"위즈, 네가 참아. 그 사람은 우리의 마스터란 말이야."

위니의 말에 그는 자신의 붉은 코를 만지작거리며 괜히 가만히 있는 피란트에게 시비를 걸었다.

"니는 또 뭐고? 왜 노려보는데?! 이것들을 그냥! 다 덤벼!"

피란트는 위처럼 작은 종족을 너무 오랫동안 쳐다보고 있어서인지 눈가가 붉게 충혈되었다.

"이봐, 사내 녀석이 그렇다고 울 것까진 없다 아이가."

"거봐, 위즈. 네가 나빴어. 너무 겁을 줬다구."

위니가 눈을 부릅뜨며 위즈를 야단치자 그는 기가 죽은 듯 자신의 희고 말랑말랑한 꼬리를 만지작거리며 한숨을 내쉬었다.

"휴우, 남자가 너무 터프해도 탈이다."

"으아앗! 지진이다!"

위니는 자신이 심하게 흔들리고 있음을 느끼고는 부들부들 떨면서 비명을 질렀다.

"위니, 당황하지 말고 침착하게 엎드리라!"

위니는 그가 시키는 대로 최대한 몸을 엎드렸다.

"풉! 푸하하하!"

한스는 도저히 웃음을 참지 못하고는 크게 웃음을 터뜨리고 말았다. 라이더와 피란트는 그가 그처럼 크게 웃는 것을 본 적이 없는지라 블쾌했던 기분도 슬그머니 사라지고 말았다.

"이번 마스터는 정말 이상하다."

"그러게 말이야. 지진이 일어났는데 저렇게 미친 듯이 웃고만 있으니……."

흔들림이 진정된 듯하자 위니와 위즈가 조심스럽게 일어나 한스를 바라보았다.

네 개의 똘망똘망한 눈동자가 자신을 향하자 한스는 또다시 폭소를 터뜨리고 말았다.

"그런데 위들아, 여기 인간은 없냐?"

라이더의 질문에 위니와 위즈는 폭소를 터뜨렸다.

"저 엘프가 말하는 거 들었나? '위들아'란다. 우핫핫하!"

"피효, 피효, 위들아… 라니……. 피효, 피효."

위니는 너무 웃다가 숨 쉬는 것마저 위태로웠는지 목에서 이상한 소리를 내며 큭큭거렸다.

"왜? 뭐 잘못된 거라도 있어?"

기분이 상한 듯한 라이더의 말에 위니는 호흡을 가다듬으며 천천히 입을 열었다.

"이상했어. 정말 이상했다구."

"뭐가 이상해?"

그의 말에 위니는 또다시 터져 나오려는 웃음을 참기 위해 잠시 입을 꾹 다물었다.

"그러니까 내가 엘프들을 부를 때 '이봐, 엘프들아!' 라고 부르진 않잖아? 그런 건 남들한테 말할 때나 쓰는 거라구."

위니가 검지손가락을 치켜들며 잘난 척을 하자 라이더는 살짝 미간을 찡그렸다.

"그럼 너희들을 뭐라고 불러야 해?"

"위니."

"위즈."

각자 자신을 가리키며 이름을 부르던 위들은 이번에는 자신들이 소개를 받을 차례라고 생각했는지 한스를 바라보았다.

"아, 전… 한스라고 합니다."

한스는 가벼운 미소를 지으며 그들을 향해 자신의 이름을 말했다.

"난 라이더야."

"난……."

피란트가 자신을 소개하기 위해 입을 여는 순간 위들은 버럭 소리를 질렀다.

"안 돼! 위들은 예법을 철저하게 따진단 말이야!"

"그래, 빨간 머리 엘프, 니는 너무 버릇이 없는 것 같다!"

위들이 화를 내자 영문을 모르겠다는 라이더를 대신해 한스가 재빨리 중재에 나섰다.

"오해하지 마십시오. 위들의 예법에 익숙하지 않아서 벌어진 일입니다."

"마스터는 위들에게 존대할 필요가 없어요. 그리고 우린 저 건방진 빨간 머리 엘프와 이야기하고 싶어하는 거예요."

위니가 가만있으라는 듯한 표정으로 그에게 주의를 주자 한스는 난처한 표정으로 라이더를 바라보았다.

"우리 위들은 마스터가 있을 땐 마스터를 통해 낯선 이를 소개받는단 말이야. 그러니까 넌 가만히 있어야 해."

위니는 라이더를 향해 알아듣겠냐는 표정으로 위의 예법을 가르치려 했지만 돌아오는 것은 피란트의 썰렁한 반응뿐이었다.

"나는 한스 형이 벼룩까지 키울 줄은 몰랐어요."

"벼룩?"

위들이 화가 난 표정으로 피란트를 노려보자 그는 눈에 힘을 주며 그들을 마주 보았다.

"지금 그건 우리 위들을 보고 하는 말이가?"

"아닐 거야. 쟨 아까 위즈가 노려보자 금방이라도 울 것처럼 눈시울을 붉혔던 꼬마잖아."

위니가 분노로 몸을 떠는 위즈에게 진정하라는 듯한 표정으로 달래자 그는 고개를 흔들었다.

"아니다, 저 꼬마 녀석이 분명히 나더러 벼룩이랬다. 내가 지나가는 바퀴벌레에게 깔려 죽을 뻔한 이후 이렇게 불쾌하긴 처음이다."

씩씩거리는 위즈에게 피란트는 고개를 절레절레 흔들었다.

"한스 형, 벼룩 같은 건 키우지 마세요. 지저분하잖아요."

피란트의 말에 더욱 자극을 받은 위즈는 앞뒤로 깡충거리며 피란트를 향해 버럭버럭 소리를 질렀다.

"덤비라! 덤비라!"

피란트는 가소롭다는 듯한 표정으로 자신의 손가락을 이용해 위즈를 퉁겨 버렸다.

"으악!"

"위즈!!"

"많은 위들에게 나는 버릇없는 인간과 용감하게 맞섰다고 전해줘!"

밖으로 멀리 날아가면서도 잘도 떠들어대는 위즈를 보며 피란트는 어이없다는 표정으로 코웃음 쳤다.

"쳇! 큰소리치더니 별것도 아니잖아?"

"뭐라고?!"

위니는 자신의 날카로운 이로 피란트의 가느다란 손가락을─위니가 보기에는 어마어마한 크기와 굵기이겠지만─콱 깨물어 버렸다.

"으아악! 이게 무슨 짓이야?!"

손가락에 대롱대롱 매달린 그녀를 향해 피란트가 버럭 소리를 지르자 한스는 황급히 그녀를 뜯어놓았다.

"으아! 이거 놔요! 위즈를… 위즈를… 살려내!"

위니의 절규에 피란트는 아주 조금 죄의식을 느끼며 위즈를 공중에 떠웠다.

"걱정 마, 정신을 잃은 것뿐이니까."

"정말?"

"그래, 정말이야."

그의 대답에 위니의 눈동자는 활기를 되찾았다.

"위들을 벼룩이라고 한 것도 취소할 거지?"

"응, 미안. 내가 잘못했어."

피란트는 더 이상 시끄러워지는 것을 원하지 않는다는 듯 대충대충 그녀가 원하는 답을 해주고는 한스에게 뒷일을 부탁한다는 듯 눈짓해 보였다.

"이쪽은 라이더님, 이쪽은 피란트님이십니다."

한스의 간략한 소개에 위니는 붉은 코를 킁적거리며 그들을 뚫어져라 바라보았다.

"그러니까 이 사람들이 마스터의 시종인 거죠?"

"뭐?!"

라이더와 피란트가 동시에 말도 안 된다는 듯 소리를 지르자 한스는 화제를 돌리기 위해 위니를 불러 세웠다.

"위니님, 이곳이 피오네의 어디쯤입니까?"

"위니님이 아니라 위니!"

위니는 뺨을 퉁퉁 부은 채 한스에게 소리를 꽥 지르더니 자신의 옷에 달린 브로치를 꺼내어 한스의 손에 쿡 찔러 넣었다.

"아앗!"

한스는 깜짝 놀라 손을 들어 올렸지만 신기하게도 브로치도, 그 때문에 생긴 상처도 이미 사라지고 난 뒤였다.

"이제 이것으로 마스터의 기운을 우리들도 느낄 수 있게 되었어요."

위니는 기쁘다는 듯한 표정으로 활짝 미소를 지었고, 이제 충격에서 깨어난 듯한 위즈가 그를 향해 머리를 숙였다.

"쉴드의 빛과 온기가 마스터에게 함께하시길!"

위즈의 호쾌한 목소리가 사방을 쩌렁쩌렁하게 울리자 한스는 곤란한 듯한 표정으로 손을 내저었다.

"아까부터… 마스터라니요?"

"저희는 요 근래 몇백 년 동안 한 번도 인간의 눈에 띄어본 적이 없었어요. 위의 규칙 중 저희들 위가 사람의 눈에 띄면 위들은 그 사람을 마스터로 1년 동안 모시게 된답니다. 당신은 바로 우리들의 마스터예요."

자랑스럽다는 표정으로 한스를 바라보는 위들에게 그는 의아한 표정을 지었다.

"만일 또 다른 누군가가 위를 발견한다면?"

"그도 위의 마스터가 되는 거예요. 위의 마스터는 아주아주 드물긴 하지만 여러 명이 될 수도 있어요."

"그런 일이 가능한 겁니까?"

"이야기했잖아요, 위가 발견된 적은 몇백 년 사이에 단 한 번도 없었다고."

그녀의 말에 한스는 미심쩍은 표정으로 어깨를 으쓱거렸다.

"설마 그렇게 없었을라고?"

피란트 역시 믿지 못하겠다는 듯한 표정으로 미심쩍은 말투를 내던지자 위니와 위즈는 또다시 버럭 화를 냈다.

"인간이란 의심투성이의 생명체라더니 저것 좀 봐."

그녀는 한숨을 내쉬며 위즈를 바라보았다.

"도대체 누가 우리의 마스터는 인간만이 될 수 있다고 정해둔 기고?"

위즈가 한숨을 내쉬며 그녀의 대답을 기다리자 위니는 어깨를 으쓱거렸다.

"의문을 품는 건 인간이나 하는 짓이야. 우리는 알고 있는 대로 살아야지. 그게 우리들 위가 살아가는 방법이잖아?"

"인생은 짧고 위가 할 일은 많다!"

자기들끼리 신이 나서 수다를 떨어대는 위들에게 한스는 다시 한 번 질문을 던졌다.

"저기 대화를 끊는 것 같아 죄송하지만 여기가 어딘지 알 수 있습니까?"

"여긴 시에라예요."

위니의 부드러운 말투에 한스는 생긋 미소를 지었다.

"시에라라면… 피오네의 어느 쪽에 위치한 곳입니까?"

그의 질문에 위즈는 자신이 있는 곳에서 왼쪽을 가리키며 자신있는 말투로 대답했다.

"오른쪽으로 한참을 올라가다 보면 나온다 카던데… 제가 알기로는 뭘 타고 가느냐에 따라서 꽤 차이가 많이 난다 캅니다."

"이것 봐, 위즈. 왼쪽은 이쪽이야. 네 말은 맞지만 방향을 반대로 가리키면 어떡하니?"

위니는 한스의 팔을 타고 쪼르르 바닥으로 미끄러져 내렸다.

"안내해 드릴게요. 저만 따라오세요."

깡충깡충거리며 뛰어다니고 있는 위니를 향해 한스는 정중하게 거절하고는 고마움이 담긴 미소를 지었다.

"가르쳐 주셔서 고맙습니다. 그렇지만 역시 우리끼리 움직이는 게 위님들께서 안내해 주시는 것보다 아주 약간 빠를 것 같군요. 힘드실 텐데 이제 그만 저희는 가보겠습니다."

"우후후훗, 걱정하지 마세요. 제가 타고 갈 것은 이미 정해두었답니다."

위니의 말에 위즈 역시 우쭐거리는 듯한 미소를 지으며 고개를 끄덕거렸다.

"우리 소는 굉장히 빠르거든요."

"아니야, 우리가 타고 갈 건 이 소보다 빠르다. 숲에서 가장 빠른 게 뭐겠노? 우린 그걸 타고 가게 될 기다."

위즈가 위니에게 면박을 주며 라이더를 향해 의미심장한 미소를 지었다.

"그렇군."

위즈마저 그를 향해 의미심장한 미소를 짓자 라이더는 불길한 예감이 엄습해 왔다.

"분명히 말해 두지만 난 누군가를 태울 생각은 절대로, 절대로 없어."

미리 쐐기를 박는 라이더를 향해 두 명의 위들은 미소를 지었다.

"걱정 말아요, 우리가 억지로 타는 거니까."

"와앗!"

위즈가 공중에서 헤엄치는 자세 그대로―피란트가 마법을 걸어 위즈가 떠 있도록 만들어주었다―라이더의 머리카락을 향해 돌진하는 것을 신호로 위니 역시 한스의 팔에서 폴짝 뛰어올라 라이더의 뒷 머리카락을 목표로 돌진했다.

"이게 무슨 짓이야?! 안 떨어져?"

라이더가 자신의 긴 머리카락을 손으로 마구 풀어헤치며 잡으려 손으로 위들을 몰자 위는 잘도 이리저리 피해 다니며 그의 머리 속을 돌아다니고 있었다.

"어차피 걸어갈 거 태우고 가면 어디 덧나?"

"괜찮습니다. 방향도 알려주셨는데 이 이상 신세질 수는 없는 노릇이지요."

한스의 정중한 거절이 다시 한 번 이어지자 위들은 정색했다.

"우리가 불안해서 그래요. 시에라에서 피오네까지 가는 방법을 물어오다니, 거기서 여기까지 거리가 얼마라고…….'

위즈가 걱정스럽다는 듯한 표정으로 한스를 바라보자 한스는 의아한 표정으로 고개를 갸웃거렸다. 그의 오랜 경험으로 미루어볼 때 위들의 저런 표정은 일이 잘못 풀려가고 있을 때나 나타나는 것이었다.

"이곳은… 피오네에 속해 있는 곳이 아닙니까?"

"무슨 소리! 이곳은 시에라라니까요!"

위즈가 답답하다는 듯 자신의 가슴을 쿵쿵 두들기며 말을 잇자 한스는 여전히 멍한 표정으로 물었다.

"시에라가 피오네에 속한 곳이… 아닌가요?"

'분명히 어디에서 듣던 이름인데…….'

한스 일행의 뇌리에 불현듯 스쳐 지나가는 생각이었지만 그들은 자신들이 보았던 지도를 떠올리지 못하고 있었다.

"시에라는 피오네에서 꽤 떨어진 지역이에요."

위니와 위즈가 라이더에게서 내려와서 충고하듯 몇 마디를 덧붙였다.

"곧장 아래로 내려가면 마을이 있어요. 거기서 지도라도 하나 사시면 저희들의 말이 무슨 뜻인지 알 수 있게 되실 거예요."

"우리 위들은 매우 자존심이 높은 종족이에요. 위의 도움이 필요없으시다면 우린 이만 우리 갈 길을 가도록 하죠. 어쨌거나 위가 필요해지면 부르세요."

"위들은 어디에나 존재하니까요."

위니가 귀엽게 미소 지으며 고개를 숙여 인사하자 위즈는 근엄한 표정으로 악수를 청했다.

"만나서 반가웠습니다. 쉴드의 자비로움이 여행하는 내내 당신들을 보살펴 주시길 바라겠습니다."

한스는 급히 바닥에 주저앉으며 손을 내밀었다. 위즈가 깡충깡충 뛰는 것으로 성립된 악수를 흐뭇하게 지켜보던 위니는 위즈의 잘못된 인사를 바로잡아 주었다.

"자비로움이 아니라 정의고 여행하는 내내가 아니라 언제나야."

"그럼 쉴드의 가호가 함께하시길⋯⋯."

한스가 자신의 일행을 대신해 짤막한 인사를 건네고 자리에서 일어나자 위니와 위즈는 눈 깜짝할 사이에 사라져 버렸다.

"시끄러운 녀석들이었어."

긴 장발을 정리하며 가죽 끈으로 머리를 질끈 묶은 라이더가 사라진 위들에 대한 감상을 이야기하자 피란트 역시 공감한다는 듯 머리를 끄덕였다.

"어쨌거나 지도 좀 꺼내봐요. 아까 위들이 한 말이 거슬려."

피란트는 드래곤인 자신이 실수했을 리 없지만 혹시나 하는 표정으로 지도를 살펴보았다.

"시에라? 이런, 피오네랑은 완전히 별개잖아/"

라이더의 외침에 피란트는 눈살을 찌푸렸다.

"뭐가 잘못된 거지? 좌표 위치는 정확했는데⋯⋯."

"드래곤이 실수도 하나?"

라이더가 한심스럽다는 눈빛으로 그를 노려보자 피란트는 변명 아닌 변명을 늘어놓았다.

"내가 실수한 게 아니라니까. 이건 분명히 뭐가 잘못된 거야. 그래!"

피란트는 의심스러운 눈초리로 라이더를 바라보았다.

"형들, 혹시 나 모르게 뭔가 건드린 거 아니야?"

"그런 적 없어."

라이더가 딱 잘라 고개를 흔들자 피란트의 의심스러운 눈길은 한스에게로 이어졌다.

"그럼 형이 건드렸어요?"

"조금 전부터 궁금했습니다만 피란트님 로브에 달려 있는 게 뭡니까?"

"응? 제 로브에 뭐가 붙었나요? 으아! 위잖아!"

피란트는 자신의 로브 자락을 털털 털어내며 수많은 위들을 향해 눈살을 찌푸렸다.

"위는 어디에나 있다더니… 젠장!"

화를 내는 그의 목소리에 위들이 얼른 모습을 감추자 라이더는 고개를 갸웃거렸다.

"이상하군. 위는 사람들에게 모습을 보이는 걸 극도로 싫어해서 늘 숨어 있을 텐데……."

"난 위라는 게 실제로 존재하고 있는지 오늘 처음 알았어. 드래곤조차 위를 쉽게 볼 순 없으니까. 최근에 위들이 늘어난 것 같다는 말을 들어보긴 했지만… 위 같은 건 그냥 꾸며놓은 이야기라고 생각했었다구."

"동화 같은 거 말이죠?"

한스가 생글생글 미소를 지으며 묻자 피란트는 가볍게 고개를 끄덕거렸다.

"형, 이런 말 기억나세요? 위들이 많이 나타나기 시작하면 앞으로 세계는 변하게 될 거라는 말……."

"흐음, 위라는 존재를 알게 된 것도 오늘이 처음입니다만……."

그런 이야기는 들어본 적도 없는 한스가 미안하다는 듯한 표정으로 말을 얼버무리자 라이더는 그게 당연하다는 듯 고개를 끄덕였다.

"당연하지. 위들은 인간이 눈앞에 나타나는 일을 극도로 꺼리는걸. 인간은 자신의 눈에 보이지 않는 존재는 없다고 생각하잖아."

"꼭 그런 것은 아닙니다만……."

한스가 미간을 찡그리자 라이더는 할 말이 더 남았다는 표정으로 그를 바라보았다.

"뭐가?"

"과거에 인간 여자에게 차인 적이라도 있었습니까?"

"뭐?"

어이없다는 듯 반문하는 라이더에게 한스는 고개를 갸웃거렸다.

"…그럼 인간 남자에게 차인 겁니까?"

"뭐, 뭐라는 거야?!"

"호오, 그럼 라이더 형이 인간과 연애라도 했다는 건가요?"

피란트가 관심있다는 듯 눈을 반짝이자 한스는 예의 그 사람 좋은 미소를 지으며 라이더를 바라보았다.

"인간이 싫다고 말한 것치고는 인간에게 관심도 많고 꽤 자세히 알고 있는 것 같아서 드리는 말씀입니다."

"음, 듣고 보니 그런 것 같기도 하군요."

피란트가 짓궂은 미소를 지으며 라이더를 바라보자 라이더는 새빨개진 얼굴로 버럭 소리를 질렀다.

"누가 그런 말도 안 되는 행동을 한다는 거야?!"

한스는 그의 그런 반응에 미안한 표정을 지으며 머리를 긁적거렸다.

"아, 죄송합니다. 별로 놀릴 생각으로 그런 건 아닌데……."

"너, 요즘 왜 그래? 뭐가 불만인데?"

라이더는 씩씩거리며 한스를 노려보았지만 반성하고 있다는 듯한 그의 태도에 이내 화를 풀고는 한스의 어깨를 툭 쳤다.

"이제부턴 그런 쓸데없는 말은 하지 말라구."

"네, 알겠습니다. 설마 유이님과 그런 애틋한 사연이 있었을 줄……."

"무슨 소리야!? 내가 좋아한 사람은 엘……. 이봐, 한스!"

흥분하던 라이더가 잠시 흠칫하더니 이내 조용히 한스를 노려보았다.

"너, 일부러 그러는 거지?"

"네?"

한스는 '저는 지금 당신이 무슨 소리를 하고 계시는 건지 하나도 모르겠습니다만…' 이라는 표정으로 그를 바라보았지만 라이더는 그의 양쪽 뺨을 꼬집으며 있는 힘껏 쭉쭉 잡아당겼다.

" '네?' 는 뭐가 '네?' 야?! 내가 그 정도도 눈치 못 채는 바보인 줄 알았어? 이걸 그냥 확!"

"아오아으오!"

"잘못했다면 다냐?!"

라이더는 엘프답지 않은 포즈로 한스를 쿡 쥐어박고는 자기 혼자 무슨 생각을 하고 있는 건지 초롱초롱하게 눈을 반짝이고 있는 피란트를 향해 눈을 부라렸다.

"넌 뭐 하고 있어?"

"형, 나 지금 무지하게 바쁘니까 말 걸지 마."

"뭐 하는데? 워프 생각하고 있는 거라면 그냥 걸어가자구. 난 또다시 위를 만나고 싶지 않아."

미간을 찡그리며 손을 내젓는 라이더를 향해 피란트는 눈치없이 히죽거려 댔다.

"물론 거기에 가는 것도 중요하지만 '엘' 다음에 올 이름이 뭘까 생각하는 게 훨씬 더 재밌어. 형, 엘리? 엘레나? 엘리스? 어떤 이름이야?"

라이더는 '엘리'라는 이름에 잠시 움찔하더니 이내 주먹을 부들부들 떨면서 피란트의 곁으로 다가갔다. 그러더니 자신보다 한참이나 작은 피란트의 머리를 '딱' 소리가 나도록 쥐어박고는 두 사람에게서 멀리 떨어져 혼자 걷기 시작했다.

'바보는 바보끼리 놀아'라고 중얼거리면서…….

*        *        *

"곤란해, 곤란하다구."

혜령은 신경질적인 표정으로 세계관 파일을 열어보았다.

"역시 위라는 건 없어. 엘프나 드래곤 같은 것도 있지만… 설정집 쪽을 뒤져야 하는 건가?"

그녀는 초조한 표정으로 파일들을 뒤지기 시작했다.

"이런, 이러니 없을 수밖에……."

혜령은 생긋 미소를 지으며 파일의 내용을 확인했다.

"설아라는 애 정말 대단하잖아? 어떻게 버그를 자신의 캐릭터로 만들 생각을 한 걸까?"

위라는 캐릭터는 설아가 직접 만들어낸 종족이었다.

더군다나 그 종족의 실체는 버그라니!

혜령은 감탄한 듯한 눈빛으로 파일들을 체크해 나갔다.

아무리 정교하게 만들어진 프로그램일지라도 예상할 수 없는 부분에서 버그가 튀어나오기 마련이다.

설아는 이 점을 이용해 자신이 가희를 유이로 바꿔놓은 것처럼 버그를 위로 바꾸어놓았다.

언제 어디서 그들이 튀어나온다 하더라도 이야기가 망쳐지지 않도록…….

"그렇지만 버그를 그냥 둬도 되는 걸까?"

가희를 투입시킨 대신 설아의 이야기 속에 관여하지 않고 지켜보기만 할 거라는 다짐을 한 뒤였지만 위의 존재가 찜찜하긴 찜찜했다.

그러나 버그, 아니, 위의 존재는 이미 설아의 이야기에서 일부분을 차지하고 있었다.

주연격 캐릭터들과—주연이 없어져 버렸으니 조연이 주연이 되어버린 것이다—대화까지 나눴던 존재들이다. 더군다나 한스에게 마스터라고 부르며 그를 따르고 있는 위라는 존재를 버그로 여겨야 할지 그렇지 않으면 캐릭터로 여겨야 할지에 대한 판단조차 서지 않으니 난감할 따름이었다.

"그런데 내가 과연 석진이 놈을 쫓아낼 수 있을까?"

'그의 위치도 파악되었고 쫓아낼 방법만 있으면 어떻게든 해볼 텐데…' 라는 생각에 혜령은 마음이 조급해졌다.

"일단 자기가 스스로 나가고 싶도록 만들어줘야겠지?"

그녀는 그를 공격하기 위한 프로그램 명령어를 입력시키고는 그의 반응을 기다렸다.

그도 꽤 만만치 않은 상대인지 자신에게 쏟아지는 공격에 움찔움찔거리면서도 몇 번이나 강도 높은 공격을 참아냈다.

"강도를 좀 더 높여야 하는 건가?"

혜령은 좀 더 공격 횟수를 늘이며 그가 반응을 보이길 기다렸다.

몇 번의 반복 끝에 그녀는 마침내 이야기 속의 그가 사라지는 것을 확인할 수 있었다.

"남주에게 연락을 해줘야겠지?"


"거기 너! 여긴 여자 기숙사야. 어딜 들어가려고 그래?"

깐깐한 사감의 목소리가 남주 일행의 귀를 쩌렁쩌렁하게 울렸다.

"그것도 한 명도 아니고 두 명씩이나!"

그녀의 목소리가 더욱 커지자 남주는 얼른 나서서 석진의 옷에 꽂아둔 번호표를 보여주었다.

"그런, 저희는 만화과 학생인데요. 선택 과목으로 조각도 하고 있거든요."

"그래서?"

"이건 무거워서 도저히 제가 들 수가 없기 때문에 부탁한 건데 안 되나요?"

그녀는 최대한 불쌍한 표정을 지으며 사감을 바라보았지만 그녀의 의외로 깐깐했다.

"만화과? 이름이 뭐야?"

"임남주요."

"잠깐, 그럼 저기 들고 있는 게 네 작품이란 말이야?"

사감이 수상쩍다는 표정으로 남주를 바라보자 남주는 생긋 미소를 지으며 너스레를 떨었다.

"잘 만들었죠? 그래서 들고 온 거예요. 여차해서 파손되면 고치기도 힘들고…….”

“그래? 그럼 여기다 두고 가. 어차피 아침에 학교로 가져가야 할 테
니 그냥 여기에 두고 가. 그럼 남학생이 구태여 기숙사로 들어갈 필요
도 없을 거 아니야?”

“네?”

“거기다 내가 지금 허락하면 저 남학생이 내일 아침에도 네 방으로
가야 할 거 아니야. 그럼 곤란해. 아침에 여학생들이 얼마나 정신없는
지 잘 알잖니?”

사감이 목소리를 낮추며 남주에게 이해해 달라는 듯한 어조로 타이
르자 남주는 난감한 표정으로 고개를 저었다.

“그래도 이곳에 두긴 곤란해요! 아직 다 완성하지 못했거든요.”

“다 완성한 것 같은데… 어디가 미완성이라는 거지?”

그녀의 날카로운 추궁에 광현이 사감의 얼굴을 보며 얼굴을 붉혔다.

“그걸 꼭 아셔야 합니까?”

“알아야 조치를 하지.”

사감이 신경질적으로 소리를 지르자 광현은 헛기침을 해댔다.

“흠흠, 말로 설명하기 힘든 부분입니다만…….”

그의 대답에 그녀는 무슨 상상을 한 건지 얼굴을 확 붉히며 들어가
도 좋다는 듯 손을 휘휘 저었다.

“감사합니다.”

남주와 광현은 그녀를 향해 가볍게 고개를 꾸벅해 보이고는 유유히
기숙사 안으로 들어갔다.

“너희 사감 왜 저러냐?”

“…너야말로 무슨 말을 하려고 그런 거야?”

남주의 말에 그는 당연한 걸 왜 묻느냐는 말투로 무뚝뚝하게 대답했다.

"눈깔이 비었다고 하려고 그랬지."

"뭔깔이?"

"아, 눈알 말이야, 눈알."

"너, 진짜 말 이쁘게 한다."

"내가 좀 말을 잘하지."

자기를 비꼬는 말인지도 모르는 건지 광현은 의기양양한 표정을 지었다.

"쯧쯧, 내가 너를 상대로 무슨 말을 하겠니?"

남주가 고개를 설레설레 흔들자 광현은 머쓱한 표정으로 미소를 지었다.

"전화나 받아."

램프로 돌려놓은 것인지 남주의 전화기가 깜빡거려 댔다.

"여보세요?"

─남주야, 석진이 깼냐?

혜령의 목소리에 남주는 당황한 표정으로 주변을 둘러보았다. 다행스럽게 주변에는 그다지 사람도 없었고 특별히 그녀 일행에게 관심을 갖는 것 같진 않았다(사실 여자 기숙사에, 그것도 정문으로 당당히 드나들 수 있는 사람이 몇이나 되겠는가? 대부분이 우루루 몰려나와 구경한다고 난리를 칠 것이다. 여기까지 생각해 보니 지금이 기숙사에 사람이 있을 만한 시간이 아니라는 게 대단한 행운이었다).

"아직 안 깼어요. 무슨 일 있어요?"

남주의 질문에 그녀는 걱정스러운 목소리로 대답했다.

─거기가 어디야?

"기숙사예요. 지금 제 방으로 옮겨가려고 하는데 왜 그러세요?"

—발바닥에 땀나도록 뛰어! 그 녀석 곧 깰 거야!

경고에 가까운 충고에 그녀는 삐질 식은땀을 흘렸다.

"광현아, 뛰어!"

남주의 절박한 외침을 신호로 광현은 있는 힘껏 달리기 시작했고 남주는 냉큼 자신의 집 문을 열어 그를 자신의 방에 가둬 버렸다.

"수고했어, 광현아. 이 일은 비밀인 거 알지?"

"네 녀석 하는 거 보고 결정하마. 그런데 이제 뭐 할 거냐?"

"관심 꺼. 아무튼 고마웠다."

"무슨 일 생기면 연락해."

광현은 잠시 걱정스러운 표정으로 남주를 바라보더니 이내 기숙사 밖으로 나갔다.

남주는 그런 광현을 향해 손을 흔들어 보이고는 석진이 깨어난 후의 상황을 대비해서인지 방음 장치를 가동시켰다.

"자, 이제 아주 끝장을 봐야지."

남주는 혜령에게 전화를 걸어 설아의 이야기를 복사해 와 그것을 가동시켰다.

*　　　*　　　*

"이대로 아무것도 하지 않으실 건가요?"

하나.

"정말 그것으로 만족하시겠습니까?"

또 하나.

"당신은 이 이야기의 작가잖아요. 책임을 회피하시려는 겁니까?"

계속되는 날카로운 화살 같은 추궁들.

눈을 꼭 감은 설아의 마음속에선 분명히 설아 자신의 것일 듯한 목소리가 흘러나와 스스로를 괴롭게 만들었다.

"이야기는 어차피 이야기일 뿐이야."

설아는 마음 속의 자신을 외면하듯 소리 내어 자신의 말을 반박했다.

"즐기면서 쓴다는 것이 네 신조 아니었어?"

자신의 것이 분명하지만 마치 스스로를 원망하는 듯한 차가운 목소리가 설아를 향해 날아들었다.

"……."

설아는 아무런 대답도 할 수 없었다.

자신에게 아무리 힘들게 대답한다고 해도 스스로가 납득할 수 없다면 그것은 변명일 뿐이었다. 설아는 구차하게 스스로를 향해 변명하고 싶지는 않았다.

"생각해 봐. 이미 멋대로 폭주하기 시작한 이야기, 이것이 정말 네 이야기라고 생각해?"

"……."

입 밖으로 내본 적은 없지만 저 목소리는 설아의 마음속 깊은 곳에 숨겨뒀던 의문이다.

"편하게 쉰다고 해도 뭐라고 할 녀석은 아무도 없어."

마치 설아의 마음을 다 읽고 있는 듯한 이런 목소리 역시 숨길 수 없는 자신의 목소리다.

평상시 그녀가 매우 혐오스럽게 생각한 책임감없는 말들이, 그리고 자신을 타협하도록 만드는 말들이 자기 자신에게서 흘러나오고 있다는 사실을 그녀는 견딜 수가 없었다.

글을 좋아하는 마음만큼은 그 누구에게 있어서도 뒤지지 않는다고 자신있게 말할 수 있었던 것, 그것이 바로 그녀를 버티게 해주는 근원이었다.

그런 근원이 흔들리고 있다.

그것도 누군가의 개입에 의해 말이다.

"내가 뭘 잘못한 거지?"

그녀는 처음으로 입을 열었다.

"처음부터 그 프로그램을 사용하지 않았어야 했던 걸까?"

그러나 프로그램 자체가 문제라는 생각은 들지 않았다.

"그럼 이 세계에 다른 사람을 억지로 끌어들인 것?"

분명히 자신의 이야기를 타인에게 강요하듯 시작되어 버린 일은 잘못된 것이지만 이건 어쩔 수 없는 일이었다. 그러나 이것보다 큰 문제가 있다.

'어쩔 수 없는 일? 그런 식으로 따지자면 지금까지 벌어졌던 일들 중 어쩔 수 있는 일은 도대체 뭐지? 나는 내 이야기 속에서 무엇을 내 마음대로 움직일 수 있었던 거지?

설아는 의아한 생각이 들기 시작했다.

그녀의 마음대로 움직일 수 있었던 건 이야기가 시작되기 전인 세계관을 만들어내는 일이었다.

자신의 캐릭터들이 이제 곧 뛰어다니며 대활약을 펼치고 다닐 무대를 상상하는 것은 그 자체만으로도 입가에서 미소가 떠나지 않는 설아였다.

"그렇지만 그 뒤는?"

그녀는 이제까지 흐릿했던 눈에 힘을 주며 고개를 번쩍 치켜들었다.

어둠도, 자신의 머리카락을 부드럽게 쓰다듬으며 '괜찮아요' 라고 속삭여 주는 바람도, '이제 그만 일어나세요' 라고 말하면서 차가운 물방울을 뚝뚝 떨어뜨리는 동굴도 모두 그녀가 만든 사랑스럽기 그지없는 녀석들이었다.

그녀는 비틀비틀 일어서면서 다시 한 번 자신의 생각을 정리했다.

어둠이 있는 곳과 부드러운 바람, 그리고 단단한 동굴 벽은 모두 그녀의 머리 속에서 나온 거지만 어둠이 정확하게 얼마나 어두운지―시야가 완전히 잠길 정도의 어둠이라고 말해 봤자 그런 것에는 각자의 개인 차가 있는 법이다―바람은 얼마나 부드러운지, 동굴 벽은 얼마나 단단한지에 대한 생각은 하지 않았다.

"그런데도 이 녀석들은 자신이 어떻게 해야 하는지 누구보다 잘 알고 있었어."

그녀는 입가에 부드러운 미소를 지었다.

"언제부터 캐릭터가 내 마음대로 움직일 수 있을 거라는 생각을 하게 된 걸까? 사실은 지금까지 100% 내 마음에 쏙 들게 움직인 녀석은 없었잖아?"

'왜 그런 걸까? 라는 의문이 들자 그녀는 금세 해답을 찾아냈다.

"내가 쓰고 있는 건 인간이야. 살아 숨 쉬는 생명체."

인형이 아니다!

그들은 나의 이야기 안에서 자신들의 주관을 가지고 살아가고 있는 것이다.

내가 아무리 억지로 이야기를 만들어 나가려 해도 자신들과 정반대로 움직이려 한다면 그들은 따라주지 않는다.

"그렇지만… 지금까지 그들이 움직인 것은……."

설아의 얼굴은 한층 더 밝아졌다.

그들을 움직인 것은 설아였다. 주연이 죽어버린 시점에서도 조연들은 훌륭하게 주연의 자리를 받쳐 주고 있었다.

이 이야기는 모두 그녀의 머리 속에서 나오는 것이다. 모순 같지만 바닥에 떨어진 돌멩이 하나가 데굴데굴 굴러가는 것조차 그녀가 자연스러움을 원했기에 가능한 이야기였다.

"바로 내가 쓴 이야기야."

'처음 의도한 바대로 쓰여지지 않았다고 해서 이 이야기가 자신의 이야기가 아니라고 부인하다니…….'

그녀는 얼굴이 화끈거렸다.

즐기면서 쓴다.

무엇보다 이야기를 좋아하는 것.

스스로도 그것이 자신이 가지고 있는 최대의 장점임을 누구보다 더 잘 알고 있으면서도 어떻게 잊고 있었던 걸까?

자기 혐오감이 밀려오긴 했지만 그녀는 자신을 책망하지 않았다.

어떻게 하면 좋을지는 스스로가, 그리고 그녀의 이야기가 그녀에게 해답을 들려주고 있었다.

'내 이야기는 이걸로 끝이 아니야.'

그녀의 생각이 주변의 모든 것에 전해지는 듯하더니 눈부신 빛이 쏟아지고 있었다.

순식간에 그녀의 눈앞에 펼쳐진 세계가 모두 사라지더니 그녀는 지금까지 자신이 혼자 아무것도 없는 하얀 방에 앉아 있음을 깨달았다.

"이젠 누구도 날 방해하지 못하도록 하겠어."

그녀는 자신을 향해 다짐하듯 중얼거리고는 그 하얀 방을 살피기 시작했다.

"일어나십시오. 언제까지 이렇게 주무시고만 계실 겁니까?"

부드러운 목소리가 그녀의 귓가에 들려오자 그녀는 눈을 떠야 한다는 생각이 들었지만 어떻게 해야 이 꿈에서 깨어날 수 있을지는 알 수 없었다.

"일어나십시오. 이런 상황에 지금 잠이 옵니까?! 어서 일어나십시오."

무척 다급하게 들리는 목소리에 그녀는 자신도 모르게 눈을 번쩍 떴다.

"깨어나셨군요. 이제 일어나신 터라 정신이 없으시겠지만 어서 도망가셔야 합니다."

눈앞에는 지금까지 한 번도 보지 못한 미청년이 그녀를 향해 다급한 목소리로 재촉했다.

"잘생긴 오빠긴 하지만… 귀가 이상해."

설아는 자신도 모르게 마치 가게에서 좋은 물건을 감정하는 사람 같은 말투로 은발의 미청년 엘프 샤베르를 직접 만나본 감상을 이야기했다. 그는 잠시 황당하다는 표정으로 철없어 보이는 설아를 향해 무덤덤하게 대답했다.

"그야 전 엘프니까 당신의 귀와 조금 다른 귀를 가지고 있습니다만… 이상하다는 말씀은 지나치시군요."

히이힝!

라드니르가 지금이 이러고 있을 때냐는 듯한 경고성의 목소리를 내자 샤베르는 그대로 그녀를 번쩍 들어 라드니르의 등에 올리고는 문을 열어주었다.

"어서 도망가야 합니다."

그는 다시 한 번 자신들의 상황을 짧게 설명하고는 문밖으로 빠져나가려 했지만 불행히도 엘리 쪽의 걸음이 더 빨랐다.

'친절하게도 문까지 열어주시는군'이라는 표정으로 집 안으로 들어온 그녀는 긴 잠에서 깨어난 설아를 향해 상냥하게 웃어 보이고는 샤베르를 향해 부채를 꺼내 보였다.

그 모습이 마치 자신에게 건 마법을 풀어주지 않으면 당장이라도 싸움을 걸어올 것만 같은 기세인지라 샤베르는 약간 긴장한 듯했다.

'후훗, 여기가 바로 내가 만들어낸 곳이구나.'

아이러니하게도 설아는 비현실적인 이 순간이 현실처럼 느껴졌다.

'이제 엘리는 부채를 쫘악 펼치고 피식 웃겠지?'

설아의 생각이 끝나기가 무섭게 엘리는 부채를 쫘악 펼쳐 보이며 피식 미소를 지었다.

많이 당해본 건지 샤베르는 그녀의 그런 행동만으로도 그녀가 무슨 말을 하고 싶어하는 것인지 잘 알고 있는 듯했다.

"실력 행사를 하시겠다면 저도 순순히 당하고 있지만은 않을 것입니다."

그는 자신의 허리에 꽂혀 있는 레이피어를 만지작거리며 단호한 목소리로 경고했다.

엘리의 강함을 잘 알고 있는 샤베르는 허점을 보이지 않기 위해 눈까지 부릅뜨고 있었고, 그녀 역시 쉽게 물러설 수 없다는 듯 눈에 잔뜩 힘을 주고 있었다.

'오옷! 타오른다! 타오른다!'

라드니르의 등에서 내리지도 못한 채 흥미로운 표정으로 그들을 주시하던 설아는 그들의 주변에서 이글이글 불꽃이 타오르고 있는 듯한 환영이 느껴졌다.

"뮤트를 풀어드리는 것은 그다지 어려운 일이 아닙니다만 그 뒤에 불미스러운 일이 생기지 않는다고 맹세할 수 있습니까?"

샤베르는 목소리에 힘을 잔뜩 싣고는 근엄하게 질문했지만 엘리는 그의 말이 채 끝나기도 전에 고개를 끄덕거려 댔다. 그녀에게서 진실함이 느껴지지 않는다고 판단한 그는 역시 안 되겠다는 듯 한숨을 내쉬며 고개를 흔들었다.

"하아, 당신에게서는 진실함이 느껴지지 않아요. 역시 안 되겠습니다. 돌아가십시오. 제가 적당한 때 마법을 해제시켜 드리지요."

그의 말에 부채는 마치 칼날같이 예리하도록 주름진 곳 하나 없이 평평해졌고 '다시 한 번 말해 보시지'라고 이야기하는 듯한 눈빛 역시 그를 팽팽하게 긴장시키고 있었다.

"엘리님, 저기에 있는 실프가 보이십니까?"

샤베르의 질문에 그녀는 그가 가리키는 방향을 향해 고개를 돌렸다. 그 순간 샤베르는 그녀의 허점을 놓치지 않고 빠르게 그녀로부터 떨어져 라드니르의 등에 거꾸로 올라탔다. 기다렸다는 듯 전력 질주하는 라드니르를 엘리가 발견했을 땐 이미 그들은 저만큼 달아난 뒤였다.

분한 마음에 부채를 던져 보았지만 라드니르의 놀라울 만치 빠른 속도 때문에 맞을 리 없었다.

"엘프가 속임수도 쓰나요?"

설아의 질문에 그는 살짝 얼굴을 붉혔다.

"그곳에 실프가 있다는 것은 사실이었습니다만……."

그는 잠시 말을 멈추고 그녀의 허리에 매달려 있는 철적(鐵笛)에 시선이 멈췄다.

"그 피리, 불 줄 아시는 겁니까?"

"네?"

"키리아님 집으로 가야겠군요. 부탁드리겠습니다."

푸르륵?

"엘리 씨라면 당분간 걱정하지 마십시오. 저희를 찾고 다닐 테니까 당분간은 그곳으로 가지 않을 겁니다. 어떻게 생각해 보면 지금은 그곳이 가장 안전한 곳입니다."

히이잉!

라드니르는 알겠다는 듯 고개를 끄덕거리고는 키리아의 집을 향해 달리기 시작했다.

'설마 나더러 이걸 불라고?'

설아는 핏기 가신 얼굴로 철적(鐵笛)을 꺼내 들었다.

"엘리님의 연주는 살아 있는 모든 것을 매료시킵니다. 어떤 곡이든 좋으니까 그 음악 이상의 곡을 들려주시기만 하면 됩니다."

아주 쉽고 간단하게 설명하는 그의 말에 설아는 '흐음, 간단하네' 라고 대답할 뻔했다.

"잠깐, 그 음악 이상이라는 건 잘 불러야 한다는 거죠?"

"그렇습니다. 그러니까 너무 부담 갖진 마십시오."

샤베르의 말에 설아는 기가 질려 버렸다.

"부담을 갖지 말라니… 어떻게 부담을 갖지 말라는 소리가 나와요? 엘리 씨는 몇 명 되지도 않는 철적(鐵笛)의 명인인걸."

"당신도 그 몇 명 되지 않는 철적(鐵笛)을 연주하시는 분입니다. 못할 거 없지 않겠습니까?"

언제나 대답은 간단한 샤베르였다.

"그렇게 간단한 거면 제 것 빌려 드릴 테니 당신이 직접 해보시지 그래요?"

그러나 설아 역시 호락호락한 상대는 아니었다.

"히이잉!"

도착했음을 알리는 라드니르의 목소리에 그들은 잠시 말을 멈추고 그의 등에서 가볍게 뛰어내렸다.

"넌 여기서 잠시 기다려. 그리고 가능하면 멀리 떨어져 있거나 귀 좀 막고 있어. 아, 그 몸으로 귀를 막는 건 무리인가? 아무튼 위험할지도 모르니까 좀 떨어져 있어."

기다리라는 건지 떨어져 있으라는 건지 모를 아리송한 명령을 내리고 피식 미소를 짓는 그녀에게 라드니르는 약간 언짢은 기분이 들었다.

'말이라고 약해 보인다는 건가?'

그러나 겉으로 자신이 기분 나쁘다는 것을 드러내 놓고 표를 낼 정도로 바보는 아니었기에 그는 순순히 그녀의 명에 따랐다.

가벼운 심호흡을 내뱉으며 그녀는 철적(鐵笛)을 손에 단단히 쥐고는 발걸음도 당당하게 안으로 들어갔다 이내 바람에 밀려 밖으로 팅겨 나왔다.

"예의가 없는 분은 이곳에 들어오실 수 없습니다."

다소 불쾌한 듯한 그의 목소리에 샤베르는 얼른 중재에 나섰다.

"너무 화내지 마십시오. 그녀는 엘리님의 손님이십니다."

"손님?"

"네, 마을에 들어오는 것을 허락하신 분이 바로 엘리님이십니다."

"그녀로부터 그런 말은 듣지 못했는데?"

미심쩍어하는 키리아의 목소리에 대답하는 샤베르의 목소리가 은근히 거칠어졌다.

"그 말씀은 마치 제가 당신께 거짓말이라도 하고 있다는 것처럼 들리는군요."

"아아, 설마 내가 그럴 리가 있겠는가? 그런 말도 안 되는 오해 하지 말고 어서 들어와."

그의 말에 약간 미간을 찡그리고 있던 설아가 성큼성큼 문을 열고 들어갔다가 이번에는 '쾅' 하고 닫혀 버린 문에 정문으로 코를 부딪치고 말았다.

"…흐어……."

너무 아픈 나머지 비명조차 지르지 못한 설아는 그 자리에 주저앉아 몸을 부들부들 떨며 눈물을 찔끔거렸다.

"…들어오라고 하지 않으셨습니까?"

샤베르가 의아한 표정으로 키리아에게 질문하자 그는 장난스러운 목소리로 대답했다.

"난 샤베르 너보고 들어오라고 했지 그녀에게 들어와도 좋다고 허락한 기억 같은 건 없다."

샤베르는 초조한 표정으로 키리아를 향해 질문했다.

"그녀가 들어갈 수 있도록 허락해 주십시오."

"웬만하면 거 노크 좀 해라."

"네?"

"노크! 노크 말이다! 그게 최소한의 예의 아닌가?"

샤베르에게 대답하는 형식을 취하고는 있지만 이것은 설아를 향한 꾸짖음이었다.

"난 예의없는 사람은 질색이다."

약간은 비아냥거리는 듯한 그의 태도에 설아는 땅바닥을 손으로 짚고 일어나 문을 발로 쾅쾅 두들겼다.

"노크를 손으로만 하라는 법은 없겠죠?"

빨갛게 부어오른 코만큼이나 잔뜩 독기 오른 목소리로 질문하는 그녀에게 그는 또다시 언성을 높였다.

"정말 예의가 없는 사람이로군요?!"

"그러는 너는 어지간히도 예의 바르다?"

설아는 무척이나 화가 난 듯 평상시라면 잘 사용하지도 않는 반말을 툭툭 내뱉으며 그를 도발시켰다.

"하하하, 한번 해보자는 겁니까?"

여차하면 튀어나올 기세로 소리치는 키리아에게 그녀는 생긋 미소를 지으며 고개를 끄덕거렸다.

"좋지, 한번 해보자."

그녀의 도발에 그는 대답 대신 실프를 불러들여 다시 한 번 문을 세게 열어버렸지만 이번에는 중간에 끼어들어 그녀의 옷을 뒤로 잡아당긴 라드니르 덕분에 간신히 문에 부딪치는 것만은 면할 수 있었다.

"지금은 이럴 때가 아닙니다! 언제 엘리님께서 돌아오실지 모르는데 계속 다투기만 하실 겁니까?"

샤베르의 날카로운 목소리에 키리아와 설아는 잠시 침묵을 지켰다.

"키리아님, 여기 계신 분은 철적(鐵笛)을 소유하고 계십니다. 그것이 무엇을 의미하고 있는 것인지 모른다고 하진 않으시겠죠?"

'그걸 가지고 있다고 해서 연주까지 할 줄 안다는 건 아니잖아?!'

설아는 마음속으로 처절하게 절규했지만 불행히도 샤베르가 독심술 같은 것을 할 수 있을 리 없었다.

"들어오십시오."

호의적인 목소리도, 그렇다고 적의를 품고 있는 목소리도 아닌 지극히 사무적인 키리아의 목소리에 그녀는 또다시 자신을 튕겨내는 건 아닐지 잠시 망설이다 안으로 들어갔다.

"어서 오십시오. 당신이 철적(鐵笛)을 가지고 계시다니, 그게 사실입니까?"

"제 손에 있는 게 대나무 피리로 보입니까?"

아직도 기분이 풀리지 않은 설아가 순순히 안으로 들여보내 준 키리아에게 고개를 숙여 가볍게 목례하고는 철적(鐵笛)을 들어 보였다. 그것을 아주 조용히 지켜보고 있던 키리아의 무표정했던 얼굴에서 단숨에 살기가 맴돌았다.

"엘리를 어떻게 한 건가?"

목소리에 담긴 분노가 뒤따라 들어온 샤베르마저 굳어버리게 만들자 설아는 황급히 오해를 풀어야겠다고 생각하며 그에게 가까이 다가서려 했으나 그 순간 그는 실프를 통해 칼날 같은 바람을 보내왔다.

'저건 봄바람이다. 저건 따뜻한 봄바람이다.'

설아는 따가운 바람을 느끼자 조용히 눈을 감고는 자신의 마음을 진정시켰다.

그러자 놀랍게도 그녀는 바람의 기운조차 느낄 수 없게 되었다.

"오해하지 말아요. 엘리 씨는……."

"그녀의 이름을 함부로 부르지 마!"

버럭 소리를 지르더니 이번에는 운디네를 불러냈다.

"저건 참새다! 저건 참새다!"

이번에도 두려움을 떨쳐 내고자 설아는 운디네를 쏘아보며 작은 목소리로 중얼거리자 운디네의 안색이 점점 창백해졌다. 자신을 만들어 준 이로부터 그 존재를 부인당하는 느낌만큼 두려운 것은 없을 것이다. 어쩐지 그녀의 모습이 자신이 의도한 바가 아니라는 생각에 그녀는 자신이 주문처럼 외쳐 대던 말을 멈추고는 최대한 눈에 힘을 실어 키리아를 노려보았다.

"저 녀석은 정령술을 못 쓴다! 저 녀석은 정령술을 못 쓴다! 내가 쓰게 해주나 봐라! 저 녀석은 절대로 정령술을 못 쓴다!"

거의 저주를 거는 듯한 분위기로 자신에게 웃기지도 않는 말을 하고 있는 그녀에게 그는 운디네로 하여금 공격하도록 하려 했지만 불행히도 운디네와 실프는 갑작스럽게 사라져 버렸다.

더 이상 그녀들이 느껴지지 않았다. 그녀들뿐만 아니라 자신과 계약을 맺은 모든 정령들과의 끈 같은 강한 유대감이 완전히 사라진 기분이었다.

"엘리 씨는 멀쩡해요. 이봐요! 남이 말하면 끝까지 들어야지 공격부터 하면 어떡해요?"

자칫하다가는 또다시 그가 날뛸 것 같아 용건부터 말하고 따졌으나 그만 따진 말이 씹혀 버렸다.

"엘리님께서 무사하다고?"

뭔가 미심쩍어하는 것 같긴 했지만 살기는 없어진 듯하자 설아는 철적(鐵笛)을 만지작거리며 살짝 미간을 찡그렸다.

"피하라고 샤베르님께 실프를 보내신 건 바로 당신이잖아요."

그녀의 말에 샤베르는 조심스럽게 키리아를 살펴보았다.

"괜찮으십니까?"

"아, 조금 전에는 미안했네. 그 철적(鐵笛) 때문에 잠시 오해를 한 모양이군."

그는 은근슬쩍 어째서 설아가 철적(鐵笛)을 가지고 있는 건지 설명해 보라는 분위기를 만들어냈다.

"이건 제 철적(鐵笛)이에요. 엘리 씨만 이걸 가지고 있으란 법이 있기라도 한 건가요? 그야 흔한 물건은 아니지만 이런 취급을 당하다니… 무척 불쾌하군요."

설아는 어려 보이는 외모와는 달리 딱 부러지게 자기 할 말을 늘어놓았다.

'이제 그만 사과해 주시지?' 라는 의미가 담긴 눈빛으로 그를 노려보고 있는 그녀에게 키리아는 순순히 고개를 숙였다.

"제가 대단히 큰 무례를 저질렀군요."

"저도 설명이 부족했던 것 같군요. 이분께서 철적(鐵笛)을 가지고 계시기에 제가 부탁해서 키리아님을 도우려 했던 것인데……."

샤베르가 때늦은 설명을 하려는 것을 키리아가 손을 들어 저지시켰다.

"어쨌거나 이번 일은 내가 잘못했으니까 두둔해 줄 필요 없네."

"…그럼 연주를 부탁드려도 되겠습니까?"

"싫어요."

설아를 향해 샤베르는 정중한 말투로 부탁했지만 설아는 너무나 당연하다는 듯 그의 부탁을 단번에 거절해 버렸다.

"…이제 와서 거절하시는 겁니까?"

샤베르의 화가 난 듯한 목소리에 그녀는 살짝 고개를 저었다.

"거절하는 게 아닙니다. 다만 순서가 바뀌었다는 거죠."

검지를 펼쳐 든 채 유유히 흔들어 보이며 그녀는 생긋 미소를 지었다.

"전 말이죠, 예의없는 엘프들은 딱 질색이거든요."

멋지게 받아친 그녀는 '어디 한 번 부탁해 보시지' 하는 표정으로 키리아를 바라보았다.

"부… 탁드려도 되겠습니까?"

키리아는 너무나 의기양양한 표정으로 자신을 바라보고 있는 그녀의 시선이 못내 부담스러웠던지 식은땀을 삐질삐질 흘리며 고개를 숙였다.

"훗! 라드니르, 너 잠시 멀리 떨어져 있어라."

어쩐지 약간은 우쭐해하는 듯한 설아의 목소리에 라드니르는 가볍게 한숨을 내쉬며 그녀가 시키는 대로 멀리 떨어졌다.

"꽤 실력이 있으신가 보군요?"

샤베르가 다행이라는 듯 라드니르를 따라 적당히 떨어진 장소로 걸음을 옮기자 괜스레 긴장한 설아는 가볍게 목을 풀었다.

"아! 아! 아! 아아아!"

"노래라도 하실 생각입니까?"

키리아가 의아하다는 듯한 눈빛으로 자신을 바라보자 그녀는 귀까지 빨개긴 얼굴로 헛기침을 해댔다. 사실 단소니 리코더니 하는 것들도 불어본 적은커녕 본 적조차 없으니 당연히 철적(鐵笛)에 난 구멍이 뭐 하는 건지도 파악이 안 되고 있는 그녀였다.

그저 숨구멍이려니 하고— '피리도 숨을 쉬는 건가?' 라는 의아함이 들긴 했지만 그녀는 이미 자신이 완벽한 추리를 해버린 것이라고 스스로를 세뇌시켜 버린 상태였다—저걸 다 막아버리면 숨이 막힐지도 모르거나 소리가 나지 않을지도 모르겠다는 말도 안 되는 상상을 하며 철적(鐵笛)을 입에 가져다 댔다.

바람 새는 소리 같기도 하고 휘파람 불려다 실패한 것 같기도 한 기묘한 소리에 설아는 이럴 리가 없다는 표정으로 고개를 갸웃거렸다.

삐익—

날카로운 못으로 쇠를 긁는 듯한 소리를 만들 땐 자신조차 미간을 찡그리더니 마침내 철적(鐵笛)에 담긴 그럴듯한 음을 찾아내고는 연주를 시작했다.

삑삑라라— 삑삑— 미— 삑삑삐삑—

'학교 종'은 설아로 인해 새로운 곡으로 바뀌어 버렸지만 관객 중 그 곡을 알고 있는 자는 아무도 없었기에 그들은 그녀에게 아무런 면박도 주지 못하고 귀만 틀어막고 있을 뿐이었다. 불쌍한 키리아만이 고통으로 인해 얼굴이 일그러지다 못해 창백해져 가고 있었으며 이제는 아예 얼굴에 물을 끼얹은 사람처럼 땀으로 흠뻑 젖어버렸다.

"그게… 무슨 곡입니까?"

"가만있어 봐요. 이거 2절도 있단 말이에요."

묘하게 신나하는 것 같은 그녀의 말투에 라드니르와 샤베르마저 사색이 된 표정으로 뒷걸음질치자 그녀는 살짝 얼굴을 붉히며 배시시 미소를 지었다.

"우훗, 아무리 내 연주가 좋아도 그렇게까지 감탄한 표정으로 바라보면 쑥스럽잖아요. 그럼 열화와 같은 성원에 힘입어 2절 시작하겠습니다~"

삑삑라라— 삑삑삐— 삐이익—

성격 좋은 샤베르는 신나서 삑삑거리고 있는 설아에게 차마 그만두
라는 소리는 하지 못하고 최대한 그녀로부터 떨어진 곳으로 자리를 옮
겼다.

덕분에 비교적 고통에서 벗어난 샤베르는 의아한 표정으로 이제 막
연주를 끝내고 흡족한 표정을 짓고 있는 그녀에게 다가갔다.

"조금 전에 음이 미묘하게 다른 것 같았습니다만……."

"…그게 바로 화려한 기교라는 거예요."

설아는 '당신이 뭘 모르는군' 이라는 표정으로 검지손가락을 흔들어
댔다.

"…철적(鐵笛)을 연주하는 분들 중 당신이 얼마나 뛰어난… 연주자
인지 알고 계십니까?"

이 악기가 정말 그녀의 것인지조차 의심스러워하는 듯한 그의 말투
에 발끈한 설아는 미간을 찡그리며 샤베르를 노려보았다.

"살아 있는 사람으로는 두 번째, 죽은 사람까지 합하면 세 번째일 걸
요. 뭐예요?! 그 눈은 마치 내가 거짓말을 하고 있다고 말하고 싶어하
는 눈이군요."

"아무도 그런 말은 하지 않았습니다만……."

'당신 눈이 그렇게 이야기하고 있잖아, 당신 눈이…….'

말끝을 흐리는 샤베르를 향해 설아는 속으로 투덜거렸다.

"실례지만 당신은 철적(鐵笛) 연주자를 몇 명이나 알고 계신 겁니
까?"

키리아가 아직도 충격에서 벗어나지 못한 표정으로 입을 열자 그녀
는 멋쩍은 미소를 지으며 손가락 세 개를 들어 보였다.

"서른 명이나 알고 계신 겁니까?"

대단하다는 듯, 그러나 납득할 수 없다는 표정으로 그녀를 바라보는 샤베르에게 설아는 고개를 저어 보였다.

"세 명. 엘리 씨 스승, 엘리 씨, 저, 이렇게 세 명이 전부예요."

"세상에서 세 번째로 철적(鐵笛)을 자유자재로 다룰 수 있는 존재가 바로 저라는 말이죠. 후후후."

"…셋 중에 세 번째 실력이라는 겁니까?"

"먹음직스러워 보이는 떡이 그림이라는 게 문제지만 말은 맞는 말이군요."

샤베르가 무표정한 얼굴로 설아를 갈구자 그녀는 고개를 갸웃거렸다.

"뭔가 비유가 이상하네. 떡? 그림?"

"쓸데없는 말이니 신경 쓰지 마십시오."

샤베르는 친절하게 설명까지 해주더니 손수건을 꺼내 키리아의 얼굴을 닦아주려 했지만 그는 자연스럽게 손을 뻗어 그 손수건을 받고는 직접 자신의 얼굴을 닦았다.

"뭐야, 움직일 수 있었어? 괜히 나만 혼자서 바보 라이브 쇼를 한 거잖아!"

설아가 자유자재로 팔을 움직이고 있는 키리아를 바라보며 버럭 소리를 지르자 이에 당황한 키리아는 자리에서 일어나 한 발자국 뒤로 물러났다.

"…움직일 수 있게 된 겁니까?"

샤베르가 자신의 눈을 믿을 수 없는 듯한 표정으로 질문하자 그는 자신도 믿을 수 없다는 듯 눈을 크게 떴다.

"당신의 연주 실력이 엘리님을 뛰어넘었다는 말입니까?"

'…학교 종의 하드코어 같은 연주가 정신 차리는 데 꽤 효과가 있었나 보군.'

설아는 흐뭇한 표정으로 우쭐해져서 자신의 말을 정정했다.

"그럼 전 세계에서 가장 훌륭한 연주를 하는 사람으로 발전한 거로군요."

"말도 안 돼. 감히 이 엘리님이 없는 상태에서 세계에서 가장 훌륭한 연주를 운운한다는 거야? 엘프가 없는 숲은 드워프가 온통 삽질만 해댄다더니……."

날카로운 여인의 목소리에 샤베르와 키리아는 식은땀을 흘렸다.

"이게 어떻게 된 건지 설명해 봐요."

"엘리님!"

"엘리 씨, 언제 오신 거죠?"

설아와 샤베르가 동시에 아는 척을 해오자 그녀는 눈을 가늘게 뜨며 그들을 번갈아 노려보았다.

"고양이 앞에 쥐처럼 이곳으로 쪼르르 도망친 주제에 이제 와서 아는 척들을 하겠다는 건가요?"

"그건 혹시 샤베르가 당신을 해칠까 봐 제가 정령을 보내 미리 경고해 둔 터라 그런 걸 겁니다. 너무 나무라진 말아주십시오."

키리아가 부드러운 미소를 지으며 엘리를 바라보자 그녀는 딱딱하게 굳은 자신의 표정을 풀며 생긋 미소를 지었다.

"설마 제가 샤베르 정도의 어린아이를 이겨내지 못할 거라고 생각하신 겁니까?"

"어린아이라니요? 제 나이는 엘리님보다……."

"인간 식으로 따지자면 샤베르님께선 올해로 스물셋 정도밖에 안 된

다는 걸 아셔야죠. 홋! 저보다 무려 두 살이나 어리니 어린아이라고 할
수밖에요."

"그런 억지가 어딨습니까? 게다가 두 살 정도인데 어린아이라고 하
시는 건 지나치신 거 아닙니까?

"744일에서 6을 곱해봐요."

"네?"

"제가 샤베르 당신보다 빵을 몇 개나 더 먹었는지 알 수 있답니다."

"…그럼 3을 곱해야 하는 거 아닙니까?"

"홋! 이래 봬도 제가 한 끼에 빵을 두 개씩 꼭꼭 챙겨 먹을 정도로
빵을 좋아하니까 곱하기 6이에요."

그녀는 의기양양한 표정으로 샤베르를 향해 할 말 있느냐는 눈빛을
보냈지만 그는 별것 아니라는 듯한 시선으로 맞받아쳤다.

"200년 동안 제가 먹은 빵을 외상으로 달아놓을까요?"

그의 실제 나이를 거론하는 듯한 말투에 그녀는 살짝 미간을 찡그렸다.

"농담이 안 통하는군요, 당신이라는 엘프는."

"엘리님에겐 농담을 농담 같지 않게 하는 재주가 있으신가 보군요."

샤베르는 약간 비꼬는 듯한 억양으로 그녀를 도발시켰다.

"그러는 샤베르님이야말로 농담을 농담 같지 않게 들으시는 꽉 막힌
부분이 있는 줄은 미처 몰랐네요."

엘리는 도발에 넘어가지 않고 맞받아치며 우아하게 부채를 펼쳐 들
었다.

"웬만하면 그만들 다투시지요?"

키리아의 부드러운 만류에도 불구하고 그럴 수는 없다는 듯 그녀는
생긋 미소를 지으며 부채질을 해댔다.

"시비를 건 쪽은 샤베르님이니 먼저 물러나야 할 상대도 샤베르님 아니겠어요? 전 말이죠, 예의없는 엘프는 딱 질색이랍니다. 호호호."

우아하게 입가를 가리며 미소를 짓는 그녀의 모습에 설아는 자신도 모르게 식은땀을 흘렸다.

'눈이 웃고 있지 않아, 눈이……'

"손뼉도 마주쳐야 소리가 난다고 제가 설마 하니 시비를 걸었겠습니까?"

서로 자신이 잘했다고 우기기 시작하자 설아는 그들 사이에서 불꽃이 튀는 것을 보는 듯한 환상에 사로잡혀 버렸다.

"슬슬 그만두시는 게 좋지 않을까요?"

키리아는 별다른 액션도 없이 지루한 말싸움만 이어지는 것 같은 이 싸움에 싫증이 난 건지 슬그머니 대화에 끼어들어 그들을 뜯어말렸다.

"어차피 계속 말다툼만 하시겠다는 거라면 샤베르와 엘리님만 원하는 대로 실컷 다투시라고 하고 저희들은 한쪽에서 편히 쉬는 게 어떻겠습니까?"

키리아 역시 이번에는 지친다는 듯 한숨을 내쉬며 설아를 잡아끌었다.

'잘 떠들어대던 위도 막상 사람이 나타나면 숨어버린다'는 말처럼 그들은 막상 자신들을 말리던 키리아와 설아가 저만치 가버리자 흥이 나지 않는 건지 서로 한 발짝씩 뒤로 물러났다.

"하긴 어린애를 데리고 내가 뭘 하겠어?"

"자신이 어른인 체하는 어린애만큼 우스운 것도 없죠."

서로를 바라보며 '저 건방진 녀석이…'라는 검은 오오라를 팍팍 풍겨대던 그들은 자신들의 분위기와는 달리 얼굴만큼은 저마다 여유있게 생글생글 미소 짓고 있었다.

'그러니까 눈이 웃고 있지 않다니까!'

설아는 혼자서 속으로 절규하며 그들의 묘한 신경전에 혀를 내둘렀다.

"이제 끝난 겁니까?"

키리아의 질문에 엘리는 어깨를 으쓱해 보였다.

"이제 시작인 거죠."

"…도대체 뭐가 남은 겁니까?"

"자기 문제가 남았어요. 제가 풀어주지도 않았는데 도대체 어떻게 움직일 수 있는 거죠?"

엘리가 언성을 높이며 따져 묻자 키리아는 자신도 뭐라고 대답해야 할지 난감한 표정으로 샤베르에게 도와달라는 눈빛을 보냈다. 아무런 대답을 듣지 못한 엘리는 팔짱을 긴 채 딱딱 소리가 나도록 왼쪽 발을 까딱까딱거려 댔고 그녀를 지켜보던 설아는 문득 고개를 갸우뚱거렸다.

"그런데 엘리 씨는 언제부터 말을 할 수 있게 된 거죠?"

"에? 정말?"

엘리는 그녀의 말에 믿을 수가 없다는 듯 눈을 크게 떴다.

"호오, 이건 설아님 연주가 샤베르의 정신에 심각한 영향을 줬을 정도로……."

"훌륭한 연주였다는 거죠."

키리아의 말을 가로채며 의기양양한 미소를 짓는 설아에게 엘리는 있는 힘껏 눈을 부라렸다.

"철적(鐵笛)같이 훌륭한 악기를 고문 도구로 쓰다니……."

"고문 도구?"

"정신적인 데미지가 얼마나 컸으면 정령술까지 깨지겠어?"

엘리의 말에 샤베르는 맞는 말이라는 듯 고개를 끄덕거렸다.

"알고 보면 이 소녀가 우리들 중 가장 강할지도 모릅니다."

방심하지 말라는 듯한 그의 말투에 엘리는 입술을 질끈 깨물었다.

이것은 자존심 문제였다. 철적(鐵笛)을 자유자재로 다룰 수 있는 자는 그녀의 스승과 그녀뿐이었고 사람의 마음을 움직일 수 있는 재주는 그녀만이 가지고 있는 타고난 재능이었다. 자신과는 다른 의미이긴 하지만 저 소녀 역시 그런 쪽의 자질이 있는 거라고 생각하니 괜히 심사가 뒤틀리는 엘리였다.

"흥! 그거야 키리아님께서 현혹의 눈을 사용하지 않으셨으니까 그렇죠."

"그런 건 통하지 않아요. 전 말이죠……."

설아는 안경을 쓰윽 빼어 들고는 키리아의 눈을 정면으로 응시했다.

"지지리도 시력이 나쁘거든요."

승리의 브이 자를 그리며 씨익 미소 짓고 있는 그녀에게 엘리는 빠르게 돌아가 묵직한 부채로 뒤통수를 내려쳤다.

"아야!"

눈앞에 별이 반짝거리고 있는 것 같은 느낌에 그녀는 얼얼한 뒤통수를 만지작거려 댔다.

"이게 무슨 짓이에요?!"

한 박자 느린 설아의 반응에 엘리는 생긋 미소를 지었다.

"어머! 나도 모르게 손이……. 호호호, 네가 하는 짓이 너무 귀여워서 쓰다듬어 준다는 게 그만……. 호호호호."

부채로 입가를 가리며 우아한 표정으로 미소 짓고 있는 그녀를 향해 설아는 한껏 미간을 찡그렸다.

"너무해요!"

"호호호, 너무하긴 뭐가 너무하다는 거니? 머리가 깨지지 않은 것만 해도 고마워해야 할 판에⋯⋯."

그녀는 설아에 대한 적의를 숨기지 않고 드러내 보이면서도 그것이 농담인 것처럼 상냥한 미소를 지어 보였다.

"어쨌거나 몸 상태가 좋아진 거라면 이제 그만 나가보도록 해."

"네?"

"이곳은 외부인 출입 금지 구역이야. 네가 몸이 좀 좋지 않아 보여서 잠깐 쉬어가도록 배려한 거니까 조금 더 예의 바르게 굴었으면 좋겠어."

그녀는 여전히 생글생글 미소를 지으며 설아를 향해 '까불지 말고 이 마을에서 나가' 라는 오오라를 뿜어냈다.

설아는 거의 본능적으로 그녀의 성격을 감지해 냈다.

'남자에게는 인기가 많지만 여자에게는 인기가 없는 여우 타입이라⋯⋯.'

"전 이곳에 아직 볼일이 남았으니 그렇게 쉽게 돌아갈 순 없어요."

"볼일? 그럼 처음부터 이 마을에 들어오려고 작정하고 있었던 거야?"

엘리의 언성이 높아지자 설아는 잠시 침묵했다.

"도대체 네 볼일이라는 건 뭐지? 뭐, 그런 걸 알 필요도 없는 건가? 어차피 이 마을에는 인간이 들어올 수 없어. 그게 규칙이야. 그러니 네 이야기 같은 건 들을 필요도 없지. 널 들여보내지 않은 셈 치면 되니까."

엘리는 자기 편할 대로 상황을 정리해 버리고는 라드니르를 바라보았다.

"말은 두고 가도 상관없어. 저렇게 좋은 야생마는 이 숲에서도 구하기 힘드니까. 인간이라면 설령 주교라 해도 발을 들여놓을 수 없는 곳이 바로 이 엘프들의 숲이야 그러니 그 정도 대가는 받아도 되겠지?"

엘리는 자신이 욕심 내는 것은 꼭 가져야 적성이 풀리는 성격이었다. 그런 그녀가 라드니르처럼 훌륭한 명마를 순순히 놓아줄 리 없었다.

"좋아요… 라고 말할 정도로 제가 멍청해 보여요?"

설아는 그녀를 향해 살짝 미간을 찡그리며 얼굴을 그녀 가까이로 쑥 들이밀었다.

"하나, 둘, 셋, 넷……."

"뭐, 뭐 하는 거야?!"

거의 얼굴을 찌를 것처럼 검지손가락으로 뭔가를 세고 있는 그녀를 향해 엘리는 버럭 화를 냈다.

"잠시만 있어봐요. 휴우, 이거 오늘 안으로 다 셀 수나 있을까?"

"지금 뭘 세고 있는 겁니까?"

키리아와 샤뻬르 역시 설아의 행동이 궁금한 건지 의아한 표정으로 질문해 왔다.

"심술보 세고 있는 중이에요. 어유, 저 눈에, 입에 쌓인 것 좀 봐."

설아는 눈을 동그랗게 뜨며 놀랍다는 듯 그녀의 얼굴을 뚫어져라 바라보았다.

"뭐라고 했어?"

"심술보 몰라요?"

"지금 그거 나한테 한 소리니?"

"어머어머, 이제 봤더니 귀까지 어두운가 봐."

그녀는 호들갑스럽게 손뼉까지 치며 안됐다는 표정을 지어 보였다.

"정말이지, 엘리 씨, 당신에게 이 문제를 부탁하고 싶진 않지만 당신이 아니면 할 수 없는 일이라서 어쩔 수가 없네요."

"그건 또 무슨 말입니까?"

엘리를 모욕하는 듯한 말에—심술보가 어쩌고저쩌고할 때부터—한껏 인상이 일그러진 키리아가 따지듯 질문하자 설아는 가벼운 한숨을 쉬었다.

"하아, 제 용건은 아데에 대한… 아, 아델라이데님에 대한 일이에요."

"아델라이데님에 대한?! 당신이 아델라이데님을 어떻게 아시죠?"

"샤베르!"

샤베르가 지나치게 흥분한 듯한 목소리로 설아를 질책하자 키리아는 그답지 않게 버럭 소리를 질렀다.

"그러고 보니 마을 입구에서부터 엘리님… 뭔가 숨기시는 게 있었던 것 같았습니다만 아델라이데님께서 행방불명되신 것과 엘리님… 무슨 관련이 있는 겁니까?"

샤베르의 날카로운 추궁에 키리아는 자신의 황금빛 눈에 더욱더 힘을 주어 감정이 전혀 실리지 않은 무뚝뚝한 목소리로 명령했다.

"샤베르, 오늘 일은 모두 잊는다."

"에?!"

아무런 대답도 하지 못하고 있는 샤베르를 대신해 설아가 말도 안 된다는 표정으로 괴성을 지르자 키리아는 단호한 목소리로,

"다시 한 번 엘리를 의심하는 발언을 할 땐 내가 용서하지 않겠다."

그의 목소리가 단호해지면 단호해질수록 샤베르의 뚜렷한 눈동자는 마치 피곤에 절어 잠들기 직전의 눈동자처럼 흐릿해져 갔다.

"샤베르 너에게 센티펫의 잠의 축복을⋯⋯."

속삭이는 듯한 그의 말투에 샤베르는 자신도 모르게 스르르 눈을 감았다. 그리고는 이내 털썩 소리를 내며 바닥에 쓰러졌다.

"도대체 무슨 짓을⋯⋯?"

설아가 걱정스러운 눈으로 샤베르를 바라보자 그는 생긋 미소를 지었다.

"그럼 슬슬 하던 이야기를 계속해 볼까나?"

엘리는 손가락 마디마디를 우둑우둑 소리가 나도록 꺾어대고는 만족스러운 표정으로 설아를 노려보았다.

'뒷골목 깡패 같아.'

설아는 애써 자신의 생각을 무시하고는 그녀를 향해 피식 미소를 지었다.

"아델라이데 그린을 모른다고 하진 않으시겠죠?"

"유령이 되어 있을 불행한 애완 드래곤이죠."

엘리 대신 키리아가 그녀의 말에 대답하자 발끈한 설아는 그의 발등을 있는 힘껏 밟아버렸다.

"크윽!"

키리아는 미간을 찡그리며 '이게 무슨 짓이냐'고 항의하는 듯한 눈으로 설아를 노려보았지만 그녀는 기세 좋게 그를 쏘아보며 언성을 높였다.

"진짜 열받네. 어떻게 이런 녀석을 좋아할 수 있는 거지?!"

"그야 잘생겼으니까."

엘리가 지지 않으려는 듯한 표정으로 얼른 대답하자 설아는 그녀를 향해 한숨을 내쉬었다.

"아델라이데 씨를 원래대로 돌려줘."

"…살아 있어?"

창백해진 표정의 엘리는 설아를 향해 조심스럽게 질문했다.

"살아 있는 거야?!"

설아로부터 대답이 나오지 않자 그녀는 다시 한 번 대답을 재촉하며 그녀를 향해 언성을 높였다.

"살아 있어요, 아주 건강하게……."

설아의 말에 그녀는 자신의 풍성한 웨이브진 머리카락을 쥐어뜯으며 괴성을 질렀다.

"으아아! 복수하러 올 거야!"

"진정하십시오, 엘리님."

키리아가 차분한 목소리로 엘리를 진정시키려 하자 엘리는 신경질적인 목소리로 대답했다.

"진정하라고? 진정?! 상대는 드래곤이야. 농락당한 걸 알고도 가만 있을 존재가 아니란 말이야!"

"제가 진정하라고 말씀드릴 수 있었던 이유도 바로 거기에 있습니다."

엘리는 그의 말에 약간은 안정을 되찾은 듯했다.

"그게 무슨 뜻이죠?"

"자신이 농락당했음을 알고 있고 우리들에게 대항할 수 있는 방법도 알고 있는 그녀가 우리에게 볼일이 있는데 직접 오지 않고 이 소녀를 보냈습니다. 뭔가 그녀의 상태에 대해 느껴지는 바가 없습니까?"

키리아의 날카로운 질문에 엘리는 설아로부터 후닥닥 떨어졌다.

"설마 당신이 아델라이데 언니?!"

'잘도 언니라는 소리가 나오는군.'

설아는 그녀를 향해 속으로 이죽거리고는 고개를 저었다.

"아델라이데님의 미적 기준이 아직 그 정도로 추락하진 않았을 테니 그건 그다지 가능성이 없는 이야기인 것 같군요."

키리아가 걱정 말라는 듯 엘리의 어깨를 토닥거리자 설아는 울컥한 나머지 그의 정강이를 호되게 걷어차 버렸다.

"헉!"

이번에는 꽤 타격이 컸는지 그는 오만상을 찡그리며 설아를 노려보았다.

"그러게 말은 가려 해야죠. 이래 봬도 꽤 귀엽다는 소리를 듣는 편… 은 아니지만 세상의 소녀들 중 귀엽지 않은 소녀는 단 한 사람도 없다는 걸 아셔야죠. 게다가 소녀의 여린 마음에 상처를 주는 녀석은 드래곤 먹이로 던져 줘도 싸다는 말도 몰라요?"

"…누가 그런 말을 했다는 겁니까?"

"아니, 그렇게 유명한 말도 몰라요? 정말이지, 당신 같은 엘프는 처음 보겠어요."

설아가 팔짱까지 껴가며 면박을 주자 그는 약간 민망한 기분이 들었는지 머리를 긁적거렸다.

"그러니까 누가 그런 말을 했다는 겁니까?"

"바로 설아 이 몸이시죠."

"…예?"

"방금 들은 말도 이해하지 못하다니… 쯧쯧."

설아가 혀까지 차면서 키리아를 구박하자 그는 어깨를 으쓱거리며 진지한 표정으로 돌아와 문제의 핵심을 이야기하기 시작했다.

"뭐, 어쨌거나 현재 우리가 당신에게 도움드릴 것은 아무것도 없습니다. 그리고 앞으로도 없을 것 같으니 쓸데없이 서로 기운 빼는 일은 없었으면 좋겠군요."

쐐기를 박는 듯한 키리아의 단호한 말에 엘리는 조바심을 냈다.

"무슨 이야기인지도 모르는데 거절하겠다는 건가요? 어쩌면 그녀가 우리에게 준 마지막 기회일지도 모르는데 이대로 흘려버리겠다는 거예요? 네?!"

조금 전처럼 흥분하진 않았지만 엘리는 상당히 동요되고 있는 듯했다.

"엘리님, 그녀가 아직까지도 나타나지 않았고, 죽었는지 살았는지조차 모릅니다. 그녀가 우리 앞에 나타나지 않은 건 이곳에 올 수 없는 상태라는 겁니다. 게다가 저 소녀를 보내왔다는 것은 저 소녀를 보낼 만큼 절박한 처지라는 뜻일 테고 말입니다."

결국 이대로 있으면 절대로 손해 볼 걱정 같은 건 하지 않아도 된다는 뜻이었다.

"상당히 눈치가 빠르시군요."

"보통입니다."

"당신의 말대로 아델라이데님께서는 그다지 좋은 상태가 아니랍니다."

"그거야말로 듣던 중 가장 반가운 이야기 같은데?"

엘리는 이제 완전히 마음을 가다듬었는지 여유있는 미소까지 지어 보이며 설아를 향해 약을 올려댔다. 솔직히 자신들을 찾아와 보복하지 않는다면 그녀의 일 같은 건 아무래도 좋다는 생각이 들었던 것이다.

"아델라이데님은 드래곤이에요."

"그게 뭐?"

"이 상태로 얼마나 있을 거 같죠? 솔직하게 말하자면 지금의 아델라이데님께서는 기억을 완전히 잃어버린 상태입니다. 키리아님 말씀대로 안전하겠죠. 그렇지만 언제까지?"

설아는 엘리와 키리아를 정면으로 노려보며 자신의 말을 이었다.

"10년? 20년? 혹은 10분 뒤?"

그녀의 말에 엘리는 생각만 해도 끔찍하다는 듯 식은땀을 흘리며 고개를 저었다.

"재수없는 소리 하지 마."

"과연 제 말을 재수없는 소리로만 치부해도 될까요?"

설아는 무표정한 얼굴로 엘리를 바라보았다.

엘리는 설아의 그런 무표정한 얼굴이 더욱더 설득력있게 보였는지 몸을 움찔거려 댔다.

"생각해 봐요. 운이 좋으면 당신들이 죽고 난 후가 될 수 있을지는 몰라도 이 엘프들의 숲은 제대로 남아나지 않을 텐데 그래도 좋은가요?"

"그런 건 관심없어."

엘리는 자신들이 죽고 난 뒤의 일 따윈 관심도 없다는 듯한 표정으로 입술을 삐죽거렸다.

"그런 건 당신께서 걱정하실 일이 아닌 것 같습니다만?"

키리아는 엘리의 정신을 쏙 빼놓고 있는 설아를 가급적 그녀에게서 떨어뜨리고는 최대한 눈에 힘을 주었다. 그러나 산만한 데다 지지리도 시력까지 나쁜 설아에게 그 수법이 통할 리 없었다.

"걱정할 일은 아니지만 걱정되는군요. 당신들이 아니라 멋지구리한 엘프 총각들이 사라진다니 이 얼마나 범우주적인 손해인지……."

설아는 한숨을 푹푹 내쉬더니 나중에는 주먹까지 불끈 쥐어 보였다.

"다른 건 몰라도 인간계에서 흔히 볼 수 없는 꽃미남 꽃미녀들은 필히 보호받아야 한다구요. 암, 반드시 지켜내야 하고말고……."

외모는 10대 소녀일진대 하는 말투는 시장에서 쓸데없는 걸로 목숨을 거는 아줌마 같다는 생각을 하며 키리아는 절레절레 고개를 흔들었다.

"지금 그런 걸 가지고 핑계를 대는 겁니까?"

"그런 거라니? 꽃미남 보기가 그렇게 쉬운 줄 알아요?! 엘프들만 바글바글한 곳에서 살다 보니까 이쁘면 고마운 줄도 모르고 말이에요. 우씨, 불공평해."

설아는 오리 입을 방불케 할 만큼 입을 삐죽 내밀고는 민식이 같은 평범한 얼굴로 도배되어 있는 같은 과 남학생들을 떠올리며 괜히 애꿎은 자신의 눈을 비비적거려 댔다.

"아무튼 요는 엘리 씨가 저와 함께 아델라이데님께서 계신 곳으로 가서 그녀의 기억을 되살려달라는 거예요. 당신이라면 할 수 있잖아요? 당신의 연주에 걸린 암시를 푸는 일은 당신밖에 할 수 없을 테니깐 말이에요."

"내가?"

말도 안 된다는 듯한 표정으로 반문하는 엘리에게 설아는 생긋 미소를 지었다.

"그럼 키리아님이 하겠어요? 그 현혹인지 뭔지 하는 걸로 해도 효과가 있을지도 모르는데 밑져야 본전이니까 전 둘 중 누가 간다고 해도 상관없어요.”

“지금 너 제정신으로 하는 소리야?”

엘리는 기가 막힌다는 표정으로 설아를 향해 눈을 치켜떴다.

“나보고 드래곤 목에 방울을 매달라는 거야?! 왜, 이쑤시개로 드래곤 하트를 뽑아오라고 하지 그래?!”

“지금 제가 드래곤 입 안으로 들어가 충치라도 뽑아오라고 했어요? 그저 철적(鐵笛) 연주나 해달라는 건데 그게 그렇게 어려운 겁니까?”

“기억이 돌아오면… 그 뒤에 벌어질 일은 누가 책임지는데?”

“아마도 아델라이데 아버지시겠죠? 걱정 말아요. 장례도 무사하게 치러주실 정도로 인격적인 분이시니까.”

설아는 넉살 좋게 웃으며 자업자득이라는 표정을 지었다.

“지금 당신의 말을 들었다간 좋지 않은 결과를 앞당기는 일이 될 뿐입니다.”

키리아가 냉정하게 잘라 말하자 설아는 살짝 미간을 찡그리며 한숨을 내쉬었다.

“이봐요, 키리아 씨, 당신은 자기가 뿌린 씨는 자기가 거둔다는 말도 몰라요?”

“그렇다고 그 말뜻이 스스로 죽으러 가는 멍청이가 되라는 말은 아니라고 생각합니다만?”

키리아의 계속되는 거절에 설아는 언성을 높였다.

“그것참, 왜들 그렇게 하나같이 아델라이데님께 죽게 될 거라는 생각밖에 하지 않는 겁니까? 자기들 죄가 뭔 줄 안다는 건 중요하지만… 그런 식으로 도피해 버리는 건 옳지 못해요.”

“남의 일에 참견하길 좋아하는 사람은 그것 때문에 난처한 일이 생기기도 한답니다. 바로 이렇게 말이죠."

키리아는 씨익 미소를 지으며 재빨리 설아의 등 뒤로 돌아가 그녀의 목 뒤쪽에 있는 급소를 찔러 버렸다. 그녀의 초롱초롱하던 갈색 눈은 초점을 잃고 스르륵 뻗어버렸다.

사실 그녀는 긴 잠에서(?) 깨어난 그 순간부터 예전처럼 스스로의 정신력만 있으면 어떻게든 버틸 수 있다는 생각을 버리고는 이야기 속의 자신의 역할을 기억해 냈다. 우선은 아델라이데를 정상적으로 만들어 줄 것.

지금은 단순히 그것만을 생각하기로 하고는 몸을 사리는 일은 그만두기로 했다. 그리고 그 첫 결과가 바로 기절이다.

"꼴 좋군."

엘리는 고소하다는 듯한 표정으로 바닥에 쓰러져 있는 설아에게 조소를 보냈다.

푸르릉! 푸륵!

멀리서 대충 상황을 파악한 라드니르는 콧김을 내뿜으며 눈 깜짝할 사이에 그녀를 물어 올려 등에 올리고는 그대로 줄행랑을 쳐 버렸다.

"도망가게 내버려 둬야 하는 걸까요?"

엘리가 조심스러운 동작으로 키리아를 바라보자 그는 유유히 고개를 저었다.

"어차피 우리만 움직이지 않는다면 그녀는 아무것도 할 수 없을 겁니다."

## 진실된 모습이란?

"여전히 햇살이 좋군."

찌뿌둥한 몸을 풀어보려 애쓰며 레번은 가볍게 몸을 움직였다.

"어쨌거나 오늘 중으로는 마을에서 숙박 및 생필품을 해결할 수 있겠구나."

레번은 생각만 해도 힘이 난다는 듯 주변을 둘러보며 이런저런 물건들을 챙겼다.

"그런데 이거 어쩌면 좋죠?"

유이는 주변을 둘러보며 가벼운 한숨을 쉬었다.

생전 처음 보는 물체가 자신의 다리에 붙어 비비적거리고 있었던 것이다.

뮤우! 뮤!

마치 슬라임 두 개를 엎어놓은 것처럼 기묘하게 생긴 생명체라니…….

"이런 게 도대체 어디서 온 걸까요?"

"…나라고 알겠냐? 애당초 사람이 씻으러 다녀온 사이에 그런 걸 덥석 집어오다니 정말 너무하잖아."

"그렇지만 그건 제가 잘못한 거라기보다 이 애가 저한테 붙어서 안 떨어지는 거잖아요."

처음엔 슬라임인 줄 알고 기겁했지만 이 녀석이 비비적거리고 있는 다리가 전혀 다치지 않은 것을 보면—슬라임은 살짝 닿기만 해도 닿은 부분이란 부분은 모조리 녹여 버린다—녀석이 슬라임은 아닌 것 같았다.

"그게 그거지. 참고로 난 정체 불명에다가 저렇게 단순하게 생긴 녀석 따윈 질색이야."

그가 은근히 눈에 힘을 주며 길에 슬쩍 버리라는 의미가 듬뿍 담긴 눈빛으로 유이를 바라보자 유이는 그와 대조적인 표정으로—마치 길에서 고양이나 강아지를 주워와서는 키우자고 조르는 어린아이 같은 표정이다—유난히 눈을 초롱초롱 빛냈다.

"밥도 제가 주고, 손질도 제가 하고, 말썽 피우지 않도록 교육시킬게요. 키우면 안 될까요?"

"네 눈에는 그게 애완 동물로 보이냐?"

레번이 한심하다는 시선으로 절대로 안 된다는 듯 단호하게 유이를 내려다보자 그녀는 그 정체 불명의 생명체를 번쩍 들어 보이더니 이내 숨이 막힐 정도로 꼭 끌어안았다.

"벌써 이름까지 정해 버렸는데……. '뮤'라고 정해 버렸는데……."

그녀는 금방이라도 울음을 터뜨릴 듯한 표정으로 레번과 뮤를 번갈아 바라보았지만 레번은 단호했다.

"당장 내다 버려!"

"뮤라는 귀여운 이름을 가진 애를 어떻게 버려요?!"

눈물 작전이 먹혀들지 않자 유이는 아예 이번에는 태도를 확 바꿨다.

"어이어이, 그건 이번에 붙인 이름이잖아."

레번은 골치 아프다는 듯 손목을 까딱까딱거렸지만 유이는 막무가내였다.

"나 주저앉아 버릴 거예요."

"뭐?"

"주저앉아서 생떼 쓸 거예요."

"머… 머시라?"

"시장 바닥에서 애들이 주저앉아서 하는 것처럼……."

유이는 뒷말을 흐리는 대신 눈을 반짝거리기 시작했다.

"…너 엘프들이랑 살았다면서 그런 건 언제 배웠냐?"

레번이 기가 막힌다는 눈으로 유이를 바라보자 그녀는 어깨를 으쓱거리며 무표정하게 대답했다.

"전에 시장에서 봤는데요. 레번님과 그 옷 가게 가기 전에 북적거리던 거리 기억 나요? 바닥에 주저앉아서 정말 눈물 한 방울 흘리지도 않고도 그렇게 서글픈 목소리를 낼 수 있다니……."

"정말 그놈의 망할 꼬맹이들이 멀쩡한 사람 다 버려놓는구나."

레번은 자신의 이마를 툭툭 치고는 가벼운 한숨을 내쉬었다.

"키워도 되죠? 어차피 당신은 숲으로 돌아가면 더 이상 뮤를 볼 일도 없을 텐데 그 정도는 봐줄 수 있잖아요."

유이가 뮤를 레번의 코앞으로 들이밀며 생글생글 미소를 지어 보이자 그는 할 수 없다는 듯한 표정으로 고개를 설레설레 흔들었다.

"되는 거죠? 되는 거죠?"

유이의 확인 사살에 그는 눈을 치켜뜨며 목소리를 낮게 깔았다.

" '안 돼' 라고 하면 바닥에 주저앉을 거라며?"

"와아!"

레번의 마지못한 승낙에 유이는 기쁨의 환호성을 지르며 뮤를 뺨에 비비적거렸다.

말랑말랑하고 기분 좋을 정도의 시원함이 느껴지자 유이는 배시시 미소를 지었다.

뮤우! 뮤!

뮤는 기분이 좋은지 귀여운 미소를 지으며 유이를 올려다보았다.

"어쨌거나 오늘은 좀 부지런히 걸어다녀야겠어."

레번은 아직도 싱글벙글 웃고 있는 유이를 향해 커다란 오렌지를 던져 주고는 자신도 빨갛게 잘 익은 사과 하나를 꺼내 덥석 베어 물었다.

"그래도 여행이 비교적 순조로운 편이라 다행이야."

"오늘 아침은 과일인가요?"

"음식 만들 시간도, 설거지할 시간도 없으니까 다 먹었으면 어서 일어나."

어느새 우적우적 사과를 다 먹어버린 그는 아직 오렌지 껍질조차 벗기지 못한 그녀를 향해 이해가 안 된다는 표정으로 고개를 갸웃거렸다.

"아직도 안 먹었냐?"

"적어도 껍질 벗길 시간은 주고 재촉하는 게 어때요?"

유이가 천천히 껍질을 벗기며 레번에게 면박을 주자 그는 머쓱한 표정을 짓다가 이내 답답하다는 표정으로 그녀 손에 들린 오렌지를 뺏어

버렸다.

"어이어이, 답답하게시리 그게 뭐냐?"

레번은 자신의 품속에서 단검을 꺼내 들고는 능숙하게 오렌지 껍질을 벗겨낸 후 유이에게 내밀었다.

"오렌지는 다 좋은데 끈적끈적한 느낌이 짜증나는군."

손수건으로 단검을 닦으며 툴툴거리는 그를 향해 유이는 부드러운 미소를 지었다.

"고마워요."

여전히 마이 페이스인 레번이지만 은근히 자신을 배려하고 있다는 걸 어렴풋이 느끼고 있던 유이는 이제 레번이 그리 싫지만은 않았다.

뮤우! 뮤! 뮤!

유이에게 어서 빨리 오렌지를 달라고 재촉하던 뮤는 이젠 아예 오렌지 앞으로 얼굴을 들이밀어 댔다.

"그래, 너도 배고프지?"

유이가 내미는 오렌지를 넙죽넙죽 받아먹으면서도 양에 차지 않는 것인지 좀 더 달라는 듯 그녀를 향해 연신 귀여운 표정으로 눈을 반짝거려 대는 뮤였다.

뮤! 뮤!

레번은 뮤를 곱지 않은 시선으로 노려보며 유이를 향해 주의를 주었다.

"쯧쯧… 그러다 나중에 배고프다고 해도 난 모른다."

레번이 뮤에게 오렌지를 이미 반 이상 나눠 줘버린 유이에게 가벼운 핀잔을 주자 그녀는 새침한 표정으로 그를 흘겨보았다.

"난 원래 적게 먹으니까 상관없어요."

그녀가 오렌지를 다 먹은 뒤 시냇가로 가서 손을 씻고 돌아오는 동안 완벽하게 떠날 채비를 갖춘 레번은 유이와 뮤가 말에 오르는 것을 도와주고는 자신도 훌쩍 말에 뛰어올랐다.

"어이, 꼬맹아, 점점 길이 울퉁불퉁해질 테니 맨땅에 헤딩하고 싶지 않다면 말을 천천히 모는 게 좋을 거다."

약간은 자신을 무시하는 듯한 목소리에 유이는 살짝 미간을 찡그렸다.

"레번님께서도 멀쩡한 나무와 힘겨루기할 생각이 아니라면 앞 좀 보는 게 어때요?"

유이의 핀잔 어린 목소리에도 그는 한껏 여유로운 미소를 지으며 양손을 들어 보였다.

"나야 말 타는 데는 이골이 났으니까 고삐를 잡지 않아도 능숙하게 몰지만 넌 그다지 말에 익숙하지도 않잖아?"

"제가 말에 익숙한지 그렇지 않은지 레번님께서 어떻게 아신다는 거죠?"

울컥한 유이가 따지듯이 눈을 치켜뜨자 그는 피식거리며 그녀의 겨드랑이에 끼어 있는 뮤를 재밌다는 듯한 표정으로 바라보았다.

"저 이상한 녀석을 꼭 끼고 두 손이 바들바들 떨릴 정도로 고삐를 꼭 쥐고 있는 널 보고도 내가 널 능숙한 기수(騎手)로 봐주길 바라는 거냐?"

"…그런 건가요?"

얼굴을 붉히며 고개를 푹 숙이는 유이를 보며 레번은 어쩐지 의기양양한 기분이 들어왔다.

"그렇다고 기죽을 필요는 없어. 설마 그 녀석이 널 떨어뜨리기야 하겠어?"

얄밉긴 하지만 말은 맞는 말이다.

익숙하지 않은 말에서 균형을 맞추는 데 조금 두려움을 느끼고 있었지만 말처럼 온순한 동물이 이유없이 날뛰진 않는다는 것을 유이는 그동안의 경험을 통해 누구보다 더 잘 알고 있었다.

"우리가 지나다니는 동안 느낀 건데 마을과 좀 떨어져 있는 곳이라 그런 걸까요? 이곳엔 정말 사람들이 없군요."

유이가 화제를 돌리려는 듯 말을 걸어오자 그는 생긋 미소를 지으며 순순히 그녀의 말에 응해주었다.

"그야 여행자들이 많이 있을 만한 분위기가 안 되니까 그런 거지. '금기의 시간'을 어길 만한 긴박한 상황이 얼마나 자주 있겠어? 단지 여행을 목적으로 돌아다니는 간 큰 녀석도 손에 꼽힐 테고……."

"으음, 그런가요?"

"뭐, 마을에서 마을로 돌아다니는 장기간의 계획을 세워서 여행하는 사람들이 점점 늘고 있다지만 아직까진 일부 부자들에게나 해당되는 이야기지."

레번은 냉소적인 표정으로 대답하고는 말의 속도를 조금 높였다. 그리고는 유이가 당황하지 않도록 왼손을 들어 보이며 태연하게 자신의 말을 이었다.

"덕분에 그런 부자를 털어보려는 산적들도 생겨났지. 여기서부턴 앞뒤가 꽉 막힌 절벽이기 때문에 기습하기 딱 좋은 장소야. 내가 먼저 가서 주변을 살펴볼 테니까 가능하면 나와 거리를 두고 천천히 오도록 해."

레번은 그녀를 향해 최대한의 천천히 오라는 듯한 표정을 짓고는 정작 자신은 자신이 낼 수 있는 최대한의 빠른 속도로 말을 몰았다.

얼마나 지났을까.

여기저기 나무를 쓰러뜨려 말을 타고는 도망 갈 수 없을 정도로 좁게 만들어놓은 길목에서 마치 산적들이 나오려면 이렇게 나와야 한다는 듯한 뻔하게 정해진 패턴을 답습하기라도 하듯 우르르 튀어나오는 산적들을 보며 레번은 가벼운 한숨을 내쉬었다.

"항상 예감이라는 녀석은 나쁜 일에만 예민하게 반응하는 건가?"

레번은 자신을 기다리고 있는 일곱 명의 건장한 청년을 향해 냉소적인 표정을 지어 보이며 어쩔 수 없이 말의 속도를 조금 낮추었다.

"당신들에게 쉴드의 가호가 함께하시길……."

그저 평범한 청년들이길 바라며 레번이 먼저 말을 걸었다.

"우왁! 피터, 이런 건 대본에 없었잖아."

"조용히 해. 초보자 티내지 마."

피터라는 자는 자신의 동료를 향해 침착하라는 듯한 표정으로 인상을 찡그렸지만 그는 여전히 우는 소리를 냈다.

"그렇지만… 꽤 무섭게 생겼는걸."

'뭐야, 저 얼빠진 녀석들은……?'

레번은 자신도 모르게 어이없다는 표정을 지으며 그들을 향해 미간을 찡그렸다.

"이번은 그냥 보내주고 다음 손님부터 받는 게 어떨까?"

비교적 덩치가 작은 녀석 한 명이 리더로 보이는 녀석에게 끈질기게 매달리자 그는 한숨을 내쉬었다.

"이 일이 사람 골라서 하는 장사인 줄 아나? 우린 산적이야, 산적."

"피터, 정말 할 생각이야?"

피터는 레번에게 다가가며 걱정하지 말라는 표정으로 유유히 손까지 흔들어 보였다.

"걱정 마. 이 몸은 이래 봬도 소드 마스터니까."

'소드 마스터?'

그는 긴장한 표정으로 피터를 바라보았다.

소드 마스터라면 으레 몸에서 풍겨 나오는 마나가 피터로부터는 전혀 느껴지지 않는 것을 깨달은 그는 살짝 눈살을 찌푸렸다. 아무리 봐도 그 피터라는 녀석은 이제 겨우 20대에 접어든 풋내기로밖에 보이지 않았다.

달인들은 자신의 기척을 숨기는 법도 알고 있지만 검술의 천재 소리를 듣는 사람도 30대였다. 그러나 딱 한 사람, 피터 정도의 조건을 지닌 소드 마스터를 모셔봤던 레번으로서는 그런 그가 예사롭게 보이지 않았다.

'아크레님.'

그는 머리 속에 떠오르는 불길한 생각을 떨쳐 버리려 애쓰며 말에서 훌쩍 뛰어내렸다.

"너는 다시 돌아가서 꼬맹이에게 잠시 기다리라고 전해."

말의 엉덩이를 가볍게 친 레번은 롱 소드에 손을 가져다 댔다.

"우린 이름조차 없는 작은 마을에 사는 사람입니다. 통행세로 먹고 살죠."

"그래서?"

피터는 누런 이를 씩 드러내 보이며 롱 소드를 뽑아 들었다.

"통행세가 좀 비쌉니다. 손님이 거의 없어서 말이죠."

"그래서?"

"전 재산을 순순히 내놓든지 반항하다가 목숨까지 이자로 내놓으시든지 알아서 하시라고 선택권을 주고 있는 거랍니다."

"호오~"

레번의 반응에 그는 생긋 미소를 지었다.

"어떻게 하시겠습니까?"

"대가는 뭘로 지불할 생각인가?"

"그야 물론 이 길을 순순히 비켜 드리는 것으로 지불할 생각입니다."

레번은 검지손가락을 흔들며 마음에 안 든다는 표시를 해 보였다.

"그걸로는 약해. 넌 검술이 특기인 것 같으니 오른손, 그리고 넌 사람 보는 눈이 있는 것 같으니 멍 한두 개로 봐주도록 하지. 남은 녀석들은 멀쩡한 두 다리를 가지고도 도망가지 않았으니 각자 다리 하나씩만 손봐주겠어. 아, 난 무료 봉사니까 요금에 대해서라면 걱정하지 않아도 돼."

"그런 건방진! 감히 소드 마스터인 날 우롱하려는 거냐?!"

"한마디에 한 대씩 추가하도록 하지."

레번의 말에 그는 그대로 베기 자세로 들어갔다.

"훗! 느리군."

레번의 손놀림이 그보다 몇 배는 빨랐다.

'챙' 하는 날카로운 금속성의 마찰음과 함께 마치 종이가 잘리듯 피터의 검이 잘리며 바닥으로 나뒹굴었다.

"피터!"

주변에선 경악에 찬 외침이 터져 나왔지만 레번은 그를 향해 검을 받아오라는 듯 왼쪽 팔을 까딱거렸다.

"피터, 여기 검!"

피터는 날아오는 검을 받음과 동시에 재빠르게 찌르기 동작으로 들어갔다. 여유롭게 찌르기 공격을 피해낸 레번은 검을 또다시 슥 잘라 버리고는 한심스럽다는 듯한 표정으로 그의 팔목을 잡아 꺾어버렸다.

"으아악!"

'우둑' 소리와 함께 건장한 피터의 팔목이 축 늘어지자 그들은 뒤로 주춤주춤 물러섰다.

"소드 마스터가 이렇게 쉽게 무너지다니……."

누군가의 경악에 찬 목소리에 레번의 몸에서 살기가 뿜어져 나왔다.

"소드 마스터? 누가 이런 형편없는 작자에게 소드 마스터라고 부른다는 거냐?"

"검이 좋아서 비겁하게 이긴 주제에……."

"훗! 그게 바로 실력이라는 거다. 이 검이 좋다고?"

레번은 자신의 검을 검집에 집어넣고는 아무렇게나 버려져 있는 막대기를 금세 집어 들고 '붕붕' 소리가 나도록 휘둘렀다. 형편없는 나무 막대기는 훌륭한 단검처럼 눈부신 빛을 뿜어냈다.

"이게 바로 검기라는 거다!"

그가 옆에 있는 돌을 내려치자 돌은 마치 스펀지처럼 깨끗하게 베어져 나갔다.

"제기랄, 마법사다! 놈은 마법사야!"

피터는 입에 거품을 물고 소리쳤지만 레번의 번뜩이는 살기를 견디지 못하고 이내 기절해 버렸고, 남은 자들은 공포에 벌벌 떨기 시작했다.

"내가 마법사라고?"

그는 우습다는 표정으로 그들을 바라보며 양손을 까닥거려 댔다.

"누가 먼저 덤빌래?"

"하, 한꺼번에 덤벼!"

누군가 호기있게 외쳤지만 눈앞에 서 있는 남자는 거대한 돌조차도 싹뚝 베어버린 괴물이다.

"제기랄, 손보고 싶은 생각도 없어졌군. 그 녀석 데리고 내 눈앞에서 썩 꺼져라."

레번은 바닥에 침을 뱉으며 그들을 바라보았다.

슬금슬금 눈치를 보던 그들은 그를 들쳐 업고는 마을이 있을 것이라 짐작되는 곳으로 달려갔다.

"너무 심했어요."

"…언제 왔냐?"

기척도 없이 자신의 뒤에 서 있는 유이를 보며 그는 자신의 수행이 부족함을 느끼며 살짝 한숨을 내쉬었다.

"팔을 부러뜨릴 것까진 없잖아요."

"그 정도면 매우 관대한 처사지."

그는 살짝 미간을 찡그리며 그들이 달아난 방향을 바라보았다.

"연결 동작조차 익히지 않은 녀석이 감히 소드 마스터를 사칭하다니……."

레번의 몸에서 저도 모르게 살기가 뿜어져 나오자 유이는 잠시 몸을 움찔거리다 이내 그의 등을 툭툭 두들겼다.

"어쨌거나 마을은 가깝다는 거니까 다행스러운 일 아닌가요? 일어나세요. 정말… 계속 이렇게 있을 거예요?"

유이는 그의 손을 잡아 일으키고는 제법 능숙하게 말에 올라탔다.

"자자, 서둘러요."

그녀답지 않게 조금은 상냥한 미소를 지으며 레번을 재촉하던 유이는 자신의 품에서 빠져나간 뮤를 잊어버린 채 천천히 말을 몰기 시작했다.

꽤 오랫동안 말을 몰자 어느덧 마을 입구가 보였지만 레번과 유이는 그 마을 안으로 들어갈 수 없었다.

"저 남자예요! 저 남자가 피터를 그 지경으로 만들어놓은 거예요!"

날카로운 목소리가 터져 나오자 마을 입구를 빽빽하게 막아서고 있던 여러 명의 남자들은 거짓말하지 말라는 듯한 표정을 지어 보였다.

"뭐라고? 저 쬐그만 남자가 소드 마스터인 피터를 쓰러뜨렸다는 건가?!"

"그렇지만 저 험상궂은 얼굴 좀 봐. 어쩌면 정말 대단한 녀석일지도 몰라."

마을 사람들이 저마다 믿을 수 없다는 표정으로 수군거리자 피터의 일행으로 추정되는 청년 한 명이 또다시 버럭 소리를 질렀다.

"저 녀석, 마법사예요! 방심해선 안 된다구요!"

"분명히 저 녀석이 맞는 거냐?"

의심스럽다는 듯한 청년의 말에 그는 고개를 끄덕거렸다.

"내가 봤다니까! 이따만한 바위를 마치 스펀지 자르듯이 잘라 버렸어!"

그의 말에 마을 사람들은 놀랍다는 표정으로 눈을 크게 뜨고 레번을 살펴보았다. 레번은 많은 사람들의 시선이 자신에게 집중되자 골치 아프다는 표정으로 유이를 바라보았다.

"이래도 내가 심했다고 생각하나?"

레번은 이대로 가면 십중팔구 소동이 벌어질 것이라고 생각했는지 살짝 미간을 찡그리며 말에서 훌쩍 뛰어내렸다.

"마법을 쓰려는 건가 봐! 다들 조심해!"

조금 전의 패거리들 중 한 명으로 짐작되는 녀석이 날카로운 목소리로 마을 사람들에게 주의를 주자 레번은 가볍게 한숨을 내쉬었다.

"하아! 조금 전에 너희들에게 보여준 것이 바로 검기라는 거다, 이 멍청아!"

그는 망설임없이 마을 주민들을 향해 걸어가며 꽤나 강해 보이는 인물을 찾아내고는 그의 앞에 있는 돌멩이를 들어 마나를 주입시켰다.

돌멩이는 밀려들어 오는 마나를 견디지 못했는지 놀랍게도 가루가 되어 부스러져 버리는 것이 아닌가!

"이런 꼴이 되고 싶다면 덤벼라. 불행히 그쪽 인원 수가 너무 많기 때문에 누군가가 다치거나 죽는 것까지 신경 써주긴 힘들거든."

레번의 냉정한 목소리에 사람들은 주춤주춤 뒤로 물러나기 시작했다.

"마, 마법사다!"

군중들 중 한 사람이 확인하듯 그를 향해 소리치자 그는 목에 핏대가 설 정도로 크게 맞받아쳤다.

"검기라니까!"

"아아, 저건 아무리 봐도 역효과로밖에 보이지 않는데……."

유이는 한 손으로 자신의 이마를 짚으며 골치 아프다는 듯 눈을 감아버렸다. 어쨌거나 레번은 혼자고 저쪽은 스무 명은 족히 넘어 보였다.

"저… 여러분, 뭔가 오해가 있었던 것 같습니다만……."

유이는 조심스럽게 말에서 내려 사람들의 시선을 자신에게로 집중시켰다.

"오해는 무슨 오해! 너희들은 드윈 영주가 고용한 마법사잖아! 그 망할 놈의 영주가 우리 마을에 소드 마스터가 있다는 소문이 나자 너희를 시켜서 피터를 해치라고 시킨 거지?!"

"그래, 피터 형은 마을에서 유일하게 기사 수업을 받은 사람이니까 눈에 거슬렸겠지. 그렇지만 팔을 부러뜨리다니……."

십대 후반의 소년이 흥분한 듯한 표정으로 돌을 던지자 레번은 그 돌을 잡아내며 짜증스러운 말투로 소리를 질렀다.

"팔 하나 부러질 각오도 하지 않고 지나가는 사람의 주머니를 털려고 한 건가? 도저히 한심스러워서 못 봐주겠군."

그의 말에 피터 일행들이 아무런 말도 하지 않자 마을 사람들은 충격을 받은 표정으로 웅성거렸다.

"피터가 남의 주머니를 털려고 했단 말이야?!"

"그게 정말이냐?"

웅성거리던 마을 사람들 사이로 고집스럽게 생긴 중년의 남자 한 명이 미간을 찡그렸다.

"…그렇지만 드윈 영주에게 빌린 돈을 기한 내에 갚지 않으면……."

"그것과 저 여행자들이 무슨 상관이라고 주머니를 털어?!"

"초, 촌장님, 저희들은 저 여행자에게 손도 까딱하지 않았다구요."

피터 일행들 중 어리숙해 보이는 청년이 눈가에 눈물을 머금고 억울함을 호소하자 촌장은 인정사정없이 청년의 뺨을 후려갈겼다.

'철썩' 하는 소리가 사방에 울려 퍼지자 주변은 삽시간에 조용해졌다. 촌장의 낮지만 단호한 목소리는 어느새 모두를 야단치는 것으로 변해 있었다.

"이런이런……."

레번은 숙연해진 분위기에 어울리지 않게 자신의 머리를 긁적거리며 촌장을 향해 다가갔다.

"미안하네. 철없는 녀석들의 무례를 용서해 주게."

"저야 뭐 그 피터인가 뭔가 하는 녀석의 팔을 하나 꺾어버리는 것으로 계산을 끝냈으니 용서고 뭐고 할 만한 것은 아무것도 남아 있지 않습니다만……."

"고맙네."

촌장은 레번의 말에 머리까지 숙이면서 진심으로 고마워하는 듯했다.

"그렇게 고마워하실 필요는 없습니다. 그냥 마을로 들어갈 수 있도록 길이나 좀 비켜주시면 됩니다. 어쨌거나 소동을 일으킨 건 이쪽에서도 사과드리지요."

그답지 않게 공손하게 머리를 숙이는 레번을 보며 유이는 안도의 한숨을 내쉬었다.

자칫하면 유혈 사태가 날 뻔했으니… 말은 하지 않았지만 그녀는 꽤 마음을 졸이고 있었던 것이다.

"죄송하지만 마을에는 들어가실 수 없습니다."

촌장은 안으로 들어가려던 레번의 팔에 힘을 주며 그가 안으로 들어가지 못하도록 저지시켰다.

"네?"

"이 마을에는 외부인을 들이지 않습니다. 자자, 오해가 풀렸으니 자네들은 그만 집으로 돌아들가게나."

"그렇지만 촌장님, 저자는 피터의……."

울컥한 목소리로 항의하는 청년에게 촌장은 버럭 소리를 질렀다.

"시끄럽네! 그만 돌아들가게! 피터 녀석 일은 자업자득일세. 만약 이분께서 조금 더 모진 마음을 먹었다면 피터 녀석은 이미 살아 있는 목숨이 아닐 걸세."

"그런……."

"쯧쯧쯧, 마법사에게 덤비는 미친놈이 어딨냔 말이다!"

촌장이 한심하다는 말투로 혀를 차며 그들을 향해 소리를 지르자 그들은 마지못해 하나둘씩 마을로 들어갔다.

레번은 이제 자신을 마법사라고 부르는 것에 체념한 듯 한 손으로 이마를 짚으며 가벼운 한숨을 내쉬었다.

"하아~ 그래, 나 마법사다, 마법사야."

"지금 그런 거 따질 때가 아니잖아요."

유이가 성큼성큼 레번에게 다가오며 핀잔을 주자 그는 또다시 한숨을 내쉬었다.

"마을에서 저희가 무슨 소동을 부릴까 봐 그러시는 거라면 걱정 마십시오. 조용히 쉬다 아침 일찍 떠나겠습니다. 그러니 오늘 하루만 마을에서 머물게 해주십시오."

마을 사람들이 모두 마을 안으로 들어가고 입구에는 유이와 레번, 그리고 촌장을 비롯한 세 사람만이 남았다.

"그런 문제가 아니네. 난 자네를 걱정하고 있는 걸세. 아니, 정확하게 말하자면 자네 뒤에 있는 소녀가 걱정이라고 봐야겠지."

촌장은 지그시 눈을 감으며 그들로부터 시선을 회피했다.

"이곳은 악덕 영주와 그 바보 아들이 통치하고 있는 리프란 마을 소속일세. 그렇지만 리프란 마을이 이곳에서 꽤 떨어진 곳에 자리 잡고 있어서 이곳엔 이렇다 할 만한 원조가 아무것도 없어."

"그런 주제에 세금은 더럽게 많이 챙겨 받고 있겠군요."

"자네가 뭘 좀 아는군."

촌장이 가벼운 한숨을 내쉬며 눈을 뜨자 레번은 어깨를 으쓱거렸다.

"그런데 그것과 저희가 이 마을에서 하루 묵어가는 것이 무슨 관련이라도?"

"자네, 의외로 머리가 나쁘군. 그런 영주가 기본적으로 갖추고 있는 게 뭐겠나?"

그는 흘깃 유이를 바라보며 알 것 같다는 듯 고개를 끄덕거렸다.

"여자까지 밝히는 꼴통이라는 겁니까?"

"그렇다네."

촌장의 말에 레번은 안됐다는 표정으로 그를 바라보았다.

"고생이 많으시군요."

"그러니 가능하면 빨리 마을에서 벗어나는 게 좋아."

촌장은 레번을 향해 어서 가보라는 듯 손짓해 보였지만 레번은 끈질겼다.

"저희는 그리 오래 머물 것도 아닌데… 상관있겠습니까?"

신중한 질문이지만 촌장은 자신의 말에 따르지 않는 레번에게 약간은 짜증스러운 표정으로 입을 열었다.

"놈들이 올 거라고 말하지 않았나."

"…언제 온다는 겁니까?"

"오늘이네. 자네와 내가 이렇게 떠들어대는 동안에도 놈들의 말은 착실하게 그 거지만도 못한 녀석들을 싣고 달려오고 있을 거란 말일세.

괜히 쓸데없는 일에 휘말리고 싶지 않거든 어서 서둘러 왔던 길을 되짚어 나가게."

그는 자신의 말에 따르지 않는 레번을 보며 눈을 부라렸다.

"뭘 그렇게 멍청하게 서 있는 건가, 냉큼 가지 않고!"

"…어차피 우린 그 리프란 마을로 가는 길이니 신세를 져야겠습니다."

"뭐?!"

"운이 나빠서 시비가 붙는다면 적당히 두들겨 패주면 그뿐이니 신경 쓰지 마십시오."

유이조차 레번의 말도 안 되는 대답에 할 말을 잃은 듯 그저 황당하다는 표정으로 그를 바라보고 있었다.

"기어이 묵어 가겠다는 건가?"

"리프란으로 가는 내내 굶을 순 없습니다. 먹고 죽은 귀신은 적어도 불쌍해 보이진 않는다고 하니 일단은 마을로 들어가겠습니다."

그가 유이를 향해 따라오라는 듯 어깨를 으쓱거리고는 촌장을 무시한 채 마을 안으로 발걸음이 옮기자 촌장은 조용히 그들을 불러 세웠다.

"이봐, 마법사 양반."

레번은 지끈지끈거리기 시작하는 자신의 머리를 붙잡으며 촌장을 노려보았다.

"왜 그러십니까?"

"자네, 이왕 이 마을에 머물 거라면 영웅이 되어볼 생각 없나?"

"영웅?"

레번이 의아한 표정으로 반문하자 그는 고개를 끄덕거렸다.

"그렇다네. 영웅 말일세. 일단 우리 집으로 가세나. 우리 마을엔 변변한 여관도 없으니 어차피 하룻밤 묵어갈 거라면 우리 집으로 가는 게 나을 걸세. 따라오게. 내 자세히 설명해 주겠네."

촌장은 성큼성큼 앞장서며 마을로 그들을 안내했다.

유이와 레번은 서로를 마주 보며 어깨를 으쓱해 보이고는 이내 조용히 그의 뒤를 따랐다.

"어쨌거나 오늘은 조용히 쉬긴 다 틀렸군."

레번은 나직하게 혼잣말을 중얼거려 댔다.


*          *          *


"여기가 어디지?"

석진은 욱씬거리고 있는 머리를 붙잡고 마치 술을 진탕 마시고 난 뒤의 사람처럼 핏기 가신 얼굴로 주위를 두리번거렸다.

"어라~ 이제 일어나신 거예요?"

남주는 인기척을 느꼈는지 석진이 있는 방문을 '똑똑' 두들기는 것으로 그에게 자신의 존재를 알렸다.

"여기가 어디냐?"

석진은 메스꺼운 속을 진정시키려는 듯 눈을 질끈 감았다. 생각보다 후유증이 심각한 듯했다.

"억지로 회로를 차단해 버린 놈이 누구냐?"

미간을 찡그린 그가 최대한 화를 억누르며 질문했지만 그녀로부터 아무런 대답도 들을 수가 없었다.

오렌지색의 커튼이 쳐져 있는 방은 불빛 하나 들어오지 않았다.

밤인지 낮인지 구분할 수도 없을 정도로 깜깜한 곳인지라 석진은 이내 자리에서 일어나 방 안이 환해지길 기다렸다. 방 안의 센서들은 매우 민감하기 때문에 누워서 일정 시간 동안 별 움직임이 없으면 자동으로 전등이 꺼지도록 되어 있고 일어나 앉는다거나 움직임이 있으면 전등이 켜지도록 되어 있기 때문에 그는 별다른 생각 없이 멍하게 앉아 있었던 것이다.

"이거 왜 안 켜지는 거냐?"

한참 동안 기다렸는데도 전등이 켜지지 않자 석진은 어둠침침한 가운데서도 벽으로 추정되는 곳에 등을 기대고 앉아 다시 한 번 주위를 살펴보았다. 그러나 사물들만 흐릿하게 보일 뿐 여기가 어디인지 알 수 있는 단서가 될 만한 것은 아무것도 눈에 들어오지 않았다.

"어이, 밖에 누구 없나?"

"있어요, 선배. 참고로 여긴 여자 기숙사고 들키면 끝장날 테니까 조용히 하고 있는 게 신상에 이로울 겁니다. 이렇게까지 하고 싶은 마음은 없었지만 선배가 애초부터 약속만 잘 지켰더라면 이런 일이 생기지도 않았겠죠."

"…무슨 말을 하고 있는 거냐?"

"엉망이 되어버린 이야기에 대해 말씀드리고 있는 중이에요."

남주는 가벼운 한숨을 내쉬며 석진이 있는 방문을 뚫어지게 노려보았다.

"다행히도 오늘은 주말이니까 선배가 기숙사로 돌아가지 않더라도 아무도 이상하게 생각하지 않을 거예요. 선배는 설아가 안전하게 나올 때까지 이곳에 있어주세요."

"나더러 여자 기숙사에 갇혀 있으라는 거냐?"

"나가고 싶다면 마음대로 해보세요. 전 지금 밖으로 나갈 거고 들켜 봤자 선배만 손해 보니까 나랑은 아무 상관 없거든요."

그녀는 자신의 말이 농담이 아니라는 것을 보여주듯 발소리를 내며 밖으로 나가 버렸다. 석진은 정신을 차리려 애를 쓰며 자리에서 일어났다. 벽을 더듬으며 자리에서 일어난 그는 방 가장자리를 한 바퀴 돌고 나서야 문을 찾아낼 수 있었다.

수동식으로 전환시켜 놓았는지 가만히 서 있는 것으로는 문이 열리지 않았다. 할 수 없이 문에 손을 대자 밋밋했던 나무 문에서 손잡이가 나타났고 석진은 그 손잡이를 잡은 손에 살짝 힘을 주었다. 손잡이는 소리조차 내지 않으며 부드럽게 문을 열어주었고 문틈 사이로 눈부신 빛이 쏟아졌다.

"아무도 없는 건가?"

석진은 최대한 눈을 가늘게 뜨고 주변을 살펴보았다. 마치 선이라도 그어놓은 듯한 거실의 분위기는 반은 소녀틱한 핑크 색의 레이스 달린 커튼과 아기자기한 소품들로 이루어져 있었으며 반은 대충대충 물건을 정리해 둔 듯한 느낌이 풍겼다.

"문은 열어두고 간 건가?"

그는 소파에 털썩 주저앉으며 자신의 폰을 열어 현 위치를 체크했다. 자신을 나타내는 붉은 불빛은 아다마스 학교 내의 기숙사를 가리켰다. 그리고는 '입력된 정보 없음'이라는 에러 메시지가 떠 그를 당황시켰다.

아다마스 학교 내에서 자신이 가보지 않은 곳이라곤 남주의 말대로 여자 기숙사 한 곳뿐인 것이다.

"설마……."

그는 어색한 미소를 지으며 커텐을 살짝 걷어보았다. 커텐 틈 사이로 보이는 장면은 언제나 교복 차림으로 학교 안을 활보하던 소녀들이 저마다 발랄한 색의 옷을 차려입고 친구들과 기분 좋게 재잘거리며 기숙사 밖으로 나가고 있는 장면이었다.

"역시 여자애들은 사복이야! 크흐! 저 평화로운 풍경 좀 봐. 이런 걸 바로 파라다이스라고 하는 거겠지?"

그는 멍한 눈으로 행복한 듯한 미소를 짓다가는 이내 커텐을 쥐고 있던 손을 놓아버렸다.

"젠장할, 진짜 여자 기숙사잖아?!"

털썩, 바닥에 주저앉은 그의 머리 속에서 마치 한 편의 영화처럼 기숙사의 규칙과 학교 규칙이 흘러 지나갔다.

금연, 주말을 제외한 외박 금지, 저녁 11시 이후 외출 금지, 그 밖에도 간간하고 조금은 쪼잔하다 싶은 규칙들이 머리 속을 지나가고, 이내 여자 기숙사에 무단 침입 시 기숙사 퇴소 조치 및 퇴학이라는 것이 떠올랐다.

"하하하, 설마……."

그는 호탕하게 웃으며 현관으로 달려가 문을 벌컥 열었다.

"호호호, 애는~ 말도 안 돼."

"왜 말이 안 돼? 걔가 말이지……."

'쾅' 소리가 나도록 문을 닫아버린 석진은 삐질삐질 식은땀을 흘리며 문에 기대앉았다.

"왜 여자애들이 우르르 몰려다니는 거냐고!"

도망가기도 힘들고, 그렇다고 이곳에 계속 있을 수는 없는 노릇인지라 그는 답답한 마음에 자신의 머리를 움켜잡았다.

"그래, 이번에는 너희들이 좀 지나가 주라."

남주는 생긋 미소를 지으며 친구들을 향해 신호하듯 손을 흔들었다.

황금 같은 주말에, 그것도 구석진 그녀의 방 앞을 지나다닐 만한 여학생들이 얼마나 있겠는가? 조금만 생각하면 수상하다는 것을 눈치 챌수 있을 텐데 아직까지도 그는 이성적인 판단을 할 수 있을 만큼 완전히 회복되진 못했다.

"맡겨줘."

두 명의 소녀가 엄지손가락을 내밀며 씨익 미소를 지어 보이자 남주는 고개를 끄덕거렸다.

"너희만 믿는다."

그녀는 자신의 믿음직스러운 친구들을 향해 생긋 미소를 지어 보이고는 후닥닥 기숙사 복도 밖으로 달려나갔다. 어차피 여자 기숙사 안에 갇혀 버린 상태의 석진이라면 자신들이 지키지 않더라도 밖으로 탈출하긴 어려울 것이기에 남주는 설아의 상태를 살펴보기 위해 그녀의 방으로 가보기로 한 것이다.

오랜만에 달리는 것이라 그런지 꽤 힘들다는 생각을 하며 그녀는 어느새 설아의 방으로 들어갈 수 있는 건물 앞에서 잠시 심호흡을 가다듬었다.

"그 녀석도 이제 그만 일어나 주면 좋으련만……."

남주는 고집스럽게 눈을 감고 있을 설아를 떠올리며 발걸음을 재촉했다.

"어이, 나다!"

그녀가 초인종을 누르며 뭐라고 벨 소리가 울려대기도 전에 문을 살짝 두드리며 언성을 높이자 안에서는 짜증 섞인 목소리가 터져 나왔다.

"문 열렸어. 들어오려면 들어오고 그만두려면 그만둬."

꽤 신경이 날카로운 것 같으니 가급적이면 그녀의 신경을 자극시키지 말자고 스스로에게 단단히 주의를 준 남주는 빼꼼이 문을 열었다. 방은 제대로 온도와 습도를 맞추고 있을 텐데도 마치 한여름의 백사장 같은 열기를 뿜어내고 있었다.

"뭐야? 왜 이렇게 더워?"

"이미 창문까지 열고 환기를 시켰는데도 불구하고 내내 이런 상태야."

"응? 언제부터 그랬는데?"

"내가 네 심부름으로 잠시 자리를 비운 뒤부터 이 모양이다."

빈은 설아의 얼굴을 차가운 물수건으로 닦아주며 긴 한숨을 내쉬었다.

정신적인 부담이 육체적인 부담으로 이어진다는 것은 그 세계에서 제대로 적응하지 못한다는 것일까?

"표정은 꽤 편안해 보이는데… 뭐가 문제일까?"

남주가 걱정스러운 표정으로 빈에게 질문하자 그녀는 살짝 미간을 찡그렸다.

"그걸 알면 내가 여기 있겠냐, 병원에서 의사 노릇이나 하고 있지?"

그녀의 짜증스러운 목소리에 그녀는 잠시 발끈했지만 아무런 말도 하지 않았다. 그렇게 잠시 동안 어색한 침묵이 두 사람을 감싸자 빈은 이내 가벼운 한숨을 내쉬며 남주에게 말을 걸었다.

"너, 네가 하던 일은 어떻게 하고 온 거냐?"

"석진 선배라면 걱정 마. 내 방에 두고 왔으니까."

"…선배가 지금 여자 기숙사에 있다고?"

"응."

"그것도 네 방에?"

"그렇다니까 그러네."

빈은 의기양양한 표정으로 어깨를 으쓱거리고 있는 남주에게 어이없다는 표정을 지으며 버럭 소리를 질렀다.

"말도 안 돼. 지금 네가 무슨 짓을 했는지 알고 있어?!"

"걱정 마. 친구들에게 부탁해서 도망 못 가게 해뒀으니까."

"그러다 들키면 넌 퇴학이야, 퇴학!"

"들키면 퇴학이지만 안 들키면 아무런 일도 일어나지 않아."

별 걱정을 다 한다는 표정으로 단호하게 말을 끝맺은 남주는 침대 한 귀퉁이에 걸터앉으며 혜령에게 전화를 걸었다.

"선배, 그쪽은 어때요?"

"좀처럼 진전이 없네. 석진이는 깼어?"

"하하하! 왜 다들 그 사람만 찾나 모르겠네. 걱정 말아요. 다 잘 처리했으니까."

남주는 뒤통수까지 긁적거리며 다 잘됐다는 표정으로 호탕하게 웃었다.

"뭐, 어쨌거나 상황은 좋아 보이니까 다행이네."

혜령의 차분한 목소리에 빈은 버럭 소리를 질렀다.

"좋긴 뭐가 좋아요?! 이쪽에선 설아가 열이 펄펄 끓어오르고 있는데! 그 눈에는 침대에 쓰러져 있는 녀석이 보이지도 않는가 보군요?!"

짜증 섞인 그녀의 목소리에 혜령은 바로 소리를 꽥 질렀다.

"안 보인다! 왜? 내 폰은 구형이라 들려주는 목소리밖에 못 듣는데

뭐 잘못된 거 있냐?'

혜령 역시 전투 모드로 돌입하자 남주는 얼른 빈과 떨어진 곳으로 가서 통화를 간략하게 마무리 지었다.

"조금 있다 거기로 갈 건데 뭐 필요한 거 없어요?"

"그런 거 없어. 게다가 도움이 필요한 건 이쪽보다 그쪽인 거 같으니까 그쪽이나 도와줘. 뭔가 필요해지면 부를 테니까 폰은 켜놔."

혜령은 단호하게 말을 끝맺으며 통화를 끝냈다.


"어쨌거나 이쪽은 나름대로 할 일이라는 게 있으니까."

'설아가 깨어나면 무엇인가가 변해도 변하겠지' 라는 예상과는 달리 그녀가 보여주는 능력들에 비해 캐릭터의 반응들은 지나치게 무덤덤하게 느껴졌다.

"왜 그런 걸까?"

곰곰이 생각에 잠긴 그녀의 머리 속에는 오류로 남아 있어야 할 위들이 떠올랐다.

그들은 엄연하게 따지면 없애야 할 버그들일 뿐이다.

혹시라도 위들이 그녀의 세계 속에서 설아의 생각과는 무관하게 조금씩조금씩 영향력을 행사하는 건 아닐까 하는 의심도 들었지만 그녀는 이내 고개를 설레설레 흔들었다.

"연관성이 없어."

위가 버그인 것은 사실이지만 그들이 캐릭터와 만나거나 그들을 변화시킬 만한 행동을 해 보인 적은 한 번도 없었다.

"에? 정말 없었나? 내가 흘려 본 게 아니라?"

혜령은 문득 자신이 설아의 이야기를 끝까지 읽지 않았다는 것을 떠올리며 서둘러 앞의 이야기들을 되살리기 시작했다.

프로그램 속에서의 이야기가 실행되고 있는 중에도 계속 바뀌고 있다는 것을 눈치 채지 못한 그녀는 프로그램을 맨 처음으로 되돌리다가는 마침내 이야기가 바뀌고 있다는 사실을 깨달았다. 더군다나 이야기가 바뀌는 곳에는 마치 무슨 법칙이라도 있는 것처럼 위라는 존재들이 등장하고 있었다.

"갑자기 이 '위' 라는 것들은 어디서부터 튀어나왔던 거야?!"

그녀는 그들이 제일 처음 등장한 한스로부터 발견된 그 순간부터 한스라는 자신들의 마스터를 매개체처럼 이용해 이야기 속의 캐릭터들과 접촉하고 있었다는 사실을 잊고 있었다.

"으아아아! 모르겠다!"

그녀는 이내 자리에서 벌떡 일어나 공원 벤치에 머리를 퍽퍽 박아댔다. 사람들의 시선이 자신에게 집중되거나 말거나 신경도 쓰지 않던 그녀는 엉망으로 헝클어진 자신의 긴 머리카락을 쓸어 넘기며 다시 자세를 고쳐 앉고는 위들이 존재했다가 사라진 한스 부분의 이야기를 실행시켰다.

*        *        *

"위 같은 것들이 눈에 띄길래 상당히 작은 마을이라고 생각했는데 이건……."

"상당히 크군요."

한스와 라이더가 입을 크게 벌리며 감탄했다는 듯한 표정으로 자신들의 눈앞에 펼쳐진 거대한 황금빛 대지를 바라보았다.

"아름다운 곳이네요."

마치 잘 그려진 한 폭의 풍경화에서나 볼 수 있을 것 같은 황금 빛을 내뿜고 있는 곡식들은 저마다 자신들이 가장 알찬 이삭을 품고 있다는 듯 고개를 숙이고는 실프와 함께 기분 좋은 춤이라도 추는 것인지 부드러운 바람에 자신의 몸을 맡긴 채 이리저리 흔들리고 있었다.

"아름답긴 하지만… 이건 모두 마법의 힘이겠군요."

한스의 흥미로운 듯한 말투에 피란트는 가볍게 고개를 끄덕거렸다.

"역시 한스 형은 마법에도 관심이 많으시군요. 이렇게나 미세한 차이밖에 나지 않는 마나의 흐름을 단번에 눈치 채시다니…….."

피란트의 말에 한스는 머쓱한 듯 머리를 긁적거려 댔다.

"전 그저 이 계절에 볼 수 없는 것까지 보이길래 감으로 물어본 것뿐입니다만……."

한스의 말에 피란트는 주변을 다시 천천히 살펴보았다. 그런 그의 눈에 이해하기 힘든 장면이 들어왔다.

보리, 밀, 벼, 사과와 오렌지, 딸기 등 같은 계절에 수확하는 것이 아닌 곡식과 과일, 채소 등이 함께 수확을 기다리고 있었던 것이다.

"관찰력 하나는 정말 끝내주는군."

실프를 불러 주변을 둘러보게 한 라이더는 한스를 향해 감탄한 듯한 시선을 보냈다.

"어쨌거나 이 시에라라는 곳은 생각보다 굉장한 것 같군요."

마나 체계가 약간 뒤틀리긴 했지만 이렇게나 넓은 거리까지 작용하고 있는 힘에 비해 마나 체계가 뒤틀린 것은 너무나도 작은 결함이었다. 그리고 그 힘은 대지에서 뿜어져 나오는 듯했다.

"어떤 마법을 걸어둔 걸까?"

라이더가 궁금하다는 듯한 표정으로 피란트를 바라보았지만 마법의 종족이라 불리우는 그조차 의아한 표정을 지으며 고개를 흔들었다.

"글쎄… 나도 잘 모르겠어."

"마법이 아니라 과학이에요."

난데없이 들려오는 목소리에 라이더를 비롯한 모두는 화들짝 놀라 뒤를 바라보았다.

그곳에는 아무것도 존재하지 않았지만 귀여운 소녀의 목소리는 끊임없이 그들을 향해 재잘거리고 있었다.

"뭘 그렇게 두리번거리는 거예요, 마스터? 설마 저를 찾고 있는 건 아니겠죠?"

마스터라는 말에 라이더와 피란트의 시선이 일제히 한스에게 집중되었다.

"…위… 입니까?"

한스의 이마에 그에게서 보기 드문 식은땀이 흘러내렸다.

"맞아요. 정확하게 말하면 위니죠."

여전히 몸을 드러내 보이지 않으며 대답하고 있는 위를 향해 미간을 찡그린 라이더는 짜증 섞인 목소리로 투덜거리기 시작했다.

"어떻게 따라온 거냐?"

"어머! 따라오긴 누가 따라왔다는 거예요? 여긴 내가 먼저 와 있었단 말이에요. 당신들이 나중에 나타나서는 나의 안락한 휴식을 망쳐 놓고 그런 뻔뻔한 말이 어딨어요?!"

단단히 화가 난 듯한 그녀의 목소리에 라이더는 눈살을 찌푸렸다.

"그 짧은 다리로 우리보다 먼저 이곳에 도착했다고 우기고 싶은 거냐?"

말도 안 된다는 그의 목소리에 한스는 고개를 갸웃거렸다.

"잠깐만요, 라이더. 목소리가 다른 것 같습니다만……."

"뭐?"

"전에 만났던 위니와는 목소리가 다른 것 같은데… 다른 위일 수도 있지 않겠습니까?"

한스의 말에 지금까지 얌전하게 있던 위가 발끈한 듯한 목소리로 대답했다.

"어머, 기분 나빠! 지금까지 다른 위니와 날 착각했던 건가요?"

"에?"

라이더가 뭐가 뭔지 모르겠다는 듯한 표정으로 한스를 바라보자 한스는 여전히 모습을 감추고 있는 위니를 향해 사람 좋은 미소를 지어 보였다.

"실례했습니다. 저희가 아직 위에게 익숙하지가 못해 그런 것이니 너그러이 용서해 주셨으면 합니다만……."

"어머어머! 마스터는 위에게 사과 같은 거 하는 게 아니에요."

한스는 그녀의 말에 어색한 듯 머리를 긁적거렸다.

"실수를 했으니 사과하는 것은 당연하지 않습니까?"

"이번 마스터는 좋은 사람이군요."

그녀는 안심했다는 듯한 목소리로 한스에게 호감을 나타내 보이고는 이내 헛기침을 해댔다.

"에헴! 같은 이름의 위를 만났던 모양이니 이번만은 제가 너그러이 봐드리죠. 어디로 가는 길이시죠?"

"인간들이 사는 곳을 찾고 있다."

라이더가 약간 거만한 표정을 지어 보이자 위는 내키지 않아 하는 기색이 역력한 목소리로 대답했다.

"마을이라면 여기서 똑바로 쭉 가시면 나타날 거예요."

"언제까지 쭉 가라는 거야?"

위의 성의없는 듯한 안내에 라이더가 퉁명스럽게 질문하자 위는 새침한 목소리로 대답했다.

"그야 마을이 나올 때까지 쭉 가시라는 말이죠."

자신의 너무나도 간단하고 자세한 대답에 라이더가 아무런 대꾸도 못하자 그녀는 만족한 듯한 목소리로 한스에게 작별 인사를 고했다.

"어쨌거나 만나서 반가웠어요, 마스터."

"아, 저도 반가웠습니다. 쉴드의 정의로운 가호가 함께하시길……."

위가 그렇게 사라진 뒤 라이더는 그다지 기분이 좋지 않은 듯 계속 미간을 찡그리며 혼자서 투덜대기 시작했다.

"마을이 나올 때까지 쭉 가라는 소리는 나도 하겠다. 이제 보니 위라는 종족들은 모두 말만 많고 하나도 쓸모없는 종족이잖아?"

마을을 향해 부지런히 걸음을 옮겨대던 피란트는 가벼운 한숨을 내쉬며 고개를 설레설레 흔들었다.

'마을이 보일 때까지 쭉 걸어가다 보면 마을이 나온다'. 이 말보다 정확하고 훌륭한 설명이 어디에 있다고 그러는 건지 모르겠다는 드래곤다운 생각을 하던 그는 문득 임플란드 내에 존재하고 있는 드래곤이 얼마나 되는지를 떠올려 보았다.

'유희를 즐기러 나가지만 않았다면 하이비스커스 산에 그린 드래곤과 이프에 골드 드래곤 정도였나?'

그는 현재의 자신이 유희를 즐기기 위해 나온 것인지, 그렇지 않으면 드래곤으로서 여행을 즐기고 있는 것인지 확실히 해두지 않았다는 것을 떠올리고는 잠시 걸음을 멈췄다. 이프에 살고 있는 티먼트라는 골드 드래곤만큼은 아니더라도 그리 어리지만은 않은 피란트의 나이가 그를 더욱 신중하게 만들었다.

한스와 라이더를 형이라 부른 마당에 유희가 아닌 게 되어버리면 꽤 성가신 일들을 당할지도 모르게 될 일이고, 그렇다고 유희라고 해버리기엔 출발이 찜찜했다. 유희를 즐기던 중 자신의 정체가 발각되면 그 유희는 마치 꿈에서 깨어나듯 그렇게 끝나 버리고 만다.

꿈에서 깨어난 현실에선 그 꿈을 계속 꾸고 싶어도 꿀 수 없듯이 드래곤 역시 마찬가지이다. 자신들의 유희가 끝나기 전까지는 자신들이 드래곤인지도 모른다. 그것은 드래곤 로드가 위급한 상황이 발생하여 드래곤들을 깨운다거나 목숨이 위급해질 때까지 절대적인 위력을 발휘한다.

예를 들면, 매우 용맹하기로 소문난 기사 한 명이 부하 한 명 거느리지 않고 드래곤의 레어에 들어가 온갖 시련을 훌륭하게 이겨낸 대가로 보물을 발견했다. 그는 운 좋게도 드래곤을 만나지 않고 보물을—소량이지만—챙겨 나와 자신의 충성심을 증명하기 위해 마검이라거나 희귀한 아이템을 왕에게 바친다.

유희가 끝나고 나자 자기가 드래곤이라는 충격적인 사실을 알게 되었다. 그리고 그보다 충격적인 것은 자기가 털었던 레어가 자기 집이었다는 거다. 생각하면 할수록 아깝고 배가 아픈 나머지 그는 그 나라로 가서 보물을 내놓으라고 으름장을 놓는다. 만일 그 아이템을 가진 왕이나 후손이 배짱을 부린다면 성 귀퉁이를 꼬리로 살살 쓰다듬으면 다 내놓게 되어 있다.

성이 부숴지고 흔들리는데 어지간한 바보가 아닌 다음에야 자기 목숨 귀한 줄은 안다.

치사한 드래곤이라고 낙인찍힐 리도 없다. 꿈에서 무슨 짓을 해도 현실 세계에서는 아무런 영향을 주지 못하는 것과 비슷하다(뭐, 포악한 드래곤이 나타났다는 식으로 역사 한 페이지를 장식하게 되는 거야 어쩔 수 없는 일이지만).

그러나 자신의 정체를 알고 있는 한스, 라이더와 함께 있는 한은 유희가 될 수 없다.

피란트는 어렵사리 그렇게 결정을 내리고는 미간을 찡그렸다.

유희가 아닌 이상 인사는 반드시 해야 할 필요가 있는 것이다.

'나보다 어린 녀석에게는 아직까지 찾아가 볼 필요까지야 없을 테고… 티먼트님께 가봐야 하는 건가?'

"피란트님?"

"이봐, 안 갈 거냐?"

한스와 라이더가 저만치 떨어진 곳에서 자신을 기다리는 것을 깨달은 피란트는 미안하다는 듯한 표정으로 입을 열었다.

"아아, 죄송해요. 뭔가 생각 좀 하느라……."

"무슨 생각을 하루 온 종일 하냐?"

라이더의 핀잔에 피란트는 멋쩍은 미소를 지었다.

"귀찮은 일이 생각나서 말이야. 아무래도 잠시 어디 좀 다녀와야겠는데 괜찮겠어? 그렇게 오래 걸리지는 않을 거야. 아니, 생각해 보니까 좀 오래 걸릴지도 모르겠다."

골드 드래곤은 참견하길 좋아한다는 것을 떠올린 피란트는 한숨을 내쉬며 한스에게 자신이 잠시 빠져도 될지에 대한 양해를 구했다.

"한스 형은 위들의 마스터니까 무슨 일이 생기면 위들에게 말해요.

그 녀석들은 어디에나 존재하니까 분명히 저에게도 형들의 소식을 전할 수 있을 거예요. 그러니까 잠시 이 파티에서 빠져도 되겠죠?"

"아, 전 상관없습니다만. 무사히 다녀오십시오."

한스의 상냥한 말투에 피란트는 생긋 미소를 지었다.

"고마워요. 형은 역시 이 파티에 리더가 될 만해요."

"네?"

"뭐? 리더?"

라이더가 말도 안 된다는 표정을 지으며 눈을 크게 뜨자 피란트는 불만있느냐는 표정으로 그를 마주 보았다.

"한스 형이 우리 일행의 리더 아니었어요?"

"어째서 한스가 리더라는 거지? 한스보다는 내가 훨씬 뛰어나잖아. 인정 못해. 피란트, 네가 뭔가 착각한 모양인데 이 파티는 내가 가진 임무 때문에 만들어진 거야. 그러니까 리더는 나다."

라이더가 한껏 분위기를 잡으며 말하자 피란트는 가소롭다는 듯 코웃음 쳤다.

"형보다는 내가 잘났어."

그의 말에는 아무리 고집 센 라이더라 해도 한발 물러설 수밖에 없었다.

왕자 암세포라고는 해도 평수가 다르다.

아무리 긍지 높은 엘프라 해도 온몸에서 '나 잘났어' 하는 기운을 팍팍 뿜어내는 드래곤만 하겠는가.

"그래도 내가 리더 한다는 소리는 하지 않았잖아? 리더는 그런 유치함으로 뽑는 게 아니야. 형은 아직 한참 미숙한 것 같아."

피란트의 말에 라이더는 눈을 치켜떴다.

"내가 어디가 미숙하다는 거야? 그야 네가 확실히 나보다 뛰어날지는 몰라도 너보다는 내가 이 상황에 대해 잘 알고 있으니까 리더로서는 내가 적임자야."

그는 목에 힘을 주며 피란트를 향해 자신이 리더임을 인식시키려 했다.

"형, 내가 하고 싶은 말이 바로 그거야."

피란트의 두서없는 말에 라이더는 무슨 말을 하고 싶어하는 건지 모르겠다는 표정으로 고개를 갸웃거렸다.

"형, 엘프에 대해서 형이 더 잘 알아, 한스 형이 더 잘 알아?"

"그야 내가 더 잘 알지. 누가 뭐라고 해도 난 엘프니까."

라이더의 시원스런 대답에 피란트는 생긋 미소를 지었다.

"그럼 말이야, 형과 나 중에서 누가 더 드래곤에 대해 빠삭하겠어?"

"그야 너겠지."

"그래, 난 드래곤이니까 당연한 거잖아? 그럼 인간은? 우리 셋 중에서 누가 더 인간에 대해 잘 알 것 같아?"

피란트는 여유만만한 표정으로 라이더를 바라보았다. 나올 만한 대답이야 뻔한 것 아니겠는가?

"한스겠지."

"잘 아네."

내키지 않는다는 듯한 목소리로 대답한 라이더는 이내 납득할 수 없다는 표정을 지으며 그의 말에 토를 달았다.

"인간을 잘 알고 있는 것과 한스가 우리 일행의 우두머리가 되는 게 무슨 상관이지? 난 엘프고 넌 드래곤이잖아. 인간인 한스가 우리보다 어떤 면이 리더로서 적합하다는 건데? 어디 날 한번 납득시켜 봐."

피란트는 이렇게까지 풀어줬는데도 자신의 말을 알아듣지 못하는 라이더를 향해 한심하다는 표정을 지었다.

"형, 뭐 잊은 거 없어?"

"뭐?"

"예를 들면 여긴 인간의 마을이라거나 우리가 여행하는 내내 만나고 부딪치게 될 종족은 인간이라는 점 같은 거 말이야."

피란트는 인간을 상대하는 일이라면 역시 인간인 한스에게 맡기는 것이 좋을 것 같다고 생각한 것이다.

"그런 이유라면 피란트 네가 리더를 해도 상관없잖아. 유희를 즐겨왔던 너라면 한스보다 경험도 풍부할 테니까 굳이 한스를 리더로 삼을 필요는 없지."

'그렇지 않아?' 라고 묻는 듯한 라이더의 표정에 피란트는 고개를 흔들었다.

"연장자가 있는데 아이를 리더로 세우겠어?"

"어이, 말은 바로 하자. 한스가 우리 중에서 가장 어리다는 걸 잊은 거야?"

라이더의 말에 피란트는 한숨을 내쉬며 그를 바라보았다. 붉은 머리카락만큼이나 화려한 외모는 아직 앳된 구석이 남아 있었다. 날카로운 눈매 덕분에 그리 만만해 보이진 않았지만 20대 중반에서 후반 정도로 추정되는 한스에 비한다면 아직까지는 소년 쪽의 이미지가 강했다. 피란트의 외모는 이들 중 가장 어려 보이며 예쁘장했기 때문에 그다지 믿음직한 이미지가 아니었다. 무엇보다 라이더와 피란트는 그 아름다운 외모 덕분에 지나치게 튀어 보여 괜히 쓸데없는 시비에 휘말리게 될 가망성도 있었다.

그러나 한스는 그들과는 달랐다. 처세술 좋고 평범한 외모인지라 그리 튀지도 않고 사람 좋아 보이는 선량한 인상 덕분에 남들로부터 금방 호감을 얻을 수 있었다. 게다가 자칫하면 피란트나 라이더 중 어느 한쪽으로만 치우치기 쉬운 둘 사이에서 균형을 맞춰주고 있는 존재도 한스였다.

비록 지금은 툴툴거리고 있는 라이더지만 그 역시 한스에 대해서라면 아주 높게 평가하고 있었다.

그가 이렇게 툴툴거리고 있는 것도 '인간에게 리더 자리를 주고 싶지 않아서'라는 이유 때문이었고 한스에 대해 불만이 있는 것은 아니었다.

비록 그런 것을 일일이 설명하고 다니는 성격이 아닌지라 종종 오해를 받긴 하지만 말이다.

"어쨌거나 인간들이 보기에 가장 신뢰가 가는 쪽은 역시 한스 형일 테니까."

"쳇! 좋아, 한스, 앞으로 네가 리더다. 물론 인간들 앞에서만이긴 하지만 말이야."

마음에 들지 않는다는 표정으로 한스의 어깨를 툭툭 치는 라이더에게 한스는 미안한 듯한 표정으로 입을 열었다.

"혹시 두 분 다 뭐 잊은 것 없으십니까?"

"잊은 거?"

"잊은 거라니요?"

피란트와 라이더가 동시에 눈을 크게 뜨며 되묻자 그는 검지 손가락을 치켜들었다.

"예를 들면 본인의 의사를 물어본다거나 제가 거부할 거라는 생각을 해본다거나 하는 그런 것들 말입니다."

"에? 한스 형, 설마 리더가 되기 싫다는 뜻은… 아니겠죠?"

피란트의 질문에 그는 그답지 않은 무뚝뚝한 표정으로 고개를 끄덕거렸다.

"전 리더가 되고 싶은 생각 같은 건 전혀 없습니다."

한스의 눈빛에서는 시비쟁이 엘프 라이더와 블루 드래곤 피란트 사이에 끼어서 해결사 노릇 하는 일 따윈 절대로 사양한다는 듯한 기운이 팍팍 뿜어져 나왔지만 정작 피란트와 라이더는 그의 눈빛을 읽어내지 못했다.

"뭐, 안됐지만 형, 저와 라이더 형의 의견에 따라 지금부터는 형이 우리들의 리더예요."

피란트의 단호한 말에 한스는 질 수 없다는 듯 그를 정면으로 바라보았다.

워낙 작은 눈이라 비장함이라거나 긴장감 같은 것은 찾아볼 수 없었지만 피란트는 그가 눈에 힘을 주고 있다는 것을 알 수 있었다.

"리더라는 자리는 책임감이 있어야 하는 자리입니다만… 저는 무리입니다."

"한스가 책임감이 없어?"

"그것보다 책임의 범위가 제 한계치에서 벗어나는 거라고 봐야겠죠."

라이더의 질문에 한스는 진지한 표정을 지어 보였다.

"드래곤과 엘프를 연약한 인간에게 책임지라니 차라리 달걀보고 바위를 들고 있으라는 편이 몇 배는 현실 가능성이 있어 보이는군요."

"에? 한스, 무슨 소리를 하는 거야? 누가 너보고 보호자 해달라고 했어?"

"형이 우리를 책임지다니요? 우리가 형에게 보호받아야 할 정도로 약하게 느껴지세요? 흐음, 어쩐지 자존심이 상하는군요."

피란트가 살짝 미간을 찡그리자 한스는 가벼운 한숨을 내쉬며 천천히 손을 내저었다.

"오해하지 마십시오. 제가 말씀드린 것은 평범한 리더로서의 역할에 대한 것이니까 말입니다. 결코 라이더님이나 피란트님께서 약하기 때문에 드리는 말씀이 아닙니다."

"헤에, 그런 거라면 형이 오해하고 있었던 거잖아요. 그런 거라면 전혀 신경 쓸 필요가 없죠. 우린 평범한 녀석들이 아니니까 말이에요. '자기 자신은 스스로가 책임진다'라는 게 저희 일족들의 신념이죠."

피란트가 한스의 말이 끝나기가 무섭게 그의 말에 토를 달았다.

드래곤의 생활이란 첫째도, 둘째도 개인 생활에 있다. 해츨링 시기에는 모두에게 보호를 받으며 모두의 생활에 끼어들 수 있으나 그건 해츨링 시기에만 가질 수 있는 특권이었다.

그런 그에게 있어 리더란 모두를 책임지게 될 존재라는 한스의 사고방식은 이해하기 어려운 것이었다. 어쨌거나 피란트의 말이 꽤 마음에 든 것인지 한스는 마지못해 승낙한 표정으로 고개를 끄덕거렸다.

"피란트님의 말씀대로라면 부족한 저라도 좀 더 힘을 내도록 해야겠군요."

이후에 한스는 자신이 한 말을 두고두고 후회하게 되지만 현재로서는 그런 자신의 상황을 눈치 챌 수 있을 리 없었다.

"자, 그럼 전 이만 퇴장해야 할 것 같군요. 잠시 후에 뵙죠."

피란트의 말에 라이더와 한스는 고개를 끄덕거리는 것으로 작별 인사를 대신했다.

"시간을 다스리는 법칙에 따라 나 피란트 쥬린 블루가 열어서는 안
되는 공간을 잠시 빌리려 한다. 워프!"

피란트가 시동어를 외치자 순식간에 문이 나타났고, 그는 한 치의
망설임도 없이 그 문 안으로 걸어 들어갔다.

"자, 우리도 가던 길 마저 가야지."

문이 완전히 사라지는 것을 확인한 라이더는 한스를 향해 어깨를 으
쓱거렸다.

워프 게이트는 언제 봐도 화려함을 자랑하고 있었지만 피란트에게
는 너무나 익숙한 공간이라 별 감흥을 주지 못했다. 더군다나 문밖의
이프라는 곳은 풍요로운 분위기의 시에라와는 달리 아무런 곡식도 보
이지 않았다. 그 대신 넓은 공터에서 날카로운 구령 소리에 맞춰 규칙
적으로 목검을 휘둘러 대고 있는 청년들이 보일 뿐이었다.

"모두 10분 휴식! 거기 1소대는 찌르기 연속 동작 50회 실시한다!"

"네?!"

30대 후반으로 보이는 기사 한 명이 버럭 소리를 지르자 1대대의 청
년들은 말도 안 된다는 듯한 목소리로 저마다 언성을 높였다.

"이유가 뭡니까?"

"그런 부당한 명령에는 따를 수 없습니다."

모두의 항의 섞인 목소리에 그는 가느다란 레이피어를 꺼내 들었다.
그의 검끝은 이제 막 나타난 피란트를 향해 있었다.

"훈련 중에 대열을 이탈한 자는 그 죄가 크다는 것을 제군들은 잊은
것인가? 이곳은 훈련소다! 너희는 기사 후보생들이라는 걸 잊어서는

안 된다!"

날카로운 그의 목소리에 1소대 전원의 눈이 피란트에게 향했다.

그들의 눈빛은 하나같이 도대체 어디서 굴러먹다 들어온 말 뼈다귀 같은 놈이 그런 멍청한 짓을 했는지 얼굴이라도 좀 봐야겠다는 듯 이글이글 타오르고 있었다.

"제군의 소속과 이름은?"

기사의 얼음장같이 차가운 목소리에도 피란트는 신경 쓰지 않는다는 듯 그 자리에 있는 많은 사람들을 향해 미간을 찡그렸다.

"이렇게 인간들이 우글우글한 곳으로 와버린 건가?"

"소속과 이름은?!"

실수했다는 듯한 표정으로 가벼운 한숨을 내쉰 피란트는 자신을 잡아먹을 듯한 기세로 고함을 지르고 있는 기사를 향해 살짝 미간을 찡그렸다.

"어이, 조금 전부터 상당히 시끄럽게 구는데 적당히 해라."

그의 목소리는 전혀 크지 않았음에도 불구하고 모두의 귀에 생생하게 전달되었다.

"제1소대는 10분 안에 찌르기에서 베기 동작으로 이어지는 연결 동작 역시 100회 추가한다."

오크가 요들송을 부른다 한들 그의 심술궂은 목소리보다 엉망이겠는가?

사람들의 눈은 절망적으로 변해갔지만 누구 하나 감히 기사에게 불만을 표하는 자는 없었다.

"소대장! 1소대 소대장!"

기사는 자신의 말에 눈 하나 깜빡거리지 않는 피란트 대신 그에게 제법 익숙한 얼굴인 소대장을 불러 세웠다.

"저 자식 이름이 뭔가? 원래 소속이 이곳인가?"

"죄송합니다! 저는 오늘 처음 보는 녀석입니다."

1소대 사람들은 자신의 대장이 그렇게 말하는 것을 보고 그제야 목소리를 높였다.

"그렇습니다! 저 녀석은 우리 소대 소속이 아닙니다!"

"맞습니다! 쉴드께 맹세코 저런 얼굴은 본 적이 없습니다!"

분위기가 이쯤 되자 아무리 둔한 피란트라도 이곳에 있는 모든 이들의 시선이 그다지 곱지만은 않다는 것을 깨달았다.

"누가 저 지진아 같은 녀석 아는 사람 없나?"

피란트는 느긋하게 팔짱을 끼더니 흥미로운 얼굴로 기사와 기사 후보생들을 바라보았다.

"없습니다!"

기사 후보생들의 외침에 기사는 단상에서 내려와 피란트에게로 곧장 다가왔다.

"자네는 누구인가?"

"피란트 쥬린 블루가 티먼트님을 뵈러 왔습니다만……?"

기사는 피란트가 정식 성을 가지고 있다는 것에 다소 예의를 갖추긴 했지만 그를 탐탁지 않게 여기는 듯한 표정만큼은 쉽사리 지워 버리지 못했다.

"아무리 귀족이시라지만 훈련소에 함부로 들어오시다니, 폐하께 당신의 징계를 정식으로 건의드리겠소."

"누가 나를 벌한다는 말인가?"

드래곤 피어를 미세하게 섞은 피란트의 목소리에 기세등등하던 기사의 얼굴에 식은땀이 맺히기 시작했다.

"그야 지엄하신 국왕 폐하께서……."

"하하! 한낱 인간 따위가?"

피란트는 기사의 말을 잘라 버리고는 몸을 공중으로 띄웠다.

"마, 마법사?!"

이곳에 있는 기사라고 해봐야 채 다섯 명도 안 되는 인원인데다가 다섯 명이 떼를 지어 덤빈다고 해봐야 공중에 떠 있는 마법사에게 무슨 조치를 취할 수 있겠는가?

"이 몸은 드래곤이시다."

피란트는 자신의 말을 증명이라도 하겠다는 듯 폴리모프를 시도했고 곧 이어 밝은 하늘을 집어삼킨 듯한 어두운 푸른색의 하늘이 펼쳐졌다.

"그 빌어먹을 마법사 녀석, 도망간 건가?"

자신이 긴장했던 것이 억울했는지 그는 손에 들고 있던 레이피어를 하늘을 향해 번쩍 치켜들고는 의기양양한 목소리로 외쳤다.

"사내답지 못하게 도망쳐 버리다니… 피란트 쥬린 블루, 다시 한 번 내 앞에 나타난다면 그땐 네놈의 목을 내놓아야 할 것이다!"

그의 날카로운 목소리가 주변을 쩌렁쩌렁하게 울리자 하늘에서 두 개의 푸른 빛이 번뜩거렸다. 갑자기 나타난 두 개의 빛은 마치 거대한 눈동자 같았지만 기사는 그 사실을 알아차리지 못하고 계속해서 호탕한 웃음소리만 내고 있었다.

"하하하! 나의 검술 실력을 자네들에게 유감없이 보여줄 수 있는 기회였는데 아쉽군."

"그런가? 그럼 그 잘난 검술로 번개도 한번 막아보겠는가?"

말이 떨어지기가 무섭게 하늘에선 은빛의 번개가 기사를 향해 날아들었다.

"그대와 나의 안전을 위협하는 모든 것들로부터의 보호를! 실드!"

중후한 노인의 목소리 덕분에 번개는 자신의 목표물을 잃고 소멸되고야 말았다.

"드, 드래곤이다!"

기사는 노인이 쳐준 안전한 보호막 속에서 중심을 잃고 넘어지고 말았다.

이제야 피란트의 정체를 알아차린 것이다. 기사 후보생들 역시 사정은 마찬가지였는지 다들 핏기 가신 얼굴로 하늘을 바라보며 전설 속에서나 나오던 드래곤의 존재를 각인시켰다.

"모두 잊어라, 너희들이 우릴 만났던 순간부터 지금까지 있었던 모든 일들을."

노인은 그들을 향해 황금빛 눈동자에 힘을 주었다.

마치 말 잘 듣는 어린아이들처럼 그들은 고개를 끄덕거리고는 하나둘 바닥으로 풀썩 쓰러져 버렸다.

"오랜만에 뵙겠습니다, 티먼트님."

"하이고, 웃기고 있네. 오랜만은 개뿔이 오랜만이냐?"

티먼트의 달갑지 않은 듯한 말투에 그는 슬쩍 눈에 힘을 주었다.

"저놈의 눈알 굴리는 것 좀 보게."

티먼트는 그의 얼굴 앞으로 곧장 날아와 발로 그의 콧등을 호되게 차버렸다.

"크윽! 이게 무슨 짓입니까?"

평화와 선량한 이들의 수호자로 불리고 있는 골드 드래곤의 성격이

나이가 들더니 레드 드래곤 못지않게 포악해진 것인지 티먼트는 다시 한 번 피란트를 향해 발길질을 해댔다.

"야, 이 와이번 같은 녀석아! 내가 내 구역에선 사고 치지 말라고 했지? 네가 드래곤이라는 걸 인간들에게 밝히면 그들이 조용히 있을 거 같냐?"

드래곤의 모습인 채로 계속 콧등을 차이느니 인간의 모습이 낫겠다 싶었는지 피란트는 다시 인간의 모습으로 돌아왔다.

"전 티먼트님께 저의 존재를 알려 드리려고 그런 것인데 이렇게 푸대접을 하시니 눈물이 앞을 가리는군요."

그는 애처로운 표정을 지으며 티먼트를 향해 눈물을 글썽거렸다.

"하이고! 웃기고 있네. 나잇값도 못하고 꼴이 그게 뭐냐?"

티먼트는 그의 놀라운 연기력을 향해 코웃음 치며 무안을 주기 시작했다.

"올해 네 나이가 몇인데 아직도 10대 후반이냐?"

"뭐, 어떻습니까, 이쁘면 된 것을……."

피란트는 현재의 자신의 모습에 대단히 만족한 듯한 미소를 지으며 주변을 스윽 둘러보았다.

마치 잠에 빠져든 사람처럼 편안한 표정을 하고 있는 그들은 두 드래곤과는 다른 세계에 있는 듯한 느낌까지 풍겼다.

"이대로 계속 둘 생각이세요?"

"네가 계속 이대로 있을 생각이라면 기꺼이."

티먼트의 말에 그는 안내를 부탁하려는 사람처럼 어깨를 으쓱거려 보였다.

"장소를 옮기죠. 어차피 드릴 말씀도 있고……."

"좋아, 나의 레어로 안내하지."

그의 말이 끝나자마자 그들이 서 있는 장소가 바뀌어 버렸다.

"거기 좀 앉아라."

환하게 불을 밝혀놓은 티먼트의 레어는 적당히 훈훈한 기운이 뿜어져 나왔다.

마법으로 만들어낸 탁자와 의자, 그리고 음식들이 나타나자 피란트는 주저없이 의자로 다가가 자리에 앉았다.

"내게 할 말이라는 게 뭐냐?"

티먼트 역시 피란트의 맞은편에 앉아 턱을 만지작거렸다.

"지금 저는 사정이 있어 유희가 아닌 여행을 하고 있죠."

"흐음, 그래서 내게 인사하러 온 거군?"

피란트가 여행을 떠나는 이유에 대해서는 그다지 관심이 없는 듯한 말투였지만 손님 접대만큼은 확실히 격식을 좋아하는 골드 드래곤답게 나무랄 것이 없었다.

"당분간은 임플란드 이곳저곳을 돌아다니게 생겼으니 인사를 드려야 할 것 같아서 찾아오긴 했습니다만… 그 인간들은 다 뭡니까?"

드래곤의 레어가 이렇게나 가까이 있다는 걸 알면 그들이 어떤 반응을 보일지 매우 궁금했지만 티먼트의 성격상 레어의 위치가 알려지는 일 따윈 일어나지 않을 것이다.

골드 드래곤은 완벽한 것을 좋아하는 데다 비교적 온화한 편이라 저들도, 자신도 침범받지 않고 침범하지 않는 해결책을 사용했을 테니까 말이다.

"임플란드를 말아먹든 도와주든 내 상관하지 않겠다만 이프만큼은 건드리지 말아라. 내가 살고 있는 곳에 피해를 입힌다면 나도 가만히 있지는 않을 테니까 말이다."

경고가 담긴 듯한 충고에 피란트는 가벼운 한숨을 내쉬었다.

고룡들끼리 싸워서 좋을 일은 하나도 없으니 이쯤에서 그보다 어린 자신이 한 발 물러설 때라는 것을 잘 알고 있는 피란트였다.

"물론입니다. 드래곤들에게 피해를 줄 생각은 전혀 없으니까 안심하십시오. 엄밀하게 따지자면 저도 뭐라고 정확한 약속을 드릴 만한 입장은 아니지만……."

"그래서 내가 도와줄 만한 일은?"

티먼트는 찻잔을 입에 가져다 대며 피란트를 바라보았다.

냉정하고 과묵하지만 독설을 늘어놓을 때만큼은 다혈질로 유명한 레드 드래곤조차 꼬리를 내린다는 블루 일족 중에 어떻게 저런 능글맞은 녀석이 나왔는지…….

"지금은 그다지 도와주실 것이 없습니다만 필요해지면 말씀드리겠습니다."

"그건 네가 필요해지면 나보고 알아서 오라는 뜻이냐?"

티먼트의 무뚝뚝한 말에도 피란트의 표정에는 그다지 큰 변화가 없었다.

"뭐, 요즘 하시는 일도 없으니 그 정도는 해주실 수 있는 거 아닙니까?"

"내가 왜?"

미간을 찡그리는 그를 향해 피란트는 애교스런 미소를 지어 보였다.

"그야 저를 낳아주신 분이니까요."

"난 수컷인데?"

티먼트의 말에 그는 어깨를 으쓱거렸다.

"어머니 혼자 저를 낳으신 건 아니잖습니까?"

"네가 해츨링이냐? 이젠 너도 나이 먹을 만큼 먹었으니 내 의무는 다 한 거라고 생각하는데?"

살짝 미간을 찡그리는 그를 보며 피란트는 애교스런 미소를 지었다.

"전 당신의 첫 번째 아이인만큼 각별하지 않겠습니까?"

"누가 누구에게 애정이 각별하다고?"

"그러니까 아버지가 첫 번째 아이인 저에게 말이죠."

피란트와 티먼트는 서로를 향해 생긋 미소를 지으며 우아하게 찻잔을 들었다.

"제기랄! 진짜 못해먹겠네."

"누가 할 소릴 하시는 겁니까?"

그들은 누가 뭐라고 할 것도 없이 바닥을 향해 찻잔을 집어 던졌다.

챙그랑 하는 소리와 함께 깨진 접시는 바닥으로 흔적도 없이 사라졌고 티먼트는 한동안 피란트를 노려보다 이내 수정 구슬을 내밀었다.

"이거면 되겠냐?"

"그게 뭔데요?"

"사람 찾는 데 이것만큼 좋은 건 없다."

처음부터 자신이 찾아온 용건을 꿰뚫고 있었다는 듯 피란트에게 유용한 물건을 내밀었다.

"그럴 리는 없겠지만 네 일과 남의 일 정도는 제대로 구분해서 행동하도록 해라."

무뚝뚝한 말이긴 했지만 피란트를 걱정하는 듯한 따뜻한 목소리였다.

"감사합니다."

피란트는 정중하게 고개를 숙여 보이고는 자리에서 일어났다.

"벌써 가는 거냐?"

"이제야 겨우 가나 싶으면서 그렇게 섭섭해하는 표정을 지으면 누가 모를까 봐요?"

피란트의 장난스런 목소리에 티먼트는 피식 미소를 지었다.

"쳇! 벌써 들킨 거냐?"

"어쨌거나 건강 조심하세요. 다음에는 그럴싸한 선물 같은 거라도 들고 올 테니까 기대해도 좋아요."

"나 티먼트 비주니아 골드가 시간의 장벽과 공간의 장벽에게 명령한다. 잠시 동안이지만 내가 지배할 게이트여, 이 썩을 놈을 시에라로 데려다 주어라."

워프 게이트를 뚫어놓은 티먼트는 피란트를 그곳으로 밀어버리고는 손을 탁탁 털었다.

"정말이지, 손이 많이 가는 녀석이군."


"으아아아!"

피란트는 자신을 태운 마차가 황금색의 레일을 따라 빠른 속도로 움직이고 있다는 것을 깨닫고는 자신의 양 옆에 부착되어 있는 손잡이를 꼭 붙잡았다.

마차는 점점 더 속도를 높이더니 이내 360도로 회전하기 시작했다.

피란트는 자신의 손에 힘을 주며 버티다가 이내 손잡이에 매달리고 말았다.

자유자재로 회전하는 마차를 당해내기엔 그는 너무나 정신이 없었던 것이다.

"으아아!! 이 망할 놈의 영감, 어디 두고 보자!!"

피란트는 이 워프 게이트 안에서 아무리 소리를 질러봤자 아무런 소용도 없다는 걸 잘 알고 있으면서도 자신도 모르게 고래고래 악을 써 댔다.

"으윽!"

마차에서 거의 기다시피 해서 간신히 내려온 피란트에게 제 할 일을 다 했다는 듯 게이트는 스르륵 문을 닫기 시작했다.

"기, 기다려."

피란트는 잘 나오지도 않는 목소리로 게이트에게 명령하고는 비틀비틀 밖으로 걸음을 옮겼다.

"어쩐지 순순히 보내준다 그랬지."

그는 지끈거리는 머리를 부여잡으며 한숨을 내쉬었다.

"침입자다!"

"침입자야! 프레나 아가씨 방으로 들어갔어!"

'프레나 아가씨? 침입자?'

피란트는 뭔가 불길한 느낌에 고개를 들어 자신의 현 위치를 확인하려 했다.

서늘하고 차가운 검끝이 자신의 목에 닿지만 않았다면 말이다.

"제기랄! 마리안, 이 자식은 어느새 들어왔던 거야?"

피란트를 향해 검을 겨냥한 남자가 마리안이라는 여자를 향해 고함을 지르자 그녀는 자신의 입가에 검지손가락을 가져다 댔다.

"조용히 해. 누구 신세 망칠 일 있어?"

피란트는 살짝 미간을 찡그리며 자신의 목에 겨냥된 롱 소드를 붙잡았다.

"젠장, 그 망할 놈의 영감탱이가……."

자신의 손에서 피가 뚝뚝 떨어지고 있는 것도 아랑곳없이 검을 잡은 손에 힘을 주었다.

그는 피란트의 기세에 황급히 검을 빼려고 했지만 검은 바위에 박혀버린 것마냥 꼼짝도 하지 않았다.

"마리안! 마, 마리안!"

당황한 그가 마리안을 향해 도움을 요청했지만 그녀는 여전히 미간을 찡그린 채 소리를 질렀다.

"리젠! 누구 신세 망칠 일 있어?!"

"마리안! 마… 리안! 나 좀 도와줘!"

그는 공포에 질린 표정으로 비명을 질렀다.

'챙강' 하는 소리와 함께 바닥으로 떨어진 검날은 파르르 떨렸으며 피란트 역시 가늘게 어깨를 떨어댔다.

"감히 피란트 쥬린 블루를 화나게 했겠다? 그 대가는 네놈의 목숨으로 갚아라. 크… 크크크!"

온몸에서 음울한 기운을 뿜어낸 피란트는 뒷걸음질치는 그를 찾아가 부러진 검날을 그의 심장에 꽂아버렸다.

"마, 마리안! 도망쳐!"

바닥에 풀썩 쓰러져 버린 그는 이내 눈을 감았지만 피란트의 눈빛은 더욱 예리하게 빛났다.

"리젠?"

의아한 듯한 여인의 목소리와 함께 작고 하얀 얼굴이 피란트의 눈에 들어왔다.

"리젠!!"

그녀가 경악에 찬 비명을 지르는 순간 굳게 잠겨 있던 방문이 둔탁한 소리와 함께 활짝 열렸다.

가소롭다는 표정으로 그들을 바라보는 것도 잠시, 그는 어이없게도 땅에 풀썩 쓰러지고 말았다. 인간의 모습으로 너무 과다하게 출혈해 기절해 버린 것이다.

"아가씨, 괜찮으십니까?!"

"난 괜찮으니까… 저자를 데리고 나가!"

그녀가 창백한 표정으로 소리를 지르자 병사들은 그녀의 명령에 충실하게 따랐다.

"곧 유모님이 오실 겁니다. 그때까지 함께 있어드릴까요?"

나이가 지긋해 보이는 시녀 한 명이 조심스럽게 묻자 그녀는 히스테릭하게 소리를 질렀다.

"나가! 다 나가! 나 혼자 있고 싶어!"

그녀의 말에 다들 밖으로 물러나자 그녀는 한 치의 망설임도 없이 하늘거리는 실크로 꾸며놓은 침실을 바라보았다.

그곳에는 꼼짝도 할 수 없을 정도로 손발을 단단히 묶인 여인이 공포에 질린 표정으로 그녀를 바라보고 있었다.

"너 때문이야. 모두 너 때문이야."

그녀는 분노로 반짝이는 붉은 눈동자로 자신과 똑같이 생긴 여인을 노려보며 그녀를 향해 천천히 다가갔다.

"프레나 크리스티아, 모두 다 너 때문이야!"

그리고는 서서히 그녀의 목을 향해 손을 뻗었다.

외전

## 희망은 언젠가는 이루라고 존재하는 단어다

희망(希望):1. 어떤 일을 이루고자, 또 그걸 얻고자 하는 바람.

2. 좋은 일이 오기를 기대할 때의 감정.

사전을 검색하며 남주는 실망한 듯 M.C를 꺼버렸다.

희망이란 말은 상당히 마음이 따뜻해져 오는 단어였다. 뭔가 암울한 상황에서 위로하듯 '그래도 희망은 있어' 라고 건네는 그 한마디에 힘을 얻을 수 있을 만큼 포근한 단어다. 문득 '과연 그 희망이 얼마나 대단한 거기에?' 라는 의문에서 시작된 사전 검색은 그녀의 기대를 무참하게 깨뜨려 버렸다.

한마디로 정의 내리기 힘든 단어인 희망을 사전은 그토록 간단하게 정리해 두었다. 그것도 뭔가 자신이 바라는 따뜻함이 아닌 정말 사무적인 정리라니…….

'그럼 바람은?'

그녀는 다시 M.C를 켜고 사전에서 '바람'을 검색했다.

바람: 바라는 바, 소망.

"뭐야! 이거 이래선 끝이 없잖아?!"

버럭 화를 내며 그녀는 또다시 소망을 검색했다.

소망(所望): 바라는 바, 기대하는 바.

소망(素望): 본디부터의 희망.

희망이 바람이고 바람이 소망이고 소망이 희망이다?

뭔가 멋진 것 같으면서도 김빠지는 결론이라니…….

"그럼 처음부터 한 단어만 쓸 일이지 나누긴 뭐 하려고 나눈 거야?!"

M.C를 침대 쪽으로 거칠게 던져 놓고는 그녀는 커다란 창의 커튼을 걷었다.

차가운 바람이 그녀의 얼굴을 기분 좋게 식혀주었지만 그것은 그다지 큰 위안이 되지 못했다. 어쩐지 배신당한 기분이 들었다.

희망을 이야기하면 모두 저 사전적인 의미인 바라는 바를 떠올리는 것일까?

'그러고 보니 초등학교 저학년 시절의 난 그림 그리는 것을 무척 싫어했었지?'

미술 시간이란 그녀에게 있어서 다른 사람과 자신이 얼마나 다른가를 보여주는 시간일 뿐이었다.

바다를 주제로 그린 그림에서 남들은 파란색의 바다를 칠하는 동안 그녀는 아무것도 할 수 없었다.

"자, 게으름 피우지 말고 어서 시작하세요."

그녀를 발견한 여선생님은 단순히 그녀가 게으름을 피우는 것이라고 판단했는지 지나가듯 한마디를 던졌고 그런 선생님의 태도는 그녀를 더욱 짜증나게 만들었다.

이럴 때면 홈 스터디를 신청하지 않고 학교 제도를 신청한 부모님이 야속하지만 눈으로 보여지는 경쟁 그래프가 중요하다는 데야 어쩌겠는가.

홈 스터디는 집에서 혼자 학교 교육을 받는 만큼 성적표에 등수라는 것이 존재하지 않는다. 즉 또래의 아이들에 비해 자신의 성적이 얼마나 차이가 나는지 알 수가 없는 것이다.

그에 비해 학교에선 매 과목, 매 시간마다 경쟁 그래프가 부모님의 메일로 전송된다.

도대체 그런 것을 매 시간마다 알려줘서 어쩌겠다는 건지, 그리고 그것을 꼭 알아야 할 이유가 있는 건지는 모르겠지만 이런 제도 덕분에 학교로 우르르 줄을 지어 아이들을 밀어넣는 부모님들이 대부분이니 누가 만들었는지 몰라도 이 제도를 만들어낸 사람의 머리는 분명 끝내주게 똑똑할 것이다.

홈 스터디로 교육 체계가 바뀔 것이란 정부의 예상을 비웃기라도 하듯 과거도, 현재도, 그리고 아마 먼 미래까지 이 학교라는 시스템은 교육의 중심으로 굳건하게 박혀 빠지지 않을 것이다.

"왜 그러고 있죠? 선생님이 도와줄까요?"

교실을 두 바퀴째 돌고 나서도 여전히 가만히 앉아 있는 남주를 보며 여선생님은 상냥한 미소를 지으며 그녀에게 다가왔다. 그리고는 터치 스크린에 파란색을 눌러 바다의 한 면을 칠해 버리고는 그녀의 어깨를 토닥거리며 상냥하게 말했다.

"나머지 면을 칠해보세요."

스스로 생각해도 자신이 좋은 교사라는 생각을 하며 흡족한 미소를 짓고 있는 그녀와는 달리 남주의 표정은 점점 험악해져 갔다.

띵! 띵! 띵!

경고음이 울리는 소리에 여선생님은 무심코 뒤를 돌아보았다. 터치 스크린은 남주의 신경질적인 손놀림으로 화면 전체가 초록색으로 뒤덮여져 있었다.

"뭐 하는 거죠?"

따가운 시선이 자신에게로 향하고 있음을 알아차린 그녀는 터치 스크린의 전원을 꺼버리는 것으로 자신의 행동을 마무리 지었다.

"자, 새로 시작해 봅시다."

선생님은 최대한 인내심을 발휘하여 터치 스크린의 전원을 켰지만 이번에는 남주가 자리에서 벌떡 일어나더니 교실 밖으로 나가려고 하는 것이 아닌가!

"자리에 와서 제대로 앉아요."

딱딱한 목소리에 남주는 한숨을 내쉬며 다시 자리에 앉았다.

"조금 전엔 뭐가 불만이었는지 선생님이 납득할 수 있도록 설명해 봐요."

한결 누그러진 목소리로 조금 전에 엉망으로 작업을 끝낸 바다를 불러낸 여선생님은 그녀에게 명령조로 대답을 요구했다.

"제 허락도 없이 제 그림에 손대신 것부터 사과하신다면요."

아이들은 저마다 작업을 멈추고 여선생님의 표정을 살폈다. 교실은 마치 남주와 여선생님만이 존재하는 것같이 조용해졌다.

"선생님은 남주가 터치 스크린을 사용할 줄 모른다고 생각해서 도와주려고 그런 거예요. 주의를 줬는데도 아무것도 하지 않고 게으름을 피운 것은 남주 잘못이잖아요?"

그녀의 말에 아이들의 시선은 남주에게로 옮겨졌다.

"게으름 같은 거 피운 적 없어요!"

단호한 그녀의 말에 여선생은 기가 막힌다는 표정을 지었다.

"선생님께 거짓말을 하면 나쁜 어린이예요."

유치한 말이지만 교사가 어린 학생을 두고 험악한 말을 내뱉을 수도 없는 노릇인지라 결국 그런 말로 남주에게 으름장을 놓을 수밖에 없었다.

"난 거짓말 같은 거 한 적 없어요!"

광분한 듯 소리치는 그녀에게 여선생님은 엄격한 표정으로 말을 받았다.

"자, 남주가 작업하다가 만 화면을 보렴. 바다가 초록색이지?"

"남주는 바다도 본 적 없나 봐. 바다를 초록색으로 칠하다니……."

"그래, 바다는 파란색이잖아."

아이들은 자기들끼리 수군수군거려 대더니 저마다 자랑스럽게 자신들이 색칠한 파란색의 바다를 내려다보았다.

"바다는 무슨 색이죠?"

"파란색이요!"

아이들이 자신있게 대답하자 여선생님은 그것 보라는 듯한 시선으로 남주를 바라보았다.

"색칠을 하기 싫었던 것 같지만 남주가 한 방법은 그다지 좋은 방법이 아닌 것 같구나."

"바다는 파란색이 아니에요."

딱 부러지는 그녀의 대답에 조용했던 교실은 아이들의 낮은 웃음소리와 웅성거리는 소리로 가득 찼다.

"킥킥, 파란색이 아니래."

"바다가 썩었나 봐."

"남주가 그린 바다는 썩었더래요~ 썩었더래요~"

"내 말은 그런 뜻이 아니야!"

"남주가 그린 바다는 썩었더래요~ 썩었더래요~"

"킥킥, 남주는 한 번도 바다를 본 적이 없나 봐."

아이들의 수군거림에 남주의 얼굴이 붉게 물들었다.

"그런 게 아니야! 바다는 파란색도 가지고 있지만……."

"킥킥, 자기가 불리하니까 말 바꾸려고?"

아이들의 비웃는 소리에 남주가 입을 다물어 버리자 여선생님은 아이들을 조용히 시키기 위해 책상을 두 손으로 쾅쾅 치고는 그들의 시선을 자신에게로 주목시켰다.

"조용! 아직 남주의 말이 끝나지 않았어요. 모두 조용히 해주세요."

그녀의 말에 따라 아이들의 웃음소리가 차츰 잦아들자 남주는 짤막한 한숨을 내쉬었다.

"바다는 가까이에서 보는 거랑 멀리서 볼 때, 그리고 햇빛이 비치는 것에 따라서도 전부 색이 달라. 그렇지만 터치 스크린은 그 많은 색을 다 표현하지 못해."

어쩐지 분하다는 표정을 짓고 있는 남주를 보며 여선생님은 자신도 모르게 깜짝 놀랐다.

"내가 그리려고 한 건 바다지만 이건 바다가 아니야."

다시 한 번 단호한 목소리로 자신의 말을 잇는 남주의 눈빛은 그녀를 책망하고 있었다. 무안해진 여선생님은 남주의 그림으로 시선을 돌렸다.

신경질적으로 그녀의 손바닥 자국이 얼룩덜룩하게 찍혀 있었지만 남주는 분명히 고민하고 있었던 것이다. 그녀의 시야를 가득 채웠을 추억 속의 아름다운 바다를 어떻게 칠해야 할지 난감해하며 스크린이 뚫어져라 노려보고 있는 것을 여선생님 자신은 단순히 그림 그리기 싫어서 놀고 있다고 생각했으니…….

"미안해. 선생님이 잘못했어. 우리 남주가 이제 보니 관찰력이 뛰어나구나. 남주의 말처럼 바다라고 해서 모두 똑같은 파란색은 아니에요. 사람의 눈동자에는…….."

그녀는 자신의 실수를 순순히 인정하고는 아이들에게 빛에 따라 사물의 크기와 색 등이 달라 보이는 것 등을 설명하며 남주를 흘깃 바라보았다.

터치 스크린이란 본래 아이들의 색감을 키워주기 위한 교구일 뿐이다. 정성 들여 색칠을 한다고 해도 사실 지정된 색이 깔려 있기 때문에 눈에 띌 정도의 큰 차이는 나지 않는다. 예를 들면, 산을 표현할 수 있는 색은 초록색과 남색, 그리고 회색밖에 없으며 굳이 바꾸려면 복잡한 설정들을 일일이 다 바꿔야 하기 때문에 어지간한 아이들은 정해진 범위 내에서만 활용을 하는 것이다.

정상적인 색감을 지니고 있는 아이들이라면 그 범위에서 크게 벗어나는 일도 없지만 말이다.

"남주야, 너 터치 스크린 다룰 줄 알아?"

화면을 엉망으로 해놓긴 했지만 이 정도로 설정을 바꿔놓았다는 것은 이미 남주의 실력이 터치 스크린으로 공부할 수준을 넘어섰다는 이야기다.

"네."

그다지 내키지 않아 하는 말투로 대답한 남주는 자신의 대답에 이어질 그녀의 말을 기다리며 자신이 작업한 것을 조용히 삭제시켜 버렸다.

"남주는 그림 그리는 거 좋아하니?"

선생님의 질문에 그녀는 고개를 설레설레 흔들었다.

"왜? 잘 그릴 것 같은데……."

의외라는 듯한 그녀의 목소리에 남주는 퉁명스럽게 대답했다.

"못 그려요."

자신의 무뚝뚝한 말에도 선생님의 시선이 자신에게 고정되어 있자 그녀는 약간의 설명을 덧붙였다.

"제가 생각하는 것처럼 그려지지 않으니까… 그림 그리는 시간 같은 건 질색이에요."

바다 역시 남주의 머리 속에서 떠오르는 생생한 영상과는 느낌이 전혀 다른 그저 순한 파란색의 화면이 모니터 가득 채워질 뿐이다. 게다가 마치 정답이라는 듯 모두들 똑같은 색으로 밝은 곳도, 어두운 곳도 없는 파란색 덩어리를 바다라고 말하고 있는 아이들에게 놀림이나 당하는 자신이라니…….

'질색이야, 미술 시간이라니……. 차라리 수학 문제나 풀고 말지.'

수학도 싫어하지만 미술은 끔찍하다.

둘 다 호감 가지 않는 과목들이라면 끔찍한 거 보단 싫은 것이 낫다.

"흠… 남주 너, 이번 시간 끝나고 선생님 따라 견학 가보지 않을래?"

"네?"

남주의 의아한 듯한 목소리를 승낙한 거라고 생각한 건지 그녀는 생긋 미소를 지으며 수업을 진행했다.

"자, 그럼 다들 하던 작업을 마무리 짓고……."

남주는 이제 불쾌했던 감정도 사라져 버린 것인지 얼떨떨한 표정으로 그녀를 바라보았다.

사실 그녀는 자신의 태도에 대해 건방지다며 화를 내는 어른들과 선생님의 반응이 별반 다를 바가 없을 거라고 생각했다. 자신이 바다 색을 가지고 고민할 때 선생님은 분명히 한심하다는 눈빛으로 자신을 내려다보고 있었으며 간접적으로 '게으름 피우지 말라'는 경고를 했었다.

다른 어른들이 돌려서 원만하게 표현하는 방법을 몰라 직선적으로 이야기하는 자신에게 건방지다고 단정 짓는 것처럼 그녀 역시 그녀의 말에 자신이 얼마나 상처받을지 개의치 않는 거라고 생각했었다. 그리고 그런 어른들의 대부분이 자신의 잘못을 알고도 제대로 인정하지 않듯 선생님 역시 자신의 말 같은 것은 귀담아듣지도 않는 데다가 어차피 선생님의 잘못에 대해서는 스스로 인정할 리가 없다고 생각했었다.

그녀는 그녀에 대한 나쁜 인상을 단번에 날려 버릴 수 있을 정도로 솔직한 사람이었다.

'그런 점이 바로 어른이야.'

남주는 자신도 모르게 고개를 끄덕이며 그녀를 향해 생긋 미소를 지어 보였다.

그림과 만나게 해준 최초의 사람…….

남주에게 있어선 바로 그 사람이 선생님이었다.

수업이 끝난 후 그녀가 남주를 데리고 간 곳은 몇몇의 특기생을 위해 만들어진 미술실이었다.

그리고 아주 낯선 모습이 그녀의 시야에 들어왔다.

"지금… 뭐 하고 있는 거죠?"

자신보다 세 살 정도는 많을 것 같은 소녀들이 그림을 그리고 있었다. 아무것도 없는 벽지에 마법처럼 검은 연필 자국들이 그림이 되어 갔고 물과 물감이 그 그림에 색을 더했다.

"아, 바다다—"

남주는 자신도 모르게 한 소녀가 그리고 있는 그림 곁으로 다가갔다. 채 마르지 않은 물감 냄새가 그녀의 코끝을 자극했다.

'향기가 있는 그림이다.'

남주에게 물감은 그렇게 그림의 냄새로 인식되었다.

"이게 바로 그림이야."

"네? 그림이라구요?"

"터치 스크린으로 그리는 것과 같아. 작업이 좀 더 세심하다는 것 빼고."

"게다가 이건 정말 고대 때부터 쓰여왔던 거니까 더 멋진 거 같아."

한 소녀가 그림을 그리던 손놀림을 멈추고 남주를 향해 흥미로운 시선을 보내며 그녀들의 대화에 끼어들었다.

"게다가 한계가 있는 색과는 달리 이건 한계가 없지."

"한계?"

"그러니까 파란색에 흰색을 섞으면 하늘색이 되는 것 보이지?"

소녀는 파란색 물감에 약간의 물과 흰색 물감을 섞어 하늘색을 만들어냈다. 그것을 신기해하면서도 남주는 정색해 보였다.

"그렇지만 터치 스크린에도 하늘색은 있어요."

"응, 그렇지만 잘 봐."

소녀는 적절히 물과 물감들을 섞으며 탁한 색과 맑은 색, 그리고 진한 색들을 차례로 만들어내고는 붓에 물감을 묻혔다. 지면은 그녀의 손에 쥐어진 붓에 의해 칠해지고, 혹은 덧칠해지기도 하면서 하늘이 되어갔다. 소녀는 의기양양한 표정으로 그림을 들어 보였다.

"색이야 따지고 보면 그림 그리는 프로그램 안에도 다 들어 있겠지. 그렇지만 이건 말이지, 개인이 만들어내는 색이 다 다르다구. 같은 하늘인데도, 같은 색인데도 말이야. 물론 CG하는 사람들이 내 말을 들으면 펄쩍 뛰겠지만 세상에서 가장 섬세한 그림을 그리는 것은 사람의 손이야."

그는 길고 가느다란 자신의 다섯 손가락을 쫙 펼쳐 보이며 자랑스럽게 미소를 지었다. 그녀가 그려낸 하늘은 구름 한 점 없는 맑은 하늘이었다. 계절로 치자면 5월의 하늘 같은 싱그러운 분위기가 물씬 풍기는 곳이랄까.

"그렇지만 나라면 이렇게 그리지 않았을 거야."

무심코 입 밖으로 내뱉은 말을 들은 것인지 두 사람의 얼굴이 묘하게 변했다.

"이 그림의 어디가 나쁘다는 거야?"

조금은 딱딱하게 변해 버린 그녀의 말투에 움찔한 듯한 남주는 고개를 절레절레 흔들었다.

"나쁘다는 게 아니야. 나라면 이렇게 그리지 않았다는 거지. 그림 자체는 좋아. 정말 잘 그린 그림인걸."

남주의 말에 그녀는 전보다는 한결 부드러운 목소리로 질문했다.

"헤에, 너도 미술 계통으로 뭔가 하고 있는 거야?"

"아니, 난 그림 같은 거 질색이야."

남주의 대답에 그녀는 위아래로 남주를 훑어보더니 이내 의외라는 듯 어깨를 으쓱해 보이고는 다시 자신의 자리로 돌아가 하던 작업을 계속 이어 나갔다.

"난 선생님이랑 같이 왔길래 새로운 특기생이라고 생각했었는데. 흐음......."

실망한 투의 그녀의 말을 뒤로한 채 선생님은 벽에 걸린 그림들을 가리키며 남주를 불러 세웠다.

"남주야, 여기 있는 그림들 좀 보렴."

하나같이 잘 그린 그림인데다 손으로 그린 듯한 느낌이 들었다.

따뜻한 그림이라는 것, 그 뜻은 알 것 같았지만 실제로는 아무리 많은 그림을 봐도 그 자신이 생각했던 '따뜻하다', '차갑다'의 느낌은 전해지지 않았다. 그러나 그것은 이곳의 그림들을 보기 전까지의 이야기고 지금은 자신이 생각했던 것과 그 느낌이 완전히 일치하는 순간이었다. 이곳의 그림들은 지금까지 봐온 그림과는 차원이 달랐다.

"어때? 이건 모두 같은 주제를 가진 그림이야. 그렇지만 같은 그림은 없어."

선생님의 말에 남주는 눈을 부릅뜨고 주변의 그림들을 눈이 뚫어져라 바라보았다. 오솔길을 산책하는 소녀의 그림에서부터 숲의 풍경을 그린 그림까지 그림들은 매우 다양했다. 그러나 같은 그림은 하나도 없었다. 선 하나를 긋는 것조차 전부 다르게 느껴지는 남주였다.

"이 그림들이 뭘 나타내려는 것인지 알겠니?"

"숲?"

"그래, 숲이지. 여기 어두워 보이는 그림들도 마찬가지야. 이쪽은 밤의 숲 속이긴 해도 같은 숲이잖아? 느낌은 정반대지만 말이야."

선생님은 암울한 분위기가 느껴지는 그림과 마치 요정들이 살고 있을 것 같은 달빛이 내리쬐는 신비로운 숲 속 그림을 동시에 가리켰다.

"그렇지만 두 개의 그림은 느낌이 정반대지?"

남주는 유심히 그림들을 바라보다 눈을 크게 치켜떴다.

"아아, 이거 혹시 같은 사람이 그린 건가요?!"

"눈썰미가 뛰어난데? 어떻게 알았니?"

그녀가 감탄한 표정으로 자신을 바라보는 것이 부담스러웠는지 남주는 그녀의 시선을 회피하며 사인을 가리켰다.

"사인이 같으니까요."

"흐음……."

그다지 눈에 띄지 않는 귀퉁이에 휘갈기듯 써 내려간 사인을 보고 있던 남주는 무덤덤한 말투로 화제를 돌렸다.

"그런데 이 그림 그린 사람이랑 우리 학교가 무슨 연관이라도 있는 건가요? 혹시 우리 학교를 졸업한 선배라거나, 아니면 선생님이라거나……."

남주의 말에 그녀는 배시시 미소를 지었다.

"아니야. 난 터치 스크린 외에는 그리지 않아."

"누가 뭐라고 했어요?"

남주가 시큰둥하게 되묻자 무안해진 그녀는 얼굴을 붉히며 헛기침을 해댔다.

"흠흠! 그래도 미술 선생님인데 너무하는구나."

"이렇게 멋진 그림을 그리는 사람이 함부로 남의 그림을 망칠 리가 없죠."

남주의 말에 여선생님은 미안함과 울컥함이 동시에 담긴 기묘한 표정을 지으며 애써 부드러운 목소리로 그녀에게 고개 숙여 사과했다.

　　"미안, 그건 내 실수야. 그렇지만 고의가 아니라 지도 차원이었다는 걸 알아줬으면 좋겠는데……."

　　"저도 반쯤 농담으로 한 소린데 그렇게 정색하실 필요 없어요."

　　손을 휘휘 내저으며 별일 아니라는 듯이 이야기하는 남주의 말이 건방지게 느껴졌는지 그녀는 살짝 미간을 찡그렸다.

　　"…그런데 어째서 절 이곳으로 데려오신 거죠?"

　　남주의 느닷없는 질문에 그녀는 딱딱하게 굳어버렸던 표정을 순식간에 온화한 미소로 감추어 버렸다.

　　"무엇 때문에 데려온 것 같니?"

　　"제가 알면 물어봤겠어요?"

　　"…이곳에 와서 어떤 느낌이 들었어?"

　　"느낌?"

　　"따분하다거나 좋았다거나, 뭔가 느껴지는 게 있었을 텐데……?"

　　계속되는 그녀의 질문에 남주는 잠시 생긋 미소를 짓더니 열심히 그림을 그리고 있는 소녀의 곁으로 다가가 물끄러미 소녀의 그림을 바라보았다.

　　"그림이라는 건 정말 신기해."

　　소녀의 말에 남주는 시큰둥한 표정으로 질문했다.

　　"뭐가요?"

　　"어떻게 그려놓아도 일단은 그게 뭘 나타낸 것인지 알 수 있잖아? 게다가 그림 그리는 사람에 따라 느낌도 달라지고 말이야."

　　"느낌이 달라지다니요?"

남주가 잘 이해가 가지 않는다는 표정으로 고개를 갸웃거리자 설명할 말을 찾지 못해 고민하고 있는 소녀를 대신해 여선생님이 소녀의 말을 이어 나갔다.

"같은 주제로 그림을 그렸는데도 색칠을 하고 나면 더욱더 느낌이 달라지잖아. 남주의 그림처럼 말이야."

이야기를 하는 내내 남주를 향해 따스한 눈길을 보내던 선생님은 하고 싶은 말을 다 했다는 듯 그림을 그리고 있는 소녀의 손으로 시선을 고정시켰다.

"나라면 이렇게 그리지 않았을 텐데……."

"응?"

"이곳에 와서 느낀 걸 이야기해 보라면서요."

자신이 생각해도 두서없는 말인지라 무안해진 남주는 천장을 바라보며 변명하듯 의아해하고 있는 그녀에게 퉁명스럽게 대답했다.

"그림이 좋아졌지?"

"…조금은."

말투는 무덤덤하지만 그녀의 표정에서 사실은 그녀가 손으로 그림을 그리는 것에 많은 관심을 가지게 되었다는 것을 선생님은 충분히 알 수 있을 것 같았다.

"미술부에 가입하지 않을래?"

"네?"

"일단 네게 재능이 있는 건지 없는 건지는 모르겠지만 미술부에 들어오면 여러 가지로 꽤 재밌을 거야. 들어오지 않을래?"

"네."

남주는 소리없이 미소를 짓다가 이내 고개를 숙였다.

"그때 '네' 라고 대답했으면 좋았을 텐데……."

이젠 오기만 가득한 그때의 어린아이가 아닌 성숙한 소녀가 과거를 떠올리며 아쉬워하고 있었다.

"처음엔 그림 같은 거 관심없었으니까."

그녀는 그렇게 자신을 위로하며 고개를 들었다.

"그러고 보니까 내가 언제부터 그림을 그리기 시작한 걸까? 만화가가 되고 싶다고 마음먹기까지 꽤 힘들었던 것 같은데… 절대로 잊지 못할 것 같았던 일도 지금은 아무리 생각해도 그때 같은 감정은 떠오르지 않아. 으음… 생각났다! 그림을 그리기 시작한 건 설아네 서점에서 그 책을 발견했을 때부턴가?"

남주는 기분 좋은 표정을 지으며 조용히 옛일을 회상하기 시작했다.


그림에 푹 빠지기 시작한 것은 만화를 접하면서부터였다.

'세상에 이런 것도 있었다니…….'

고서점에서 발견해 낸 몇백 년은 족히 넘어가는 만화책들이 마치 넋을 빼앗기라도 한 듯 남주는 몇 시간 동안이나 읽고 또 읽기 시작했다. 그리고 이 책을 갖고 싶다는 생각이 조금씩 강해지기 시작했다.

"그렇지만… 역시 비싸겠지?"

"손에 들고 계신 건 오천 원인데요."

상냥한 목소리에 놀란 남주는 뒤를 돌아보았다.

"음… 그리고 이건 그냥 나눠 드리는 건데 필요하시다면 가져가세요. 그 만화가가 그린 일러스트예요. 복사본이라서 소장 가치는 좀 떨어지지만 예쁘잖아요."

생긋 미소를 짓고 있는 소녀는 아무리 봐도 자기 또래로밖엔 보이지 않았다.

"오천 원이요?"

미심쩍은 표정으로 소녀를 바라보는 남주에게 그녀는 고개를 끄덕거렸다.

"진짜 값진 고서들은 밖에 진열해 두지 않아요. 조선 시대라거나 고려 시대 때 같은 건 이 집 딸인 저도 어디에 있는지 모르는걸요. 고서라고 모두 손님께서 생각하듯이 비싼 건 아니랍니다. 그 책은 인쇄술이 무척 발달했을 때 만든 거라서 희귀본도 아니거니와 요즘은 빌려 보거나 다운받아서 보니까 잘 사가지 않잖아요."

"고서도 빌려 보거나 다운받나요?"

"책 자체는 나이를 먹지만 작품은 늙지 않으니까요."

소녀는 생긋 미소를 지으며 쇼핑백에 브로마이드와 엽서를 챙겨 넣었다.

"아, 이것도요."

남주가 자신도 모르게 책을 내밀자 그 책을 받아 든 소녀는 카운터로 가서 책을 내밀었다.

"엄마, 저번에 제가 보던 '어머, 세 여신'도 챙겨줘요."

카운터에서 인상 좋은 아주머니 한 분이 얼굴을 내밀며 의아한 표정으로 소녀를 바라보았다.

"그건 왜?"

"아, 빌려 드리게요. 제 또래인 것 같은데 책에 관심있어하는 아이들은 흔하지 않아서… 친구 하면 좋잖아요."

넉살 좋게 웃으며 자신을 바라보는 소녀에게 남주는 얼떨떨한 표정을 지으며 현금카드를 내밀었다.

"오천 원입니다. 감사합니다."

카드와 쇼핑백을 내미는 소녀로부터 엉거주춤한 자세로 물건을 받아 든 남주는 새로운 만화책을 의아한 눈으로 바라보았다.

"뒷권이 궁금하면 빌리러 와요. 관심없으면 카운터에 맡겨주시구요. 파는 게 아니니까 부담 갖지 마세요."

"아, 감사합니다. 전 남주라고 하는데……."

"설아, 윤설아예요."

"사실 책으로 볼 땐 매력을 못 느꼈는데 애니메이션으로 봤을 땐 정말 감동했으니까."

그때부터 조금씩 그리던 그림이 지금은 그렇게 입학하기 힘들다는 아다마스의 학생인 남주를 만들어주었다.

"처음엔 동그라미조차 제대로 그리지 못했는데……."

생긋 웃으며 눈부시게 발전한 자신의 그림을 떠올린 남주의 얼굴에선 이내 미소가 사라졌다.

"그렇지만 역시 이 정도의 실력으로 프로가 될 수는 없겠지?"

짧게 한숨을 내쉰 그녀는 냉정하게 자신을 돌아보았다.

아직까지는 아다마스 학교라는 튼튼한 돛이 내려진 배에서 갑판을 닦고 있는 견습 선원이지만 몇 년 뒤면 자신의 말 한마디의 인생의 돛을 올리고 배를 출발시키는 선장이 되는 것이다.

그것이 고무 보트가 될지, 요트가 될지, 멋진 선박이 될지는 바로 개개인의 역량으로 결정되는 것이라는 잔인하리만치 냉정한 현실에 남주는 슬슬 겁이 나기 시작했다.

만화에 대해, 그림에 대해 전혀 모를 때는 마냥 좋아서 덤벼드는 열정이 있었지만 지금처럼 모른다고 말하기도, 완전하게 잘 알고 있다고 말하기도 어정쩡한 때는 내세울 만한 것이 없다.

그림 실력은 향상되었지만 그만큼 순수한 열정은 사그라든 기분이었다. 아주 모질게 선택할 여유도 없이 자신을 몰아붙였던 덕택에 누구보다도 뚜렷한 주관으로 망설임이나 고민의 순간도 없이 멋있는 삶을 살고 있다고 남의 눈에는 그렇게 보여지고 있는 모양이다. 정작 본인은 알 수 없는 미래에 이렇게도 불안해하고 있는데도 말이다.

"자신이 하고 싶어하는 것, 간절하게 무엇이 되고 싶다는 소망, 장래 희망… 그런 걸 알고도 이루지 못하는 거랑 그런 것들에 대해 일체 관심조차 가지지 않는 대신 아주 약간의 기복조차 존재하지 않는 평탄하기 그지없는 삶 중 어떤 게 더 행복할까?"

남주는 죄없는 바닥을 발로 툭툭 걸어차고는 이내 한숨을 내쉬었다.

"희망없이, 소망없이, 목표없이 살아가는 사람을 어떻게 이해할 수 있겠어? 내가 가장 싫어하는 부류가 그런 쪽인데……."

남주가 그림 그리는 것을 지독히도 싫어했다는 것을 어릴 때부터 줄곧 알아온 그녀의 부모님께서는 남주가 만화가가 되겠다고 했을 때 무섭도록 반대를 해서 마치 결코 넘볼 수 없는 세계의 커다란 벽 같은 느낌을 주셨지만 그녀의 의지를 꺾지 못하자 세상에서 가장 든든한 후원자가 되어주셨다.

"그땐 그걸로 다 해결되었다고 생각했는데……."

가장 무서운 것이 게으름이라고, 사실 가장 강력한 적은 자기 자신이었다.

처음부터 자만심을 가질 만한 성격은 아니었지만 그렇다고 해서 마냥 자신의 실력을 비하하기만 하던 녀석도 아니었다. 오히려 자신에 대해 적당할 정도의 자신감은 가지고 있는 편이다.

자신에게 당당할 수 있다는 것은 남이 보기에도, 스스로가 느끼기에도 아주 커다란 장점이지만 슬럼프가 찾아오기 시작하면 그것은 눈 씻고 찾아볼래야 찾아볼 수가 없게 된다.

"슬럼프인가?"

남주는 우울한 표정으로 밖으로 나왔다.

"설아네 집에 사전 같은 게 있을까?"

책으로 된 사전이라니… 언뜻 떠올리려고 해도 잘 떠오르지 않았지만 언젠가 그런 것들이 있다는 말을 들은 기억이 있었다.

"옛날 사람들은 뭔가 달라도 다르겠지?"

그녀는 위안거리가 필요했다. 뭔가 자신을 안심시켜 줄 수 있는 말이 필요했다.

골똘히 생각에 잠긴 남주는 고서점을 지나쳐 설아의 집으로 들어섰다.

"네가 무슨 바람이 불어서 여기까지 온 거야?"

문 앞에선 설아의 3D입체 영상이 피식 미소를 지으며 그녀를 반겼다.

"문 열어."

남주는 마치 자기 집에 들어가는 사람마냥 자연스럽게 그녀를 바라보았다.

3D입체 영상인 설아가 손을 엑스 자로 교차시키고는 가게 쪽으로 양팔을 흔들며 '나 잡아봐라' 하는 포즈를 취했다. 당황한 남주가 뭐 하는 거냐는 눈빛을 보내자 그녀는 대뜸 혀를 내밀며 손으로 가게를 가리켰다.

"나 집에 없어. 가게에서 알바하고 있어."

용건을 끝낸 3D입체 영상은 그대로 스르륵 사라져 버렸다.

"도대체 저 녀석 저런 짓을 하고도 쪽팔리지 않는다는 건가?"

3D 입체 영상은 프로그램으로 만들 수도 있지만 요즘은 특수 복장을 입고 원하는 액션을 취하는 것으로 입력이 가능하다.

"안 팔려."

"뭐야? 여기 다시 나오는 기능도 있었나?"

남주는 신제품을 감정하는 전문가의 눈으로 그녀를 살펴보았다.

"하긴… 이렇게 본다고 알 리가 없지."

설아의 영상을 지나쳐 가게로 가려는 남주를 설아의 영상이 툭툭 두들기기 시작했다.

"와~ 요즘 기술 많이 발달했네. 영상이 사람도 치고… 에?"

남주가 확인하듯 뒤돌아본 자리에는 설아의 영상이 아닌 진짜 설아가 서 있었다. 입고 있는 옷이 달랐던 것이다.

"들어가자. 별로 맛있는 건 없지만 여기까지 왔는데 뭐 좀 먹고 가라."

"왜? 가게 금방 들어가야 해?"

"응, 밥만 먹고 금방 간다고 했거든. 난 캡슐만 먹고 못 살아! 사람은 밥을 먹어야 해, 밥을."

설아의 배에서 어쩐지 '꼬르륵' 소리가 나는 것처럼 느껴지자 남주는 피식거리며 그녀의 뒤를 따라 집으로 들어갔다. 현관에서 설아의 눈동자를 비치는 것만으로 문이 저절로 열리자 안에서 개가 짖는 소리가 들렸다.

멍멍!

"미미야!"

꼬리를 살랑살랑 흔들며 설아에게로 달려오던 미미는 방향을 바꿔 남주에게로 폭 안기었다.

"그래그래. 미미, 착하다."

남주는 의기양양한 미소를 지으며 미미를 쓰다듬었다.

"걔가 요즘 낯을 가려."

변명하듯 물어보지도 않은 이야기를 늘어놓던 설아는 거실에 있는 단추를 눌렀다.

"요즘 개는 자기 주인을 보고 낯을 가리는 모양이지?"

"흥! 흥! 간혹 가다 특이한 개도 있잖아?"

그녀의 뒤로 여러 가지 음식들로 깔끔하게 차려진 식탁이 나타나자 남주는 편안한 자리로 가서 앉았다. 그녀가 앉은 자리는 서서히 올라 와 의자가 되었고 설아의 자리 역시 마찬가지였다. 그녀가 손으로 바 닥을 가볍게 두들기자 편안한 의자가 만들어진 것이다.

"그런데 진짜 무슨 일이야?"

코끝으로 풍겨오는 구수한 찌개 냄새에 식욕을 느낀 남주는 수저를 들었다.

"잘 먹겠습니다."

"오냐."

설아의 대답에 그녀는 어이없어하면서도 배시시 미소를 지었다.

"너희 집에 혹시 국어사전 있니?"

"왜? M.C 고장이라도 났어?"

"아니, 그런 거 말고 오래된 사전 말이야. 종이로 된 책."

"그런 건 가게에서 찾아야지. 아마 있긴 있을 거야. 두꺼워야 해?"

"에… 기본적인 단어만 있으면 되는데……."

"그럼 오빠 방에 내가 옛날에 보던 사전이 있긴 한데 어지간하면

M.C를 봐. 그다지 다를 건 없어. 언어학이 발달을 멈췄다는 건 툭하면 뉴스에서도 나오잖아."

설아가 밥을 먹으면서 잘도 떠들어대자 그녀는 잠시 한숨을 내쉬며 고개를 흔들었다.

"그래그래, 다 좋으니까 사전이나 빌려줘."

"오빠, 거기 국어사전 있어?!"

"M.C 써!"

퉁명스런 목소리가 날아들자 설아는 살짝 인상을 찡그리며 다시 한 번 언성을 높였다.

"국어사전 안 찾아주면 지난번에 오빠가 안방에 있는 꽃병 깬 거 일러바친다. 그거 엄마가 꽤나 아끼던 거지, 아마?"

"그랬다간 죽을 줄 알아!"

"나 밥 먹고 나서 가게 갈 건데 후회 안 하지? 오빤 이제 죽~었~ 다~"

어쩐지 고소하다는 듯한 어조에 벌컥한 것인지 방문이 열리면서 빠른 속도로 두꺼운 책이 하나 날아들었다.

"잡았다!"

설아는 멋지게 책을 받아내고는 남주에게 사전을 내밀었다. 그리고는 얼굴도 내밀고 있지 않은 오빠를 향해 빽빽 소리를 질러댔다.

"내가 책 던지지 말랬지?! 게다가 이게 내 책이지 오빠 책이야?!"

"그럼 네가 좀 가져가지. 내가 심부름꾼이냐?"

툴툴거리는 남매를 스윽 바라보던 남주는 사전을 펴고는 'ㅎ'자에서 '희망'을 찾기 시작했다.

스륵스륵—

스르르르륵—

책장을 넘기는 소리가 새롭게 느껴졌다. 그러나 그녀의 눈에는 익숙한 실망감이 먼저 찾아들었다.

희망(希望):1. 어떤 일을 이루고자 또 그걸 얻고자 바람.
　　　　　ㄹ. 좋은 일이 오기를 기대할 때의 감정.


소망(所望):바라는 바, 기대하는 바.
소망(素望):본디부터의 희망.


"정말 대단하군. 이 사전 언제 거야?"

"어디 보자, '1993년 최신 개정판'이라는데?"

"설마 그 뒤로 한 번도 바뀐 적이 없는 거야?"

"어이, 그동안 시간이 얼마나 지났다고 생각하는 거야? 정리되고, 추가되고, 없어진 것만 해도 셀 수 없을 정도로 많을걸."

"하긴 1993년도라니… 언제인지 기억도 안 난다."

"그야 그 시대 역사가 제일 재미없었잖아. 역사 하면 적어도 3,000년은 넘어가야 재밌으니까. 으윽! 생각해 보니까 끔찍하네. 선사 시대부터 시작해서 지금까지 외울 것들투성이라니…….."

"괜찮아. 후세 사람들이 외워야 할 역사가 틀림없이 더 많을 테니까 말이야."

남주는 그 많은 역사들을 달달 외우고 있어야 할 미래의 후손들에게 동정의 눈빛을 보내며—그러나 정작 자신들은 그것으로 위안 삼으며—고개를 끄덕끄덕거려 댔다.

"그런데 무슨 단어를 찾는데 사전까지 뒤지는 거야?"

"아, 그냥……. 어? 이건 뭐야?"

어쩐지 쑥스러운 생각이 들어 살짝 얼굴을 붉히며 말을 얼버무리는 순간 남주의 시야에 '희망'이라는 글자 아래로 누군가 보일 듯 말 듯한 선을 그어놓은 것이 보였다. 그 선은 사전의 가장 윗부분에 있는 여백까지 닿아 있었는데 그곳에는 삐뚤삐뚤한 글씨로 무언가를 깨알같이 작고도 빽빽하게 적어둔 것 같았다.

"신경 쓰지 마. 그냥 낙서니까."

"에이, 다른 것도 아니고 사전에 낙서라니……."

살짝 눈을 찌푸리며 남주는 눈 가까이로 책을 바짝 들이댔다.

희망:1. '괜찮아'라고 어떤 상황에서라도 따뜻하게 감싸주는 단어.

2. 목표. 꼭 이루라고 있는 단어.

3. 물에 빠진 사람이 마지막으로 잡는 지푸라기.

남주는 마치 누군가가 자신의 뒤통수를 세게 내려친 듯한 느낌을 지울 수가 없었다. 그녀는 재빨리 페이지를 넘겨 '바람'을 찾아냈다.

바람:1. 팔자가 늘어지거나 시간이 많은 자들이 감나무 아래에서 입을 벌리고 감 떨어지기를 기다리는 것(노력이 없을 시에).

2. 만족스러운 결과를 기다리는 것(충분한 노력을 기울이고 있을 시에).

3. 설계도를 짜듯 원하는 것을 그려보는 일.

사전적인 의미와는 어느 정도의 거리가 있어 보이는 것들도 있었지만 사전 속의 단어보다 훨씬 마음에 드는 말들이었다. 그녀는 이번에는 어떤 특정한 단어가 아니라 대충대충 책장들을 넘기며 낙서들을 찾기 시작했다.

재능: 내가 가지면 하늘의 축복(앗싸!), 남이 가지면 부러움의 대상(세상이 다 그런 거지 뭐).

이제는 꽤 유쾌한 생각이 들었다.

'그래, 내가 언제부터 재능을 운운해 왔다고. 사실 재능이라는 건 열의잖아. 그걸 얼마나 좋아하는지, 얼마나 즐길 수 있는지 하는 것들인 걸.'

"뭘 그렇게 뚫어져라 쳐다보고 그래? 사람 무안하게. 이래서 보여주기 싫었는데……."

그녀는 남주의 손에 들려진 사전을 빼앗듯이 낚아채고는 묵묵히 음식들을 먹기 시작했다.

'여기까지 온 보람이 있었어.'

남주는 생긋 웃으며 자신의 머리 속에 새로운 단어를 집어넣었다.

이루라고, 꼭 이루라고 존재하는 단어가 '희망'이라는 것을…….

'난 반드시 만화가가 되고 말 거야. 그게 바로 내 장래 희망이니까.'

〈제3권 끝〉

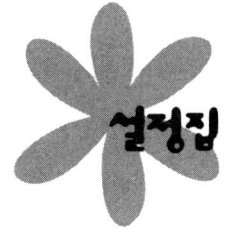

설정집

안녕하세요! 가희입니다. 그들만의 어드벤처도 이제 3권째네요. 잠깐
이번엔 '네 차례야' 라고 말씀하셔서서 쭈뼛쭈뼛 나오긴 했는데 많은 도움을
드릴 수 있을지 모르겠네요.

그럼 어드벤처의 세계로 출발해 보겠습니다.

1. 터치 스크린:외전에서 나왔던 교구입니다. 일종의 색칠 공부죠. 임미
몇 가지의 색깔이 입력되어 있어 칠할 수 있는 색이 한정되어 있다는 단점이
있지만 전체적으로 미리 칠해져 있는 것을 손으로 만져서 바탕색이 변하는
것을 보여줌으로써 아이들의 시각을 자극하는 것이죠. 집중력과 색감을 길러
줍니다. 이 교구의 단점은 센서를 이용한 소모품이기 때문에 쉽게 고장이 난
다는 점이지만 터치 스크린을 사용할 때 교사들이 터치 스크린에 싫증난 아
이들이 마구잡이로 눌러대는 것만 지적해도 별 이상이 생기지 않는다고 합니
다.

2. 교구(敎具):학교에서 쓰는 온갖 도구를 가리키는 말입니다. 이건 없어
도 될 것 같았지만 혹시나 해서……. 제가 좀 세심하거든요.

3. M.C:Mini Competer의 약자예요. 크기는 어린아이의 손만한 것에서부
터 어른의 머리 크기만한 것까지 아주 다양합니다. 모니터와 본체, 스캐너,
핸드폰, 인터넷, 문서 정리 등 컴퓨터의 모든 기능을 갖추고 있으며 개발된

이후 많은 사람들에게 애용되고 있다고 합니다. 가격도 저렴한 편이고 업그레이드가 쉽고 간편합니다.

4. 파르티잔(Partisan):상황에 따라 찌르기와 베기를 할 수 있게 디자인해 놓은 것이 특징인 창입니다. 하나의 무기에 많은 기능을 두루 갖추게 한 다른 부분들을 조합시켜 놓은 것은 아니므로 구조가 단순하고 힘의 낭비가 적으며 다양한 목적에 쉽게 쓸 수 있는 매우 뛰어난 무기입니다. 길이는 1.5m~2m, 무게는 2.2~ 3kg인 이 무기는 15C 중반에 '랑데베베(Langdebeve)' 라는 날이 달린 창에서 발전했다고 하죠. 파르티잔이란 이름은 15C 말에 프랑스나 이탈리아에서 농민, 또는 게릴라가 이 무기를 사용했던 데서 유래했습니다. 재밌는 사실은 처음엔 이렇게 비정규군이 사용하던 파르티잔도 16C가 되자 유럽 각국에서 정규군에 의해 사용되기 시작되었다는군요. 실제로 바티칸의 스위스인 위병은 할베르트 등의 전통적인 무기와 함께 파르티잔을 장비하고 있고 런던 탑을 경비하는 요먼 위병이나 근위병이 유니폼을 입고 이 파르티잔을 들고 있답니다. 이 부근을 여행하실 기회가 된다면 한번 찾아가 보시는 것도 좋은 것 같군요. 후후.

5. 워터 워킹(Water Walking):물 위를 걸을 수 있도록 해주는 마법입니다. 중장비를 해도 물 위를 걷는 데 아무런 지장이 없다는군요.

6. 워터 브리딩(Water Breathing):물속에서도 자유롭게 숨을 쉴 수 있도록 해주는 마법입니다. 이런 마법만 있다면 익사하는 일은 생기지 않겠지요.

7. 시간에 대해:어드벤처의 시간은 세 가지로 분류할 수 있습니다. 현실

세계의 시간과 프로그램 속의 시간, 그리고 이야기 속의 시간이죠. 우선 현실 세계의 시간은 지금과 똑같기 때문에 별도의 시간이 필요하진 않는 것 같네요.

프로그램은 1초당 하루로 설정했습니다. 물론 설아가 그렇게 해두었지요. 이야기 도중에서 나온 저희들은 그렇게 큰 시간 차를 느끼지 못했지만 설아는 큰일이죠. 저희가 밖에서 우왕좌왕하는 동안에도 이야기 속에서의 그녀는 나이를 먹고 있을 테니까요.

그리고 이야기 속에서의 시간은 현실 세계처럼 같은 시간 개념입니다. 다른 것이 있다면 1달이 31일이라는 것, 그래서 12달이 지난 1년은 372일로 구성되어 있다는 겁니다. 그렇다고 해도 특별히 큰 차이가 있다거나 하진 않으니까 시간 개념 때문에 혼란스러워할 건 없습니다. 명심해야 할 것은 현재 3권의 상황은 혜령이 보고 있는, 그러니까 이야기 속에서 완전히 설아 혼자 남겨진 세월 동안의 이야기와 석진이 관여하고 있는 이야기, 이 두 가지의 시간이 존재하고 있다는 것입니다.


8. 블루 드래곤(Blue Dragon):직선형의 브레스를 뿜으며 번개를 자유자재로 다룹니다. 사막, 평야, 바다에서 자주 출현합니다. 또한 블루 드래곤은 냉철하고 독설가가 많다고 하네요. 중도적인 가치관을 지니고 있어 선한 드래곤도, 악한 드래곤도 될 수 있지만 대화하기 싫어하고 자존심만 강한 단순한 드래곤들보다는 인내심이 강하기 때문에 40% 확률로 대화가 가능하다고 해요(레드 50%, 골드 100%).


9. 윌 오더 위스프(Will O' the Wisp):윌 오 스위프, 또는 윌오 위스프라고도 불리우는 이것은 제가 보기에는 모두 같은 것이며 발음의 문제였던 것 같

아요. 롱 스워드(Long Sword), 역시 롱 소드의 일본식 발음이었던 것처럼 말이에요(아니면 어쩌지라며 힐끔 친구들을 바라보았으나 다들 딴짓을 하며 시선을 회피하자 식은땀을 닦으며 대본을 꺼내보는 가희). 아, 아무튼 이 윌 오더 위스프는 이 헷갈리는 발음만큼이나 정체가 모호한 녀석인데요, 도깨비 불이라고도 하고 빛의 정령이라고 하기도 하고 정전기 현상이라는 사람도 있을 정도로 많은 설이 있죠. 이그니스 파투스라고 불리는 경우는 윌이라고 하는 악당이 사후 성 베드로를 속이고 다시 태어나 제2의 인생을 살았으나 나쁜 짓만 일삼자 결국 천국에도, 지옥에도 가지 못하고 현세를 떠돌게 된 것을 동정한 악마가 지옥의 업화(業火)에서 약간의 불꽃을 나누어 주었는데 이 불꽃을 윌 오더 위스프라고 부르게 된 설에서 나온 거예요. 그렇지만 어드벤처에선 빛의 하급 정령인 윌 오더 위스프라고 사용할 거예요.

10. 티아티로: 신들이 하피를 애완용으로 길들였다는 이야기는 지난 설정집에서 이야기했었죠? 쉴드의 애완용 새들 중 가장 아름답지만 가장 쓸모없고 더러운 하피를 말하는 거래요. 티아티로는 그다지 영리한 편이 아니라서 종종 남의 기분을 상하게 하기도 하지만, 어쩐지 보는 것만으로도 기운이 나고 없으면 굉장히 아쉬울 정도로 매력있는 장난꾸러기입니다.

11. 위(We): 손톱만한 크기의 소인족이에요. 평상시에는 사람의 눈에 띄는 것을 극도로 싫어해서 동물의 몸에 달라붙어서 마치 동물이 말을 하는 것처럼 꾸며서 그들이 원하는 것을 얻어냅니다. 토끼 꼬리와 동그란 빨간 코, 그리고 축 늘어진 털로 뒤덮인 귀가 이 종족의 특징이라 할 수 있죠(그러나 털로 뒤덮여 있어 귀가 아니라 머리카락으로 보여요). 남녀노소를 불문하고 치장하는 것을 좋아해 언제나 반짝거리는 보석을 한두 개 달고 다닌답니다. 이

들을 발견한 사람은 1년 동안 이들 종족의 마스터가 됩니다. 이런 조그만 것들이 무슨 도움이 될까 싶겠지만 정보 하나만큼은 놀랄 정도로 다양하고 그 내용도 풍부해서 잘 활용한다면 놀라울 정도로 큰 도움을 준답니다. 귀여운 외모 때문에 단순히 마스코트로 삼으려는 마스터도 있지만 그건 금물이에요. 이 여리고 내성적인—어디가?—위라는 종족은 사람들의 눈에 너무 자주 띄면 스트레스를 받아 시름시름 앓게 되니까요.

참, 위는 말이죠, 자신들에 대한 자부심이 아주아주 대단합니다. 그러니까 위를 화나게 하는 행동은 하지 마세요. 운이 좋으면 깨물리는 것으로 끝나겠지만 운이 나쁘면 끔찍한 일이 벌어질 테니까요. 예를 들면 자신에 대한 악성 루머가 떠도는 일 같은 거 말입니다.

12. 뮤트(Mute):바람 속성의—실프—침묵 마법입니다. 사일런스(Silence)가 일정 범위 내의 소리를 완전히 없애 버리는 마법이라면 이 뮤트는 한 사람—목표—이 내는 소리를 모두 없애 버립니다. 기척을 없앨 때 좋은 마법이긴 하지만 역으로 마법사가 주문을 외우지 못하도록 할 수도 있겠죠. 아무튼 특정한 목표가 있다면야 사일런스보다 유용한 마법이 될 수 있을 겁니다.

13. 미니 스테이션(Mini Station):핸드폰 기능과 노트북 기능을 합쳐 놓은 이 기계는 요즘은 동영상을 돌려 본다든지 게임을 한다든지 스토리 보드를 만드는 등의 오락적 기능이 강화되어 있는 것이 특징입니다. 저가에 활용하는 범위에 따라 다양하게 사용할 수 있으며 웬만해서는 업그레이드가 필요없다는 점에서 많은 학생들 사이에서 높은 인기를 끌고 있습니다.

14. 센티펫:잠의 정령이랍니다.

15. 그린 드래곤(Green Dragon):정글이나 숲에서 주로 서식하고 있는 그린 드래곤은 사실 1권에서 소개되었어야 했는데 죄송합니다. 이제야 소개하는군요. 그린 드래곤은 구름형의 15m×12m(브레스 길이×폭)의 거리까지 브레스를 뿜어대죠. 브레스의 성분이 염소 가스라는 걸 생각해 보면 그들이 숲을 아끼는 성격에 모순되는 것 같기도 해요. 구름형의 브레스는 직선형의 브레스에 비해 위력이 떨어지지만 그 분포 면적이 방대하고 오래도록 지속되기 때문에 가장 피해 규모가 크다 할 수 있습니다. 그린 드래곤의 성격은 드래곤치고 매우 온화한 편이지만 절대로 방심하거나 만만하게 봐서는 안 된답니다. 그들은 매우 이기적인 가치관을 지니고 있으니까요.

참, 명심해야 할 점은 드래곤은 자신의 브레스와 같은 속성의 공격이 전혀 통하지 않는다는 점입니다. 예를 들면, 레드 드래곤에게 횃불을 들이댄다고 그들이 치명적인 상처를 입을 리가 없는 것처럼 그린 드래곤도 염소 가스에 당할 리 없다는 거죠.

여기까지가 제가 인내해 드릴 수 있었던 어드벤처의 세계관이에요.
어드벤처는 갈수록 흥미진진한 이야기가 될 거예요.
많은 관심과 사랑 부탁드릴게요.
작가 언니, 그런데 앞의 멘트는 너무 속보이지 않아요? 하긴 자신의 말에 책임만 질 수 있다면 저런 말도 괜찮겠죠(작은 목소리로).
아무튼 재밌게 읽어주신 분들, 어드벤처의 모두를 대신해 진심으로 감사드립니다.
모두모두 4권에서 만나요!